Inhalt

Infos zum Buch und der Autorin vii
Ein paar persönliche Worte vorab xi

1. Vivi: Zwei Männer, zwei Welten 1
2. Vivi: Alles halb so wild 26
3. Noah – Lasst mich in Ruhe! 34
4. Vivi: Aufgeben? Nicht meins! 44
5. Noah: Veränderungen 53
6. Vivi: Es geht voran 64
7. Noah: Die Frau ist ein Tornado 80
8. Vivi: Aus Träumen wacht man auf 92
9. Noah: Freunde? 106
10. Vivi: Angst 120
11. Noah: Erdbeben 134
12. Vivi: Er ist immer noch hier 150
13. Noah: Rainbow und ich 167
14. Vivi: Lake George Lodge 181
15. Noah: Alles verloren? 197
16. Vivi: Ein Jahr später 211

Danke 223
Rezept zum Buch 225
Bisher von Sarah McAllister erschienen 227
Impressum 235

Für all die stillen Heldinnen und Helden, die sich tagtäglich für andere einsetzen – im Beruf oder privat.
Ihr seid die Alltagsengel, die diese Welt so dringend braucht.
Danke für euer Mitgefühl, euren Mut und euer Herz.

Infos zum Buch und der Autorin

Das Buch:

Manchmal braucht es nur einen Pinselstrich Hoffnung, um das Grau des Lebens zu vertreiben.

Vivienne lebt ein Leben auf Schienen – gelenkt von den Erwartungen anderer, ohne eigene Richtung. Eines Tages begegnet sie jedoch einem Mann, der ebenso verloren scheint wie sie selbst: Noah, ein einst gefeierter Künstler, der heute nicht einmal mehr die Farben anrührt, die ihn einst ausmachten.

Er spricht wenig, zieht sich zurück – und doch scheint zwischen ihnen etwas aufzubrechen. Etwas Echtes. Als sich ihre Wege immer wieder kreuzen, spürt Vivi zum ersten Mal, wie es sich anfühlt, gesehen zu werden – nicht für das, was sie tut, sondern für das, was sie ist.

Doch Noah trägt Dunkelheit in sich, die tiefer reicht, als sie ahnt. Und während zwischen Farblosigkeit und Herzklopfen etwas Neues entsteht, stellt sich die Frage: Können zwei Menschen, die sich selbst verloren haben, gemeinsam ein Zuhause finden?

„All deine Farben“ ist ein zutiefst berührender Roman über zweite Chancen, stille Wunder und die Kraft der Liebe, selbst das Verblasste wieder leuchten zu lassen.

Klappentext 2, Kurze Version:

Zwei verlorene Herzen. Eine Liebe, die leise beginnt – und alles verändert.

Vivienne folgt immer den Erwartungen anderer – bis sie auf Noah trifft: einen einst gefeierten Künstler, der die Farben seines Lebens verloren hat. Er schweigt, wo andere reden. Und doch berührt er sie auf eine Weise, die sie nie erwartet hätte.

Zwischen vorsichtigen Begegnungen und unausgesprochenen Gefühlen wächst etwas, das sie beide verändert. Aber kann Liebe wirklich heilen, was in Dunkelheit zerbrochen ist?

Ein leiser, berührender Roman über Hoffnung, zweite Chancen und den Mut, das eigene Herz neu zu entdecken.

Die Autorin:

Sarah McAllister steht für humorvolle Unterhaltung mit Herz und Lovestorys, wie wir sie uns wünschen.

Sie bezeichnet sich selbst als bodenständige Romantikerin, reiselustige Vollchaotin und Kaffeeliebhaberin. Ihr Motto ist es, stets das Beste aus jeder Situation zu machen und nie aufzugeben. Vor allem dann nicht, wenn es um das Glück ihrer Familie geht.

Das Schreiben hat sie im Vergleich zum Bücherverschlingen erst recht spät für sich entdeckt. Mittlerweile hat sie jedoch so viel Spaß daran, dass sie täglich in die Tasten haut und ihren Mac zum Glühen bringt.

Mögt ihr rasante Dialoge und wundervolle Liebesgeschichten mit viel Humor und einem Happy End? Zudem sollten es wunderschöne Traumlocations sein - im Sommer wie im Winter? Dann greift zu ihren Büchern.

In der Story verpackt gibt es oft mehr Tiefgang, als erwartet. Also, lasst euch überraschen und reist mit Sarah um die Welt – immer auf der Suche nach der nächsten süßen Liebesgeschichte ... und dem großen Glück.

Ein paar persönliche Worte vorab

Im Buch taucht das Wort „spazierendenken“ auf. Obwohl es im Lektorat angemerkt wurde, wollte ich es behalten – weil es sich für mich einfach richtig anfühlt. Ich habe es als Teenager irgendwo gelesen und sofort geliebt. Es beschreibt diesen besonderen Zustand, in dem man durch die Welt geht und dabei ganz bewusst seine Gedanken wandern lässt – mal leicht, mal schwer, aber immer ehrlich. Vielleicht kennt ihr das ja auch?

Das Wort *Pretzel* schreibe ich an mehreren Stellen im Buch bewusst mit P, weil das die amerikanische Schreibweise, bzw. der amerikanische Name dafür ist. Tatsächlich ist das Gebäck auch ein wenig anders als die deutsche Brezel, deshalb nutze ich den landestypischen Eigennamen.

Dieses Buch ist der Auftakt zur „heal me slowly“-Reihe. Geplant sind zunächst drei Romane – jeweils in sich abgeschlossen, mit neuen

Protagonist*innen, aber einer ähnlichen Stimmung. Am Ende dieses Bands dürft ihr übrigens gern rätseln, wer euch im nächsten Teil begegnen könnte ... ich weiß es natürlich schon :-) Noch etwas liegt mir am Herzen:

Dieses Buch war für mich sehr persönlich. Einige Dinge darin sind näher an meinem Leben, als ich je zuvor beim Schreiben gegangen bin. Und doch ist es größtenteils eine Geschichte meiner Fantasie – ein geschützter Raum zwischen Realität und Erfindung. Das Herz der Geschichte aber, das bleibt ein Teil von mir. So viel möchte ich euch mitgeben: Manchmal ist Schreiben wie ein Aufatmen. Heilsam, aufwühlend, befreiend. Vielleicht kennt ihr das Gefühl – oder ihr entdeckt euer ganz eigenes Ventil noch. Ich wünsche es euch von Herzen.

Danke, dass ihr hier seid. Danke, dass ihr das lest.

Mit Liebe,

eure
Sarah McAllister

KAPITEL 1

Vivi: Zwei Männer, zwei Welten

Ich hasse Premieren. Die Kleider sind zu eng, das Lächeln ist gelogen – und ich bin bloß der hübsche Schatten neben zwei Halb-Berühmtheiten.

Rasch ziehe ich meinen dünnen Mantel enger, obwohl ich weiß, dass er gleich wieder von meinen Schultern rutscht – der Look muss atmen, hat Mom gesagt. Sie als Ex-Model weiß, wie das Spiel läuft. Was kümmert es sie, ob mir kalt ist, solange ich neben ihr und Dad *strahle*.

Rote Teppiche sind wie Laufstege. Nur dass niemand wirklich hinsieht. Sie blicken durch dich hindurch – es sei denn, du bist jemand. So wie meine Eltern.

Mein Vater steht ein paar Meter vor mir, lächelt breit mit seinen makellosen Cowboy-Zähnen in jede Kamera. *Longhorn Valley* – sein großes Comeback. 46 Drehtage, sieben Explosionen, eine Oscar-nominierte Nebenrolle. Und ich? Ich bin *die Tochter*. Dritte Reihe. Linkes Dekoelement.

„Du wirkst gelangweilt", zischt Mom mir zu, die Lippen steif vor Anspannung. „Lächle, Darling." Ihr Lippenstift ist blutrot, die Frisur millimetergenau gestylt. Kein Haar wagt es, sich zu lösen – dank einer Dose Haarspray und einem übermotivierten Stylisten.

„Ich *bin* gelangweilt. Und halb erfroren. Warum also lächeln?"

Sie verdreht die Augen. „Tu's für deinen Daddy. Für die Presse. Es ist sein großer Abend. Du bist ihm ein bisschen mehr Anstrengung schuldig."

Selbstverständlich lächle ich prompt. So wurde ich schließlich erzogen. Ich spiele meine Rolle: Die Tochter, die gern hier ist. Die es liebt, sich von fremden Blicken ausziehen zu lassen und höflich zu schweigen, da niemand nach ihrer Meinung fragt.

„Vivienne! Ein Foto mit deinem Dad, bitte!"

Ich drehe mich um – der Fotograf war früher überzeugt, ich wäre ein It-Girl. Jetzt bin ich nur noch das Girl. Kein Skandal, kein It mehr.

Und dann höre ich ihn. „Weg da, Presseaffen. Die Lady ist vergeben – an das Abenteuer."

Finn Cunnings.

Im Smoking, die Krawatte locker wie ein Banker vor dem Burnout. Das braune Haar streng nach hinten gegelt, das Grinsen teuflisch. Seine grünen Augen funkeln, als hätten sie gerade eine Idee zu viel. Dann packt er meine Hand – und zieht mich mitten aus dem Blitzlicht. Völlig überrumpelt stolpere ich hinter ihm her.

Nach ein paar Metern bleibt er stehen. Sein Blick wandert über mich, offen, unverschämt, bewundernd.

„Wenn du nicht die personifizierte Traumfrau bist, weiß ich auch nicht", sagt er und grinst. „Diese Haare – blond wie bei Cinderella. Top-Figur im hautengen Kleid. Und diese Augen ... Man sollte dir ein Warnschild umhängen. Brandgefährlich."

Ich hebe eine Augenbraue. „Ich dachte, du stehst auf Schwarzhaarige à la Megan Fox."

Finn lacht. „Ich steh auf Frauen mit Ausstrahlung. Und du leuchtest wie die verdammte Sonne."

Er beugt sich vor. „Und jetzt: Nichts wie raus hier. Runter vom roten Teppich, rein ins echte Leben."

„Wohin gehen wir?", frage ich. „Sollten wir uns nicht verabschieden?"

Er schüttelt den Kopf. „Nein, jetzt muss es schnell gehen. Du brauchst Ablenkung und ich hab sie."

„Finn …“

„Oder willst du hierbleiben, Daddy zuhören, wie er über das Method Acting seines Pferdes philosophiert?“

Ich lache. Zum ersten Mal an diesem Abend. Und dann tue ich etwas, das brave Mädchen nicht tun. Auch keine Mittezwanzigjährige, die gelernt hat, immer höflich zu sein. Ich lasse mich von einem Verrückten mit grünen Augen in die Freiheit entführen. Einfach so.

Mit einer Leichtigkeit, die fast gefährlich wirkt, stürmt Finn los, zieht mich hinter sich her. Die Geräuschkulisse der Party fällt ab – als hätte jemand den Ton abgeschaltet. Stattdessen liegt da jetzt diese frühsommerliche Dämmerung über der Stadt. Ein Versprechen aus flirrender Luft, flüchtigen Blicken und Momenten, die vielleicht etwas bedeuten. Oder auch nicht.

Finn lockert seine Krawatte, als wäre er gerade einem Filmset entflohen. „Jetzt kann ich wieder atmen. Ich hasse diese Veranstaltungen.“

„Du hältst dich nicht gern an Regeln, oder?“

„Kommt drauf an, wer sie aufstellt.“ Er geht rückwärts, als wäre er sich sicher, dass ich ihm folge.

Natürlich tue ich’s.

Fünf Minuten später sitze ich in einem schwarzen Porsche, der durch die Nacht schneidet wie ein Versprechen, das sich zu schnell anfühlt. Finn redet viel – über Autos, Kontakte, Präsentationen. Alles klingt groß, glänzend, unantastbar.

Ich lächle, lache an den richtigen Stellen. Aber irgendwo zwischen seinen Worten frage ich mich, ob er es merken würde, wenn ich einfach nichts mehr sage.

„Wir brauchen frische Luft und einen kleinen Kick. Du wirst es lieben, Babe.“

Gut fünfzehn Minuten später parkt er in einer dunklen, verlassenen Gegend. Die glitzernden Lichter der Stadt wirken plötzlich fern und unwirklich. Finn hat das Tempo längst vorgegeben. Ich kenne ihn seit unserer Kindheit – elitäre Schulen, gleiche Kreise – aber heute Abend sprechen wir zum ersten Mal wirklich miteinander.

Er führt mich in ein heruntergekommenes Gebäude. Das Treppenhaus ist schummrig, der Putz blättert, der Geruch: modrig, alt. Alles hier schreit nach Horrorfilm.

„Du hast keine Ahnung, was jetzt kommt", sagt Finn mit einem Grinsen zwischen Wahnsinn und Verheißung.

Mein Magen zieht sich zusammen.

Dann öffnet er eine Tür – eine Art Umkleideraum. An Stangen hängen dunkle Klamotten. Ein Hoodie für mich. Streetstyle für ihn. Natürlich sitzt alles perfekt.

„Bereit für den Kick?", fragt er.

Ich nicke. Obwohl mein Herz rast.

Kurz darauf stehen wir auf dem Dach. Unter uns glitzert New York. Der Wind pfeift. Finn legt den Arm um mich. Das Gefühl? Irgendwas zwischen Nähe und Nervenkitzel.

„Weißt du, was du brauchst?"

Ich schüttle den Kopf.

„Mehr davon. Und weniger von allem anderen."

Er zeigt auf den Abgrund. „Und jetzt? Springen wir."

Ich reiße die Augen auf. „Was?!"

„Keine Sorge", sagt er und lacht. „Da ist ein Netz. Professionell gespannt. Ich hab's organisiert. Ist absolut sicher. Wir machen das öfter."

Ich trete vorsichtig näher. Das Netz ist da – scheinbar stabil. Und doch klopft mein Herz bis zum Hals.

„Du bist verrückt", flüstere ich.

Sein Blick wird ernst. „Und du bist mutiger, als du glaubst."

Ein Moment Stille. Dann sagt er leise:

„Spring, Traumfrau. Für dich. Nicht für mich. Nicht für irgendwen. Nur für dich."

Die Worte treffen mich.

Ich sehe hinunter. Dann zurück zur Skyline. Die Welt da unten – glatt, perfekt, berechenbar – hat mich heute fast erdrückt. Die bedeutungslosen Gespräche. Das Lächeln auf Knopfdruck. Das ständige Gefühl, nicht echt zu sein.

Aber das hier ... ist echt. Vielleicht geht es nicht um Mut, sondern ums Loslassen. Ich schließe die Augen. Der Wind spielt mit meinem Haar.

„Eins ... zwei ... drei!"

Ich springe.

Für einen Moment gibt es nur Leere. Kein Boden. Kein Halt. Nur der Fall. Mein Körper schreit, mein Herz explodiert. Ich bin schwerelos. Zeitlos. Frei.

Dann – das Netz. Es fängt mich mit einem Ruck. Und ich lache. Lache einfach los, während ich nachschwinge. Ich bin außer Atem, mein Herz hämmert. Aber ich habe es getan.

„Oh mein Gott!", rufe ich nach oben. „Das war ... unglaublich!"

Finn lehnt grinsend am Rand. „Ich hab's dir gesagt. Das wirst du nie vergessen."

Ich lache noch immer, liege einfach da, Arme ausgestreckt. Ich fühle mich lebendig. Ganz. Zum ersten Mal seit einer Ewigkeit.

„Ich hätte nie gedacht, dass ich so was tue", murmele ich.

„Willkommen auf der anderen Seite", sagt Finn und springt lässig hinterher. Landet geschmeidig neben mir. Er boxt mir leicht gegen die Schulter.

Und dann küsst er mich. Einfach so.

Er schmeckt nach Champagner, Risiko – und einer Nacht, die Regeln bricht. Ich erwidere den Kuss. Vielleicht, weil ich ihn gerade will. Oder weil er als Einziger versteht, wie es sich anfühlt, wenn die Welt zu eng wird.

Er löst sich, schaut mich an. „War gar nicht so schlimm, oder?"

„Was – der Kuss oder der Sprung?"

„Beides."

Ich lächle. „Verrückt. Aber irgendwie auch schön."

Er sieht auf seine Uhr, seufzt gespielt dramatisch. „Ich muss los. Treffen mit Freunden. Kommst du klar?"

Ich nicke. Aber irgendetwas in mir zieht sich zusammen.

War das alles? Nur ein Sprung. Ein Kuss. Und jetzt zurück in seine Welt?

„Danke für heute Abend", sage ich leise.

„Immer wieder gern“, antwortet er – dann dreht er sich um und verschwindet in der Dunkelheit, so plötzlich, wie er aufgetaucht ist.

Ich bleibe allein zurück. Mein Herz schlägt noch immer zu schnell. Nicht nur vom Sprung.

Vielleicht war es nur ein Moment. Vielleicht will ich zu viel hineinlesen. Aber ein kleiner Teil von mir hofft trotzdem, dass es mehr war. Und ein anderer fragt sich, ob ich mir mit dieser Hoffnung nicht selbst im Weg stehe. Wieder einmal.

Ich will noch nicht nach Hause. Meine Wohnung ist zwar klein, aber gut ausgestattet – ein weiterer Besitz meiner Eltern, die etliche Immobilien als Geldanlage horten. Natürlich ergibt es Sinn, dass ich in ihrer Eigentumswohnung lebe, anstatt irgendwo anders horrende Mieten zu zahlen. Doch manchmal fühlt es sich mehr wie ein Gefängnis an. Alles hier spiegelt den Geschmack meiner Mutter wider – makellos, durchgestylt und ... kalt. Perfekt bis zur Sterilität. Gemütlich? Fehlanzeige.

Um ehrlich zu sein, bin ich meist nur zum Schlafen dort. Es sei denn, ich habe Besuch. Manchmal übernachten Freunde bei mir, weil sie gerade eine schwierige Phase durchmachen oder dringend eine Bleibe brauchen. Dann ist die Wohnung plötzlich kein Hochglanz-Showroom mehr, sondern ein Zuhause. Ein Ort, an dem gelebt wird – mit all dem Chaos, dem Lachen und der Wärme, die sonst fehlen.

Doch heute wartet keiner auf mich und so suche ich in einer völlig überlaufenen Megacity nach einem Ort der Ruhe. Ha, das wird wohl ein aussichtsloses Unterfangen!

Dicke Wolken haben den Himmel inzwischen vollständig überzogen. Feiner Nieselregen perlt auf meine Haare und den langen Mantel, der mein sündhaft teures Kleid schützt. Im Nachhinein betrachtet hätte ich mir das Umziehen nach Finns Verschwinden wohl sparen können. Aber was hätte ich tun sollen? Finns geliehene Sportklamotten einfach behalten und stattdessen mein Designer-Kleid auf seinem Kleiderständer zurücklassen? Seine Kumpels hätten beim nächsten Sprung sicher nicht schlecht geguckt. Allein die Vorstellung, wie sie ernsthaft darüber diskutieren, wer von ihnen das Kleid zuerst anprobieren darf, bringt mich zum Grinsen.

Finn ... sein Kuss schwirrt mir immer noch im Kopf herum und verwirrt mich. Ich weiß einfach nicht, wie ich ihn einordnen soll: den Kuss und Finn.

Der Regen wird stärker, und jeder normale Mensch würde sich jetzt einen trockenen Unterschlupf suchen oder eines der legendären gelben New Yorker Taxis rufen. In meinem Fall könnte ich sogar den Fahrer meines Vaters anrufen – George ist wirklich ein Schatz und würde mich sicher ohne Murren abholen. Aber nein, heute habe ich genug von Glanz, Glamour und Luxus. Ein bisschen Regen hat noch niemandem geschadet – ich bin ja schließlich nicht aus Zucker.

Ich ziehe meinen stylishen, aber definitiv zu dünnen Mantel enger um mich und lasse den Blick schweifen. Ha! Da vorne an der Upper New York Bay, entdecke ich den neuen Steg. Offiziell ist er noch gesperrt – angeblich wegen Problemen mit der Statik. Zumindest stand das neulich irgendwo im Netz. Hm. Meiner absolut unfachmännischen Einschätzung nach sieht er völlig stabil aus.

Der Steg besteht aus glattem, grauem Beton, eingerahmt von seltsam geformten Metallstrukturen, die wie gigantische Eiszapfen in den Himmel ragen. Ein bisschen bizarr, aber irgendwie faszinierend. Das schummrige Licht einer Straßenlaterne erhellt alles rund um den Steg – zumindest ein wenig. Doch dann bemerke ich, dass die einzige Holzbank dort bereits besetzt ist. Mist! Aber die Bank ist schließlich groß genug, um mehreren Personen Platz zu bieten. Außerdem dürfte dieser Kerl gar nicht hier sitzen, dank der Absperrung ist das klar verboten. Wenn er sich also nicht an die Regeln hält, muss ich es doch auch nicht machen und kann mich einfach zu ihm setzen, oder?

Flink klettere ich unter der Absperrung durch und betrachte nachdenklich die nasse Bank. Na ja, immerhin kann das Wasser zwischen den Holzstreben ablaufen und ich muss nicht in einer Pfütze sitzen, das ist ja schon mal positiv. Wer zu viel Zeit mit Sorgen und Grübeln verbringt, verpasst die schönen Dinge.

„Ist es okay, wenn ich mich dazusetze?“, frage ich höflich – genau so, wie meine Upper-Class-Eltern es mir seit meiner Kindheit eingetrichtert haben.

Der Mann sagt kein Wort, sondern rutscht bloß wortlos ans andere Ende der Bank. Aha. Im Gegensatz zu mir hat er wohl keine Erziehung genossen.

Also sehe ich mich erst einmal um und genieße die Aussicht. Ich blicke auf die Bay. Es ist wunderschön hier, das kann selbst das miese Wetter nicht verbergen. Regen trommelt sanft auf die Wasseroberfläche, lässt kleine Kreise entstehen, die sich in immer größeren Wellen ausbreiten. Die Bucht schimmert in tiefem Grau, doch hin und wieder blitzt das Licht der Stadt darauf auf, als würde es für Sekundenbruchteile golden leuchten. Die Luft ist erfüllt von Salz und Regen, frisch und rein.

Ich liebe New York. Die glänzenden, oft gläsernen Fassaden, die wie Spiegel die Farben des Firmaments einfangen. Wolkenkratzer, die so hoch aufragen, dass sie beinahe den Himmel berühren. Und zwischen mir und dieser atemberaubenden Skyline liegt das Wasser der Bucht – endlos, ruhig und voller Möglichkeiten. Verstohlen betrachte ich den Typen, mit dem ich mir die Bank teile.

Seltsam – irgendetwas an ihm kommt mir vertraut vor, auch wenn ich mir sicher bin, ihn noch nie gesehen zu haben. Er fasziniert mich und ich kann nicht aufhören, ihn verstohlen anzustarren.

Der Mann – ich schätze ihn auf Anfang bis Mitte 30 – hält den Kopf gesenkt, weshalb ich leider seine Augen nicht sehen kann. Augen sind das Tor zur Seele, lautet ein abgedroschener Spruch. Für mich hat er jedoch eine große Bedeutung. An den Augen eines Menschen erkenne ich so viel ... vor allem aber, ob er ein gutes Herz hat. Die Kleidung verrät dir alles über dein Gegenüber, das hat mir Mom seit der Kindheit eingetrichtert. Allerdings hat es sich als falsch herausgestellt. Ich bin da jedenfalls komplett anderer Meinung.

„Hey“, starte ich einen neuen Versuch. „Ich bin Vivi. Und du?“

Diesmal kommt wenigstens ein Laut – ein unmotiviertes, mürrisches Brummen.

Ich kann mir ein Kichern nicht verkneifen. „Oha, dann habe ich es also mit einem grummeligen Grizzly zu tun? Freut mich, dich kennenzulernen. Ich war schon immer sehr tierlieb."

Wieder keine Antwort, aber immerhin hebt er zum ersten Mal den Kopf und sieht mich an.

Ich entdecke Augen, die irgendwie verloren wirken, dazu markante, beinahe perfekte Gesichtszüge. Sein griesgrämiger Ausdruck haut mich zwar nicht vom Hocker, aber seine Augen sind tatsächlich beeindruckend. Sie erinnern mich von der Farbe her an dunkle Schokolade und haben helle Sprenkel darin, was wahnsinnig geheimnisvoll wirkt – allerdings sehen sie irgendwie trüb und traurig aus. Ich wette, dieser Mann trägt zwar einiges an Problemen mit sich herum, aber im Grunde genommen ist er ein guter Kerl. Das alles sagen mir seine Augen und verrät mir meine Erfahrung mit Menschen, die vom Leben nicht immer gut behandelt wurden.

Ich nehme den Mann genauer unter die Lupe: hängende Schultern, zerzaustes schwarzes Haar und eine Körpersprache, die förmlich nach Niedergeschlagenheit schreit.

„Hattest du einen miesen Tag?", frage ich leiser, dieses Mal ohne meinen üblichen Sarkasmus.

Er reagiert nicht sofort, also rede ich weiter. „Das kenne ich, glaub mir. Aber morgen wird der Himmel wieder blau, und die grauen Wolken sind verschwunden. Egal, wie schlimm es heute aussieht – es wird besser, irgendwann."

Und endlich, endlich sagt er etwas. „Glaub mir", erwidert er mit rauer Stimme, „das Wetter ist gerade mein kleinstes Problem. Genau genommen kümmert es mich kein bisschen."

„Verstehe", bemerke ich und schenke ihm ein vorsichtiges Lächeln. „Was macht dich denn so traurig?"

Ein verächtliches Schnauben. Dann: „Was lässt dich glauben, dass ich traurig bin? Vielleicht bin ich auch wütend."

Oh. Daran habe ich gar nicht gedacht und ich fühle definitiv mit ihm. Seine Hoffnungslosigkeit strahlt auf mich aus. Irgendwie reizt es mich aus diesem Grund jedoch auch, mehr über ihn zu erfahren. Seine tiefgründigen Augen, die zerzausten Haare, die einst wohl hochpreisige, aber jetzt nachlässig wirkende Kleidung – alles an ihm schreit danach, dass er jemanden zum Reden brauchen könnte.

„Auf wen bist du denn wütend?"

Wieder dieses Schnauben. „Na, auf alles eben. Wieso kümmert dich das überhaupt? Wenn ich dich so ansehe, dann bist du mit dem goldenen Löffel im Hintern geboren und eine kleine Miss Sunshine, die von allen verwöhnt wird. Vermutlich auch noch ein Einzelkind, richtig? Und jetzt gerade bist du dabei, Daddys Firma zu übernehmen oder irgend so etwas."

Autsch. Das war deutlich. Die meisten würden sich jetzt vermutlich mehr oder weniger höflich verabschieden. Aber ich bin nicht die meisten. Ich hatte schon immer ein Faible für Menschen mit Narben – ob sichtbar oder nicht.

„Nein, so ist es nicht." Meine Stimme klingt leiser, als ich will. „Ja, ich hatte es leichter als viele. Aber das heißt nicht, dass alles leicht war. Man wächst in ein Leben hinein, das andere für dich entwerfen – mit Erwartungen, Rollen, Pflichten. Und irgendwann vergisst du, was du eigentlich selbst wolltest."

Ich halte seinem Blick stand. „Ich weiß, das klingt nach Luxusproblemen. Aber manchmal fühlt es sich an, als würde ich ein fremdes Leben führen. Und trotzdem versuche ich, das Beste draus zu machen."

Ich zucke mit den Schultern. „Also ja, theoretisch könnten mir deine Sorgen egal sein. Aber das sind sie nicht."

Wow, jetzt bin ich selbst überrascht darüber, wie viel ich gerade mit einem Wildfremden geteilt habe. Und auch er hebt die Augenbrauen und blickt mich mit einem Mal anders an, sein Ausdruck ist wacher und irgendwie ... neugierig geworden.

Ich zucke mit den Schultern. „Und mal ehrlich: Was hast du zu verlieren? Ich bin nicht dein Endgegner, nur eine Frau, die zufällig neben dir auf einer Bank sitzt. Eine Fremde, die du nie wiedersehen wirst. Also, wenn du Dampf ablassen willst – dann schieß los. Ich kann gut zuhören und glaub mir: So leicht schockt mich nichts."

Sein Kiefer spannt sich an, ich kann regelrecht sehen, wie es in seinem Innersten arbeitet. Doch dann schüttelt er den Kopf und blafft mich an. „Ich habe einfach keine Lust, mit dir darüber zu reden, okay?“ Er macht Anstalten aufzustehen.

„Hey, schon gut, ich hab’s verstanden.“ In einer versöhnlichen Geste hebe ich die Hände. „Bleib sitzen, ich wollte sowieso gerade gehen.“ Ich rapple mich auf und klopfe meinen Mantel ab. „Hab noch einen schönen Abend. Und wenn morgen die Sonne das Wasser glitzern lässt und New Yorks Fassaden im neuen Licht erstrahlen, dann versuch’s doch mal mit einem Lächeln. Manchmal hilft das – und die Welt sieht plötzlich ganz anders aus.“

Er sagt nichts mehr, doch ich spüre seinen Blick in meinem Rücken, als ich mich Schritt für Schritt von ihm entferne und in meine Wohnung zurückkehre.

Den nächsten Tag über fühle ich mich unruhig, fast noch ruheloser als sonst. Die Begegnung mit dem Grizzly, wie ich ihn in Gedanken nenne, hat etwas in mir aufgewühlt. Ich kann nicht genau benennen warum, aber irgendwie hat er etwas in mir ausgelöst und nun fühle ich mich nicht mehr ganz so optimistisch wie sonst. Vielleicht bin ich auch nur müde – so genau weiß ich es selbst nicht.

Nachdem ich heute Morgen wieder zwischen Orten unterwegs war, an denen nur wenige freiwillig verweilen, stehe ich nun vor dem Penthouse meiner Eltern und straffe meine Schultern. Gleich geht es los und die übliche Diskussion über meine Zukunft beginnt. Oder geht es heute verstärkt darum, wie ich mich gestern wortlos von der Gala entfernt habe? Hm, ich kann mich nicht entscheiden, was davon das kleinere Übel wäre. Mein Plan ist, einfach kurz fröhlich „Hallo“ zu trällern, zu fragen, wie es ihnen geht und dann rasch wieder von hier zu verschwinden. *Here we go*, los gehts!

Sarah, Moms Allround-Haushaltshilfe, öffnet mir nach dem ersten Klingeln die Tür. Sie ist ungefähr in meinem Alter und wir verstehen uns wirklich gut. Umso mehr tut es mir leid, was meine Eltern ihr alles aufbürden. Ein angenehmer Job ist das garantiert nicht, wenn auch gut bezahlt. Mein Dad ist sehr darauf bedacht, seinen Angestellten ein überdurchschnittliches Gehalt zu zahlen, damit später keiner schlecht über ihn redet und das in der Presse erscheint. Sein guter Ruf ist Teil seines Jobs, hat er mir mal erzählt. Tja, als erfolgreicher Schauspieler muss man vermutlich darauf achten, doch so würde ich nie leben wollen. Immer nach außen den Schein zu wahren, sich ständig beobachtet zu fühlen und laufend in der Öffentlichkeit von Fans angesprochen zu werden, wäre für mich die reinste Hölle. Und dabei ist er noch nicht mal in der A-Liga der Schauspielriege, aber dennoch erfolgreich genug, damit die meisten ihn auf der Straße erkennen.

„Mom, Dad?“, rufe ich ins Blaue hinein, weil ich keine Ahnung habe, wo in dieser riesigen Wohnung sie sich gerade befinden. Fitnessraum, Wellnessbereich, in Dads kleinem Kino, in Moms Modeatelier – es gibt unzählige Möglichkeiten. Keine Antwort, na super, dann muss ich mich wohl auf die Suche machen.

„Deine Eltern sind im Wohnzimmer“, raunt Sarah mir leise zu.

Ich schenke ihr ein dankbares Nicken. „Und? Wie ist die Stimmung heute?“

Sie zögert. Offensichtlich bemüht sie sich krampfhaft, nichts Negatives über ihre Arbeitgeber zu sagen.

„Zeig’s mir einfach mit dem Daumen, dann musst du nichts riskieren“, flüstere ich verschwörerisch.

Langsam hebt sie ihre Hand – und senkt den Daumen nach unten. Ihre Miene könnte saurer nicht sein.

„Alles klar, ich hab’s verstanden. Danke für die Vorwarnung, Sarah. Dann mal rein in die Höhle der Löwen“, murmele ich und rüste mich innerlich für die nächste Diskussion.

Kaum betrete ich den Raum, hebt meine Mutter den Blick und fixiert mich mit der Präzision eines Lasers. „Vivienne, Darling, du siehst ... etwas ramponiert aus.“

Aha. So bezeichnet man also den natürlichen Look in High-Society-Kreisen.

„Nun, ramponiert würde ich das nicht nennen“, erwidere ich betont gelassen. „Ich trage Jeans, ein Shirt und bin ungeschminkt. Da ich heute nicht auf einem Society-Event glänzen muss, dachte ich, ich gönne mir ein bisschen Komfort. Daran ist ja nichts falsch. Oder, Mom?“

Sie zieht skeptisch eine perfekt gezupfte Braue hoch. „Eine echte Lady sieht stets aus wie aus dem Ei gepellt. Aber das wirst du sicher noch lernen.“

Ja, klar. Direkt nach meinem Crash-Kurs in Geduld mit kritischen Müttern.

„Apropos Manieren: Wieso bist du gestern einfach verschwunden, ohne dich zu verabschieden? Und wo warst du?“

Und da ist sie – die erste Runde im rhetorischen Boxkampf des Tages. Ich straffe die Schultern, atme tief durch und setze ein strahlendes Lächeln auf. Showtime. „Entschuldige, Mom. Mein Tag gestern war etwas anstrengend und ich wollte mich zurückziehen. Selbstverständlich lag es nicht an der Premiere. Die war sensationell.“

Der Gesichtsausdruck meiner Mutter wird prompt etwas sanfter. „Nun, du hättest dich wenigstens bei deinem Vater und mir verabschieden können. Übrigens habe ich dich mit dem Sohn der Cunnings gesehen. Finn heißt er, oder? Kein schlechter Fang. Juniorchef der Medienfirma, aus gutem Haus – das volle Programm. Hat er dich schon nach einem Date gefragt? Nach all den ... nennen wir sie mal charaktervollen Typen, mit denen du sonst unterwegs warst, wäre er doch glatt ein Volltreffer.“

Oh. Mein. Gott. Ich muss mich ernsthaft zusammenreißen, um nicht sämtliche Widerworte wie eine Konfettikanone auf sie abzufeuern. Was Mom als Loser-Freunde abstempelt, waren ganz normale Männer – weder Drogenbarone noch Möchtegern-Gurus, nicht einmal Influencer mit dubiosen Proteinshakes. Einfach nur ... Männer. Aber eben keine Millionenerben mit Yacht und Stammbaum, wie sie es sich für mich wünscht.

Okay, zugegeben – der große Liebesblitz hat bei mir bisher eher wie ein schwacher Stromausfall gewirkt. Einmal kurz geflackert, dann zack, Dunkelheit. Vermutlich bin ich einfach kein Beziehungstyp. Vielleicht ist die große Liebe für andere gemacht. Für Menschen mit funktionierendem Herzkompass und einem Faible für Kitsch.

Aber das wird Mom nie kapieren. Sie hat sich längst in den Kopf gesetzt, mich mit einem geeigneten Kandidaten zu verkuppeln. Und was in ihrer Welt *geeignet* heißt, ist ungefähr so romantisch wie eine Steuererklärung mit Herzchenrand.

Wobei ich mir ziemlich sicher bin, dass sie Finn nicht annähernd so charmant fände, wenn sie wüsste, dass er ein Adrenalinjunkie ist, wilde Partys feiert und illegale Action-Events organisiert. Ich meine ... ich bezweifle stark, dass sie das in der Sonntagsgesellschaft als Pluspunkt werten würde. Aber da sie das nicht weiß, spiele ich mit.

„Finn? Ja, er ist ... nett. Vielleicht treffe ich mich tatsächlich bald mal mit ihm." So kann ich meine Eltern beruhigen und ein paar Pluspunkte sammeln. Sie warten ja ohnehin schon seit Jahren darauf, dass ich endlich einen Golden Boy als Schwiegersohn anschleppe. Schließlich werde ich in ihren Augen nur durch eine prestigeträchtige Karriere oder durch eine strategisch wertvolle Hochzeit zur vollwertigen Erwachsenen. Und da Ersteres für mich nicht infrage kommt, springe ich – zum Schein – auf den anderen Zug auf.

„Sehr schön, Darling. Möglicherweise kann sein Vater dir ja beruflich neue Möglichkeiten eröffnen. Falls du definitiv nicht in die Modebranche einsteigen willst, könnte das Mediengeschäft ja etwas für dich sein. Denk mal darüber nach. Immerhin haben wir dir dein PR-Studium bezahlt und dir damit eine große Karriere ermöglicht. Jetzt musst du nur beweisen, dass du den nötigen Biss und Ehrgeiz dafür hast."

Oh, bitte nicht. Ich würde lieber auf ewig in diesem Esszimmer festsitzen, als in einem Büro über Quoten und Zielgruppenanalysen zu brüten. Aber ich setze mein unterwürfiges Lächeln auf und nicke. „Eine weitere Option – da hast du recht."

Allerdings eine, die ich genauso wenig wahrnehmen werde wie eine Karriere als PR-Managerin in der Modebranche. Aber das kann ich meinen Eltern natürlich nicht sagen. Nein, ich brauche dringend einen besseren Plan. Doch bis dahin spiele ich weiterhin die brave, nicht ganz perfekte Tochter.

„Mom, ich bin doch längst auf der Suche nach einem Job. Aber das braucht nun mal Zeit. Bitte hört auf, mich unter Druck zu setzen. Ich kriege das schon hin."

„Vivienne Celeste Sinclair“, ertönt plötzlich die unheilvolle Stimme meines Vaters, der das Zimmer betritt. Mein Magen zieht sich augenblicklich zusammen. Ich kenne diesen Ton – es bedeutet, dass gleich ein Unwetter aus Vorwürfen über mir hereinbricht.

„Druck? Wir setzen dich nicht unter Druck, wir haben dir bisher mehr als genug Zeit gelassen“, sagt er mit dieser unverkennbaren Mischung aus Enttäuschung und Strenge. „Aber irgendwann müssen die Ausreden aufhören. Mit deinen Noten hättest du längst einen Job haben können. Stattdessen lehnst du ein Angebot nach dem anderen ab. Das Leben ist kein Wunschkonzert, Vivienne. Es wird Zeit, dass du an deine Zukunft denkst, anstatt deine Jugend zu vertrödeln. Und warum verschwendest du so viel Zeit mit diesem Charity-Verein ... wie hieß er noch gleich?“

Ich atme tief durch, zwinge mich zur Ruhe. „Der Name lautet Harbor Haven Foundation, Dad. Und ich verschwende garantiert keine Zeit, im Gegenteil. Es liegt mir am Herzen, die Stiftung zu unterstützen. Ich helfe Menschen, die es schwer haben. Wieso könnt ihr nicht verstehen, wie wichtig mir das ist?“

Mom verdreht kaum merklich die Augen, während Dad mich prüfend ansieht. Ich setze nach, meine Stimme bebt leicht vor Frustration. „Dad, du hast doch selbst schon in Filmen Menschen mit schweren Schicksalen gespielt. Gerade du solltest daher verstehen, weshalb ich das mache!“

Er zögert einen Moment, sein Blick wird weicher, doch das ändert nichts an seiner Haltung. „Das ist nicht dasselbe, Darling. Deine Mutter und ich lieben dich und sind stolz auf dich. Aber du brauchst ein sicheres Einkommen. Sonst wird das nichts.“

Ich schließe die Augen, spüre die Erschöpfung dieser immer gleichen Diskussion. Diesen Kampf habe ich schon so oft geführt – und verloren. Ich liebe meine Eltern, und egal wie sehr sie mich mit ihren Erwartungen erdrücken, ich kann es nicht ertragen, sie zu enttäuschen. Manchmal habe ich das Gefühl, dass Dad mich – trotz seiner Strenge – ein kleines bisschen besser versteht als Mom. Aber wahrscheinlich rede ich mir das nur ein.

Tief atme ich durch und kapituliere. „Ihr habt recht. Es tut mir leid.“

Dad nickt zufrieden und legt mir kurz die Hand auf die Schulter. „Gut. Dann nimm das nächste Jobangebot an, das ich dir durch meine Kontakte vermitteln kann. Versprich es mir!“

Ich schlucke schwer und zwinge mich zu einem Nicken. „Ja, Daddy. Natürlich.“ In diesem Moment fühle ich mich wieder wie ein kleines Mädchen, das beim Fototermin mit einem Grasfleck auf dem Kleid auftaucht – und ihm Sorgenfalten auf die Stirn schreibt.

Tief atme ich durch, straffe die Schultern und lasse mich auf den Stuhl im Salon sinken. Die nächsten dreißig Minuten verbringe ich damit, belanglosen Smalltalk zu führen, während ich mich an der dampfenden Tasse Earl Grey festklammere, die Sarah mir hingestellt hat. Ich rutsche auf dem glatten Polster hin und her, blicke mich im Raum um. Alles ist makellos – sauber, luxuriös, meisterhaft arrangiert. Und dabei so unendlich unpersönlich.

Es fühlt sich falsch an, hier zu sein, in dieser inszenierten Welt, die mit echter Wärme so wenig zu tun hat wie ein Schaufenster mit einem Zuhause. Ich passe nicht hierher, nicht in diese makellose, auf Hochglanz polierte Perfektion. Ich bin der Kratzer auf dem glänzenden Parkett, das Sandkorn in ihrem präzise geölten Getriebe.

Sarah reicht uns kleine Häppchen auf einem silbernen Tablett, und während ich mechanisch danach greife, frage ich mich, wann ich endlich den Mut haben werde, all das hinter mir zu lassen. Mich meinen Eltern endgültig entgegenzustellen, um meine eigenen Träume zu leben. Aber mit jedem Tag, an dem ich schweige, scheint dieser Schritt unmöglicher zu werden.

Weil ich nicht die Tochter bin, die sie sich gewünscht haben – ich bin nicht makellos.

Am Abend sitze ich an der Bar meines Lieblingsclubs, den Blick auf den großen Spiegel gegenüber gerichtet. Die Menge tanzt, lacht, lebt – doch ich fühle mich wie ein Beobachter hinter Glas. Die Lichter flackern, die

Musik dröhnt, Gespräche vermischen sich zu einem einzigen Rauschen. Alles ist zu viel. Zu laut. Zu leer.

Ich drehe mein Cocktailglas in der Hand, während ich mit der Zungenspitze ein Ananasstückchen vom Spieß ziehe und es langsam von einer Wange zur anderen schiebe. Der Geschmack ist süß – trotzdem fehlt irgendetwas. Ein Kick, ein Gefühl, das mich aus dieser inneren Starre reißt. Die anderen sind alle in Partystimmung, doch ich? Heute nicht.

Gelangweilt scrolle ich durch mein Handy, suche nach Ablenkung, aber in mir bleibt diese bohrende Unruhe. Dann vibriert mein Smartphone. Eine Nachricht von Finn.

Bock auf noch mehr Wahnsinn?

Ich schmunzle. Diese Worte sind wie ein Code, ein Versprechen. Finn weiß, wie man die Leere füllt – mit Tempo, mit Risiko, mit Momenten, die sich nach Leben anfühlen. Er ist der Typ, der nie stillsteht, immer die nächste waghalsige Idee im Kopf hat. Und ganz ehrlich? Genau das brauche ich jetzt.

Immer. Wann und wo?

... tippe ich zurück.

Seine Antwort kommt sofort.

Kennst du dich mit Wingsuits aus?

Mein Puls beschleunigt sich. Ich grinse.

Na ja, einen Sprung habe ich mal gemacht. Ist aber schon zwei Jahre her.

Dann morgen früh um 6. Warehouse District. Sei pünktlich, Babe.

Das ist Finn – direkt, keine Fragen, keine Erklärungen. Wir kennen uns seit Kindertagen, sind nie wirklich Freunde gewesen, aber unsere Kreise haben sich immer wieder überschnitten. Ich weiß, was mich erwartet: Adrenalin, Geschwindigkeit, dieser eine Moment, in dem die Welt stillzustehen scheint, bevor man fällt – oder fliegt.

Mein Verstand warnt mich. Flüstert, dass ich es nicht übertreiben sollte. Aber meine Sehnsucht nach dem Rausch übertönt jede Vernunft.

Ich nehme einen großen Schluck Martini und stelle das Glas auf die Theke.

Den Kick, den ich heute so dringend brauche, finde ich nicht hier. Aber morgen früh wird er auf mich warten.

Und vielleicht, nur vielleicht, auch Finns Lippen.

Am nächsten Morgen stehe ich auf dem Dach eines Hochhauses, irgendwo am Rand der Stadt. Der Beton unter meinen Füßen ist rissig, die Absperrung rostig – ein Ort, an dem man definitiv nicht landen, geschweige denn starten sollte. Aber genau das tun wir: abheben.

Vor mir liegt der Abgrund. Kein Fallschirm, kein Rückweg. Nur ein Wingsuit, den Wind im Gesicht – und ein Sprung in den Wahnsinn.

Mein Herz rast. Zwischen den Schulterblättern pulsiert der

Gedanke: *Was zum Teufel machst du hier eigentlich?* Und gleichzeitig: *Das ist es, was ich brauche.*

Finn ist neben mir. Cool, wie immer. Als wäre das alles nichts weiter als ein Spaziergang im Park. Er hat mir vorhin eine detaillierte Einweisung gegeben und den Wingsuit angepasst und jeden Riemen samt Fallschirm gründlich kontrolliert. Dabei ist sein Blick öfter an mir hängen geblieben als an den Schnallen.

„Du hast die richtige Figur“, hatte er gesagt.

Ich wusste nicht, ob er den Wingsuit meinte. Oder einfach nur mich.

Jetzt steht er nah bei mir. Er trägt ein breites Grinsen – selbstsicher, herausfordernd, ein bisschen zu sehr „Ich krieg sowieso, was ich will“. Und trotzdem kribbelt es in meinem Bauch, wenn er mich auf diese Weise ansieht.

„Bereit, Wonderwoman?“ Seine Stimme ist rau vom Wind.

Ich ziehe eine Augenbraue hoch. „Immer.“ Auch wenn meine Knie ein ganz anderes Lied singen.

Er tritt noch ein Stück näher. „Ich mag Frauen, die mutig sind.“ Seine Hand streicht über meinen Rücken, viel zu beiläufig für das, was sie auslöst. Ich drehe den Kopf, sehe ihn an – lange genug, dass es in der Luft knistert. Zu lang, um es als Zufall abzutun.

Ich weiß, was man über ihn sagt: charismatisch, draufgängerisch, nicht beziehungsfähig. Der Typ, der jede haben kann – und keine behält. Und trotzdem. Da ist was an ihm, das mich neugierig macht. Vielleicht, weil er genauso rastlos wirkt wie ich. Vielleicht, weil ich wissen will, ob hinter dem Lächeln mehr steckt. Oder weil ich gerade verdammt noch mal in einem Wingsuit auf einem Wolkenkratzer stehe und meine ganze Welt ohnehin schon kopfsteht.

„Dann los“, sagt Finn.

Ich atme tief ein, zähle bis drei – und springe.

Der Wind schlägt mir entgegen wie eine Wand aus Stahl. Ich reiße die Arme auseinander, zwinge mich in Position, während mir die nackte Panik durch die Adern schießt wie flüssiges Feuer. Mein Herz hämmert, meine Lungen brennen – doch dann: der Moment. Der Bruch.

Der Wingsuit füllt sich. Mein Sturz wird zum Flug. Ich spüre, wie die Schwerkraft an Kraft verliert, wie mein Körper sich aufrichtet, getragen von nichts als Luft. Ich fliege. Kein Netz. Keine Sicherung. Nur der freie Himmel – und ich.

Doch die Erde kommt näher. Zu schnell. Zu hart. Mit einem Ruck ziehe ich den Fallschirm.

Ein explosionsartiger Widerstand reißt mich zurück, als würde mein ganzer Körper an unsichtbaren Fäden nach oben gezerrt. Ich werde durchgeschüttelt, rausche haarscharf an der Fassade eines Gebäudes vorbei, streife beinahe eine Reklametafel. Adrenalin jagt durch meine Adern. Alles ist zu laut, zu hell, zu intensiv. Ich schreie – nicht aus Angst, sondern aus purer, ungezähmter Ekstase.

Das ist leben. Nicht denken. Nur fühlen. Nur fallen. Nur fliegen.

Als ich schließlich über ein flaches Dach segle und aufpralle, federt mein Körper ab wie ein einziger nervöser Muskel. Ich reiße den Helm vom Kopf. Meine Hände zittern und mein Herz hämmert gegen den Brustkorb wie eine Faust.

Und alles in mir schreit: Noch einmal. Noch hundertmal.

Sekunden später landet Finn neben mir. Er wirkt, als hätte er gerade einen verdammten Werbespot für Extremsport gedreht – kein Tropfen Schweiß, kein Zittern. Nur dieses charismatische Grinsen.

„Nicht schlecht", sagt er. „Gar nicht übel."

Ich schnaube. „Gib's zu – du bist beeindruckt."

Er tritt näher, so nah, dass unsere Schultern sich fast berühren. „Du warst heiß."

Ich lache, obwohl mein Magen flattert – vielleicht vor Stolz, möglicherweise wegen ihm. Oder beidem.

Dann küsst er mich. Unerwartet, aber nicht unangenehm. Hart, intensiv, voller Tempo – wie alles an ihm. Er schmeckt nach Aufbruch, nach Sturm, nach Gefahr. Ich erwidere den Kuss, vorsichtig zuerst, dann mit einem Hauch mehr.

Schließlich löst er sich von mir. In seinen Augen flackert dieses unmissverständliche Funkeln – wild, fordernd, lebendig. Eine unausgesprochene Gier liegt darin, ein Versprechen, das mir den Atem raubt. „Komm", sagt er leise, beinahe rau. „Wir packen zusammen, gehen was essen und danach zu mir." Er grinst selbstsicher – und obwohl es wie ein

Vorschlag klingt, fühlt es sich wie ein Befehl an. Einer, dem ich nur zu gerne Folge leisten will.

Wir essen in einer Sport-Bar, wie sie typischer für Finn kaum sein könnte. An den Wänden hängen Fotos von Fallschirmspringern, Basejumpern und Wingsuit-Fliegern, die Speisekarte ist voll mit hippen, gesunden Kleinigkeiten – Protein-Bowls, vegane Wraps, Cold Brew auf Eis. Während wir auf unser Essen warten, redet Finn fast ununterbrochen. Er erzählt von Abenteuern in Mexiko, von einem Stunt für eine neue Serie und von der Idee, einen eigenen YouTube-Kanal für Extremsportarten zu starten.

Ich höre zu, wirklich – denn es ist spannend, was er erzählt, und seine Begeisterung ist ansteckend. Aber irgendwann frage ich mich, ob man in seiner Gegenwart eigentlich immer so wenig zu Wort kommt. Vielleicht ist das einfach Teil seines Wesens – er lebt groß, laut und in schnellen Schnitten, wie ein Highlight-Video.

Später, als wir bei ihm ankommen, reiße ich mich aus meinen Gedanken. Finns Apartment ist genau das, was ich erwartet habe – und trotzdem überrascht es mich. Ein riesiges Loft mit deckenhohen Fenstern, cooler Industrie-Charme und ein paar verspielte Details, die ganz nach ihm schreien. Eine Schaukel hängt mitten im Raum, daneben lehnt ein Surfbrett an der Wand, das in New York vermutlich mehr Dekoration als Sportgerät ist. Und in der Ecke glänzt eine Bar, die aussieht, als hätte man sie direkt aus einem Nachtclub geschraubt. „Mach's dir bequem", sagt er grinsend, während er zur Bar geht. „Whiskey? Martini? Oder stehst du auf was Extravagantes?"

„Überrasch mich."

Er mixt etwas mit geübter Hand, während ich mich auf das große, tiefschwarze Ledersofa sinken lasse. Mein Herz klopft noch immer vom Sprung, mein ganzer Körper vibriert vor Restadrenalin. Oder ist es etwas anderes? Finn dreht sich zu mir um, reicht mir ein Glas und stößt mit mir an.

„Auf den Wahnsinn“, sagt er und sein Blick hat dieses gewisse Funkeln, das mir sagt, dass es heute keine Regeln gibt.

Ich nehme einen Schluck. Stark, aber gut. Der Alkohol brennt angenehm in meiner Kehle, während mir die Musik aus den versteckten Lautsprechern langsam durch die Adern kriecht. Es fühlt sich so leicht an, hier zu sein. So weit weg von allem, was mich sonst beschäftigt. Nur Finn und ich, die Nacht und ein Gefühl, das ich nicht benennen kann – oder will.

In der nächsten Stunde kippen wir uns erst die Drinks, dann puren Whiskey die Kehlen hinunter, als wäre es Wasser. Die Wirkung setzt schnell ein, breitet sich in meinem Körper aus, bringt mir diese wohlige Wärme, die ich so oft suche. Sie legt sich wie eine weiche Decke über meine Gedanken, dämpft alles, was ich gerade nicht fühlen will.

Wir lachen, reden über nichts und alles, während Finn mir nachschenkt, ohne zu fragen. Seine Hand ruht locker auf meinem Knie, seine Finger zeichnen Kreise auf meine Haut, leicht, spielerisch, als würde er testen, wie weit er gehen kann. Sein Blick folgt jeder meiner Bewegungen, und als ich ihm fragend in die Augen sehe, grinst er und streicht mit dem Daumen über meine Unterlippe.

„Was?“, murmle ich, meine Stimme schleppend.

„Nichts“, sagt er, lehnt sich näher. Seine Fingerspitzen fahren meinen Arm hinauf, kaum mehr als eine Berührung, aber genug, um mir eine Gänsehaut zu verpassen. Dann sind seine Lippen da. Erst ein Hauch gegen meinen Mundwinkel, als würde er mich herausfordern, abwarten, ob ich zurückweiche. Tue ich nicht. Also küsst er mich richtig, langsam, als hätten wir alle Zeit der Welt, aber mit einem Hauch von diesem Selbstbewusstsein, das ihn umgibt wie ein teures, aber etwas zu intensives Parfüm.

Sein Kuss schmeckt nach Whiskey, und er nimmt sich immer mehr von mir, ohne zu warten oder zu fragen. Ihn umgibt eine Aura der Arroganz, die mich eigentlich nerven sollte – aber jetzt ist sie einfach nur verlockend. Ich ziehe ihn näher, lege meine Hände in seinen Nacken, und er nutzt den Moment erneut, um die Führung zu übernehmen. Tiefer, fordernder. Ich spüre sein Lächeln an meinen Lippen, bevor er mit einem leisen Lachen murmelt: „Du schmeckst gut, Babe.“

Ich antworte nicht, sondern küsse ihn einfach wieder. Warum denken, wenn es sich so gut anfühlt?

Kurz darauf sind die Drinks vergessen. Irgendwann steht er auf, zieht mich mit sich, und wir stolpern, trunken vor Lust, Arm in Arm ins Schlafzimmer. Das Loft um uns herum verschwimmt zu einer Kulisse aus Licht und Schatten – unwichtig im Vergleich zu der Hitze zwischen uns.

Finn weiß, was er tut – und genau das brauche ich jetzt. Kein Drama, keine tiefgründigen Gespräche, nur Ablenkung. Warum nicht?

Seine Hände gleiten über meine Seiten, seine Lippen wandern über meinen Hals, hinterlassen eine Spur aus Hitze und Versprechen. Ich schließe die Augen, lasse mich leiten. Seine Berührungen sind selbstbewusst, besitzergreifend, Einen Augenblick lang verliere ich mich darin, vergesse, dass irgendetwas außerhalb dieses Zimmers existiert.

Ich stöhne leise, als er mich gegen die kühle Matratze drückt, seine Fingerspitzen über meine Haut wandern. Es ist intensiv, wild – aber irgendwie auch ein wenig zu grob. Zu fordernd. Ich verdränge den Gedanken, ignoriere das leise Ziehen in meiner Brust, das mir sagt, dass etwas fehlt. Zärtlichkeit vielleicht. Eine echte Verbindung. Aber auch diese Zweifel schiebe ich weit weg.

Der Nebel in meinem Kopf lässt mich nicht länger zweifeln. Er deckt alles zu, macht es einfacher. Ich lasse mich fallen, genieße die weiche, flauschige Wolke in meinem Kopf und die Hitze, die durch meinen Körper strömt.

Diesmal lande ich nicht auf Asphalt, sondern in Finns schwarzen Seidenlaken. Es geht schnell – vielleicht zu schnell. Während ich noch nach Luft ringe, dreht er sich bereits auf den Rücken. Sein Atem wird gleichmäßig, ein leises Schnarchen setzt ein.

Und bevor ich lange darüber nachdenken kann, zieht mich der Alkohol in einen traumlosen Schlaf.

Als ich am nächsten Morgen die Augen aufschlage, ist das Bett neben mir leer. Mein Kopf pocht leicht, mein Körper fühlt sich schwer an.

Verwirrt blinzle ich gegen das fahle Morgenlicht und taste neben mich – ins Leere. Kein Finn. Kein warmer Körper, kein verschlafenes Murmeln. Nur zerwühlte Laken und die vage Erinnerung an letzte Nacht. Für einen Moment lasse ich mich zurück in die Kissen sinken, dann blicke ich mich um und entdecke eine Notiz auf dem Nachttisch.

Muss zur Vorstandssitzung. War nett mit dir, Babe – und mach dir keine Sorgen zwecks möglicher Ansteckung. Mein HIV-Test neulich war negativ. Lass uns den Abend irgendwann mal wiederholen. – F.

Ich starre auf die Worte. *Nett mit dir.*

Ein seltsames Gefühl breitet sich in meiner Brust aus. Kein Schmerz, kein echter Frust – eher eine leise Ernüchterung. Ich weiß nicht, was ich erwartet habe. Eine romantische Verabschiedung sicher nicht. Aber trotzdem ... irgendwie fühlt es sich plötzlich hohl an.

Langsam steige ich aus dem Bett und sammle meine Sachen ein, die überall verstreut herumliegen. Danach sieht der Raum wieder genauso aus wie gestern – als wäre nichts passiert. Und vielleicht ist es das auch nicht. Nur ein weiterer Adrenalinkick. Eine Ablenkung.

Aber warum fühlt es sich dann an, als hätte ich etwas verloren, das nie wirklich da war? Als wäre das kalte schwarze Loch in meinem Inneren noch ein bisschen größer geworden, als hätte es sich weiter ausgebreitet – wie ein Geschwür.

Meine Klamotten müffeln nach Alkohol, weil ich anscheinend großzügig damit um mich geschüttet habe. Fantastisch. Der schale Geschmack in meinem Mund wird mit jeder Sekunde unerträglicher. Ich schleppe mich ins Badezimmer – und finde eine Armee von Zahnbürsten. Jede einzeln in Plastik verpackt, fein säuberlich aufgereiht wie zukünftige Pläne für Nächte, die noch nicht stattgefunden haben.

Hm. Praktisch. Oder deprimierend?

Daneben ein Stapel Gästehandtücher, akkurat gefaltet. Als rechne er jederzeit damit, Besuch wie mich zu beherbergen. *Wow, Respekt, wie vorausschauend Finn ist!*, denke ich bitter, während sich mein Magen zu einem einzigen Knoten zusammenzieht. Wie viele Frauen haben hier schon gestanden, genauso verkatert, genauso fehl am Platz? Frauen, mit denen er auch Sex hatte?

Ich reiße eine Zahnbürste auf und schrubbe mir den bitteren Geschmack von der Zunge. Aber das flaue Gefühl in meiner Brust – das verschwindet nicht so leicht.

Schnell weg von hier!

KAPITEL 2

Vivi: Alles halb so wild

Am Nachmittag, frisch geduscht und in bequemer Kleidung, treffe ich meine Freundin Cara im Central Park. Wir haben es uns auf einer alten Holzbank mit Blick auf den See gemütlich gemacht. Neben uns joggen Leute vorbei, ein Straßenmusiker spielt ein jazziges Saxofon-Solo, irgendwo bellen Hunde. Über uns wiegt sich das Blätterdach der Bäume, goldenes Licht fällt durch die Zweige. Es riecht nach Sommer, Stadt und ein bisschen Abenteuer.

In knappen Worten erzähle ich Cara von der Auseinandersetzung mit meinen Eltern.

„Vivi, corazón", beginnt sie sanft. So nennt sie mich oft – ein Kosewort, das so viel wie „Schatz" bedeutet. Cara hat mexikanische Wurzeln. Wir haben uns vor ein paar Jahren in einem Coffeeshop in der Upper West Side kennengelernt, als sie sich einfach mit ihrem Kaffee zu mir an den Tisch gesetzt hat. Seitdem ist sie aus meinem Leben nicht mehr wegzudenken.

Sie lehnt sich vor, zieht die Sonnenbrille vom Gesicht, ihre dunklen Augen mustern mich eindringlich. „Eines Tages musst du ihnen von deinen eigenen Wünschen und Träumen erzählen. Du kannst nicht ewig nur ihr Leben leben, Vivi, du hast ein Recht auf dein eigenes."

„Ja, schon", sage ich und beobachte einen kleinen Jungen, der vergnügt Steine ins Wasser wirft. „Aber das hat noch Zeit. Ich will sie nicht vor den Kopf stoßen. Sie würden das sowieso nicht verstehen."

Ich versuche, Leichtigkeit ins Gespräch zu bringen. „Aber hey, ich hab ja noch das Abenteuer mit Finn. Läuft richtig gut. Eine heiße Nacht, sag ich dir. Der Typ ist echt ... wow."

Cara sagt erst mal nichts. Ihr Blick verengt sich leicht, sie sieht zu einem vorbeiradelnden Teenager mit grünem Irokesenhaarschnitt, bevor sie langsam zurück zu mir schaut.

„Und? Geht das jetzt weiter mit euch? Oder war das nur ein einmaliger Ausflug?"

Ich zucke mit den Schultern, bemühe mich um ein lockeres Lächeln. „Ein kleiner Ausrutscher vielleicht. Einfach mal raus aus allem. Kopf abschalten. Finn ist ... aufregend."

„Und das reicht dir?" Ihre Stimme bleibt ruhig, aber sie trifft mich trotzdem. „Du suchst doch sonst nach Tiefe, nach etwas Echtem. Finn wirkt wie das Gegenteil davon – oberflächlich, laut, ein bisschen zu viel von allem."

Ich schlucke. Sie trifft mal wieder ins Schwarze. „Ich weiß es doch selbst nicht, okay? Vielleicht wollte ich einfach mal ... nicht nachdenken. Für einen Moment."

Cara lehnt sich zurück, blickt hoch zu den sich wiegenden Baumwipfeln. „Aber der Moment geht vorbei, Vivi. Und dann? Du bist nicht der Typ für halbe Sachen. Du hast Träume. Wünsche. Du willst nicht nur zusehen, wie andere leben – du willst selbst leben."

Ich blicke auf das Wasser. Eine Entenfamilie gleitet ruhig vorbei. „Und wenn meine Wünsche alles durcheinanderbringen? Wenn sie nicht in den Plan meiner Familie passen?"

„Dann ist es an der Zeit, dass du deinen eigenen Plan machst."

Die Worte treffen mich härter, als ich zugeben will. Ich blinzele in die Sonne, sage dann: „Du magst Finn nicht, oder? Obwohl du ihn nicht mal kennst."

Sie hebt eine Braue. „Ich beurteile nur, was du erzählst. Der Typ klingt wie ein Adrenalinjunkie mit zu viel Geld und zu wenig Bodenhaftung. Illegale Stunts, gefährliche Aktionen ... und du mittendrin."

„Ich entscheide selbst, was ich mache." Mein Satz klingt schärfer, als ich will. „Und ehrlich? Mit ihm war's keine Sekunde langweilig."

„Ja, weil er dich von einem Kick zum nächsten zieht. Aber mal ehrlich – redet ihr auch? So richtig? Oder ist er nur Show?"

Ich zögere. Die Geräusche der Stadt schwellen kurz an, ein Hubschrauber kreist über uns, irgendwo schreit ein Kind. Schließlich sage ich leise: „Wir hatten bisher nicht viel Zeit dafür."

„Dann frag dich, ob da überhaupt mehr ist. Oder ob er dich einfach nur von dir selbst ablenkt."

Rasch versuche ich, das Gespräch ins Leichte zu kippen. „Nicht jeder muss Shakespeare sein. Ich bin ja selbst eher für Humor als Tiefgang bekannt."

„Du bist witzig, ja. Aber auch klug, sensibel, reflektiert – du tust nur oft so, als wärst du's nicht. Finn dagegen ... Ich glaube, der lebt nur, was nach außen glänzt."

Ich will widersprechen, aber ihre Worte setzen sich wie ein Stachel fest. Wieder folgt dieser Blick – warm, durchdringend, liebevoll unbequem. Sie kennt mich einfach zu gut.

Dann schnalzt sie mit der Zunge. „Aber reden wir lieber über deine Eltern. Wenn du eine Pause brauchst – meine Tür steht offen."

Ich lache. „Und euch Turteltauben stören? Niemals. Außerdem ist deine Wohnung kaum groß genug für zwei. Und bei Ben zu Hause könnt ihr nur selten sein, wegen deiner Tierhaarallergie und seiner Katze. Ich weiß das doch alles. Auf keinen Fall will ich euch die erste Verliebtheitsphase vermiesen."

„Ach, Ben überlebt das, und ich bin nicht aus Zucker."

„Nein", sage ich grinsend. „Aber süß bist du trotzdem."

„Pff." Sie winkt ab. „Im Ernst, Vivi – du musst nicht alles allein schaffen."

Ich nicke. Und obwohl mir Finns Name noch auf der Zunge liegt, weiß ich: Dieses Gespräch ging um viel mehr. Um mich.

Einige Tage später bin ich auf meinem gewohnten Rundgang für die Harbor Haven Foundation unterwegs. Es fühlt sich nicht wie Arbeit an – es ist eine Herzensangelegenheit. Die Menschen hier sind für mich mehr als nur Hilfesuchende, sie sind Freunde, die Unterstützung brauchen. Oft geht es gar nicht nur um materielle Dinge, sondern darum, jemandem zuzuhören, sich Zeit zu nehmen und ihre Ängste ernst zu nehmen.

Ich fahre quer durch die Stadt, klappere die Plätze ab, an denen ich meine Leute vermute, höre mir ihre Sorgen an, verteile Lebensmittelpakete und Kleidung. Meist plaudere ich dann einfach drauflos. Keine Ahnung, warum, aber in diesen Momenten fühle ich mich mindestens genauso lebendig wie bei meinen beiden waghalsigen Aktionen mit Finn – und das, obwohl ein ruhiges Gespräch und ein Sprung von einer Klippe kaum gegensätzlicher sein könnten. Aber genau das ist der Punkt: Diese Begegnungen holen mich auf den Boden zurück. Sie lassen all meine Luxusprobleme schrumpfen, bis sie so winzig sind wie ein Sandkorn am Strand. Sie zeigen mir, worauf es im Leben wirklich ankommt.

Monica ist für ihre Verhältnisse heute erstaunlich gut gelaunt. Das bedeutet zwar nicht, dass sie plötzlich einen Freudentanz aufführt, aber immerhin verzieht sie nicht das Gesicht, als ich sie begrüße. Doch ich weiß genau: Morgen kann die Welt für sie schon wieder untergehen – ihre Launen wechseln so schnell wie das Wetter in New York. Noch weiß ich nicht, wieso das so ist, aber ich habe viel Geduld und immer ein offenes Ohr. Eines Tages wird sie ihre Geschichte mit mir teilen, davon bin ich überzeugt. Und dann kann ich ihr endlich richtig helfen.

Jasmine, eine junge Schulabbrecherin, die erst seit wenigen Monaten auf der Straße lebt, erzählt mir von ihrem großen Traum: einer eigenen Bäckerei. Ich höre ihr aufmerksam zu und erkenne mich in so vielem wieder. Der Unterschied? Ich bin in Reichtum geboren und habe trotz allem immer noch einen Notfall-Sicherheitsfallschirm namens „Eltern" – während ihre sie kurzerhand aus dem gemeinsamen Haus geworfen haben.

„Sie sind so stur", klagt sie. „Nur ihre Ansichten und Weltanschauungen zählen. Ich habe so lange gehadert, ihnen von meiner LGBT-

Zugehörigkeit zu erzählen, und als ich es endlich vorsichtig ansprach, half alles nichts. Sie wollen nichts mehr mit mir zu tun haben. Für sie bin ich die größte Versagerin."

Tja, da haben wir sie wieder: unsere Parallele. Ich schlucke meinen eigenen Frust herunter – ich habe mein Drama-Soll für heute schließlich schon erfüllt – und lasse mir von ihrem aktuellen Job bei einer Putzfirma erzählen.

„Es ist nur für den Übergang, damit überhaupt etwas Geld reinkommt", meint sie und verdreht die Augen. Oh ja, das kenne ich. Also bestärke ich sie in ihrem Plan, sich Schritt für Schritt in Richtung Backimperium zu bewegen. Es ist verrückt, wie gut ich darin bin, anderen Leuten kluge Ratschläge zu erteilen – und wie erbärmlich schlecht ich dabei bin, sie selbst zu befolgen.

Nach Jasmine besuche ich die Delgados, die seit einigen Monaten im Auto wohnen, weil sie aufgrund von Mietrückständen ihre Wohnung verloren haben. Mutter Elena kümmert sich rührend um ihre Tochter Mia, die mir mit leuchtenden Augen eine fünfminütige Abhandlung über rosafarbene Glitzer-Einhörner hält. Ich bin fasziniert, nicht nur von ihrem Enthusiasmus, sondern auch von der Tatsache, dass ich offensichtlich eine Bildungslücke habe, was die Welt der Fabelwesen angeht. Als sie mich schließlich mit einem erwartungsvollen Blick ansieht, schwöre ich mir, ihr beim nächsten Mal ein solches Stofftier mitzubringen. Mit gerade mal sechs Jahren ist man garantiert nicht zu alt für ein Kuscheltier. Zumal selbst ich mit Mitte 20 noch eine kleine, wenn auch stark abgeschmuste Eule in meinem Bett liegen habe.

Zum krönenden Abschluss statte ich Trey noch einen Besuch ab. Er präsentiert mir sein neuestes Gedicht, das so gut ist, dass ich es dreimal lesen muss, um sicherzugehen, dass er das wirklich selbst geschrieben hat. Der Mann ist ein verdammtes Talent! Warum ist er noch nicht auf sämtlichen Bestsellerlisten? Weshalb lebt er als No-Name-Künstler im Schatten New Yorks, anstatt auf Poetry-Slams Standing Ovations zu bekommen? Das Leben ist manchmal einfach nicht fair.

Nach all diesen Begegnungen fühle ich mich wie jedes Mal randvoll mit neuen Informationen und Emotionen – so sehr, dass mein Kopf gefühlt kurz davor ist, zu explodieren. Vielleicht sollte ich mir wirklich einen emotionalen Datenspeicher zulegen. Oder zumindest einen doppelten Espresso.

Ein kleiner Teil von mir hat seit Tagen gehofft, dass Finn sich meldet, mir wenigstens über Insta eine kurze Nachricht hinterlässt. Aber nein, ich höre und lese nichts von ihm. *Nun gut, das ist kein Problem*, versuche ich mir einzureden, aber in Wahrheit wurmt es mich schon ein bisschen. War unsere Nacht etwa so furchtbar gewesen? Bin ich ihm zu langweilig im Bett oder eine schlechte Küsserin? Bisher hatte sich noch niemand über meine Kuss- und Bettfähigkeiten beklagt, aber das soll ja bekanntlich nichts heißen. Ich meine, wer sagt es seinem Gegenüber schon ganz offen, dass er eine Niete im Bett ist? Eben.

Cara schreibt eine Nachricht und bietet mir an, ihr Date am Abend mit Ben zu verschieben und stattdessen einen Mädelsabend mit mir zu machen. Chips essen, Beauty Masken auflegen, Nägel pflegen und dazu die neueste Bridgerton Staffel schauen. Das klingt verlockend, dennoch schlage ich ihr Angebot aus. Zum einen, weil ich nicht zwischen ihr und einem romantischen Abend mit Ben stehen will und zum anderen, weil ich mich nach etwas Ruhe sehne.

Wieder einmal staune ich über die Unterschiede in meinem Innersten. Ich bin voller Gegensätze: Zwar liebe ich etwas Action und unternehme gerne was. Aber dann habe ich auch meine anderen, sogenannten ruhigen Stunden. Da möchte ich weder reden noch stupide eine Serie streamen, sondern einfach nur spazierendenken.

Außerdem sollte ich heute mal über all die roten Flaggen nachdenken, die ganz groß über Finns Kopf erscheinen, wann immer er mir in den Sinn kommt. Zu viele Frauengeschichten in den letzten Jahren, zu distanziert nach unserer gemeinsamen Nacht – oder eher auf der Flucht vor mir – und zu ... hm ... lässig, irgendwie. Es scheint so, als würde nichts unter seine glatte Oberfläche gelangen und als würde er einfach so in den Tag hineinleben.

Witzig, denn genau das werfen mir meine Eltern ja immer vor, nur mit dem Unterschied, dass es bei mir nicht stimmt. Ich grübele ständig über meine Zukunft nach und wie ich etwas Sinnvolles tun kann. Vielleicht tue ich ihm unrecht, aber ich denke nicht, dass es Finn ähnlich geht. Er hat sich mit dem Medienunternehmen seiner Familie bequem ins gemachte Nest gesetzt, ohne anscheinend zu viel Energie hineinzustecken.

Cara hat recht: So richtig gut passen Finn und ich nicht zusammen. Ich seufze und stecke die Hände in die Taschen, während meine Füße sich wie von selbst in Richtung der verbotenen Bank direkt an der Upper Bay bewegen.

War diese Nacht ein riesiger Fehler? Womöglich. Vielleicht werde ich sie noch bitter bereuen. Nicht nur, weil Finn und ich eigentlich nicht auf einer Wellenlänge sind, sondern auch, weil ich so verdammt unvorsichtig war. Ich war so betrunken, dass ich nicht einmal nach einem Kondom gefragt habe. Aber das mit dem benebelten Hirn ist eine bescheuerte Ausrede. Ich hätte niemals derart leichtsinnig sein dürfen.

Immerhin weiß ich, dass die Wahrscheinlichkeit, schwanger zu werden, wegen meiner ausgeprägten Endometriose extrem gering ist – mein Frauenarzt hat es mir oft genug erklärt. Aber das ist kein Freifahrtschein für Leichtsinn. Geschlechtskrankheiten interessieren sich nicht dafür, wie viel ich getrunken habe oder wie unüberlegt ich gehandelt habe. Die Pille nehme ich nur sehr unregelmäßig und auch nur, weil mein Körper die Hormone aufgrund der Krankheit benötigt, wie meine Frauenärztin sagte. Allerdings bin ich hier recht chaotisch und denke nur ab und zu daran, sie zu nehmen, da ich eine Schwangerschaft ja quasi ausschließen kann. Anfangs war ich konsequenter, aber im Laufe der Zeit hat das stark nachgelassen. Na ja, zumindest hat Finn erwähnt, dass sein HIV-Test negativ war. Das ist schon mal gut.

Dennoch beunruhigt schließe ich die Augen und unterdrücke ein genervtes Stöhnen. Vielleicht sollte ich Mom doch ein bisschen mehr recht geben: Ich bin manchmal leichtsinnig, vor allem mir selbst gegenüber. Aber das hier? Das war einfach nur dumm.

Ohne weiter darüber nachzudenken, zücke ich mein Handy und nehme eine kurze Sprachnotiz auf: „Unbedingt trotzdem HIV-Test machen lassen. Zur Sicherheit.“

Ehe ich es mich versehe, bin ich bei der abgesperrten Bank angelangt. Endlich Ruhe. Kein Verkehrslärm, keine Stimmen, nur das leise Plätschern des Wassers und der atemberaubende Blick auf die Skyline.

Dieser Ort zieht mich immer wieder magisch an – fast so, als hätte er einen eingebauten GPS-Tracker für meine Seele.

Doch je näher ich komme, desto mehr schrumpft meine Euphorie – wie ein Ballon, aus dem langsam, aber stetig Luft entweicht. Da sitzt schon jemand. Kopf gesenkt, die Schultern hängend, als würde er die Last der ganzen Welt tragen. Sein Gesichtsausdruck könnte mit einer Gewitterwolke konkurrieren.

Ha. Das kommt mir bekannt vor.

Aber ich bin gerade nicht in Stimmung, um den Grantler aus der Reserve zu locken. Also setze ich mich wortlos neben ihn auf die Bank – mit so viel Abstand wie möglich. Denn wer weiß? Vielleicht ist seine Griesgrämigkeit ansteckend.

KAPITEL 3

Noah – Lasst mich in Ruhe!

Das ist doch schon wieder diese Kleine mit dem nervtötenden Plappermaul, die sich gerade neben mich auf die Bank gesetzt hat. Oh Mann, das hier ist ein abgesperrter Bereich. Eigentlich darf sie gar nicht hier sein. Nun gut, ich schließlich auch nicht. Aber das ist was völlig anderes.

Mir ist es inzwischen egal, ob etwas richtig oder falsch ist oder der allgemeinen Annahme von angemessen entspricht. Die junge Frau neben mir aber sieht aus, als würde sie sich nur auf gehobenem Parkett bewegen und ein Softeis-Leben führen – also glatt, belanglos und irgendwie nichtssagend. So jedenfalls wirkt sie auf mich, mit diesen – wenn auch ungewöhnlich bunten – Designerklamotten, dem stylish hochgestecktem Haar und einer leicht arroganten Miene, die gewiss auf viele etwas selbstverliebt wirkt.

Ich kenne diesen Typ Frau, bin ihrer Sorte in meinem „früheren Leben" oft begegnet. Sie leben nur für den nächsten Beautysalon-Termin und müssen sich allerhöchstens den Kopf über die Frage zerbrechen, welche Sorte Lippenstift zu ihren perfekt manikürten Nägel passt. Nein, danke, ich habe keinerlei Redebedarf.

Wobei mich ihre Aussage neulich schon ziemlich neugierig gemacht hat. „Morgen ist der Himmel blau“ erscheint mir tiefgründiger, als ich es jemandem wie ihr zutraue.

Ich betrachte sie eine Weile unauffällig. Beobachten kann ich gut, das war schon immer so und mein Auge fürs Detail ist in meinem Beruf äußerst hilfreich. Oder vielmehr war es, denn inzwischen bin ich nicht mehr in der Lage, meiner Passion nachzugehen – und will es auch nicht mehr.

Sie hat Wangenknochen wie ein Filmstar und unglaublich feine Gesichtszüge. Aber am beeindruckendsten finde ich ihren schlanken, eleganten Hals. Verrückt, wie sehr ich auf solche Merkmale achte, die anderen eher nebensächlich erscheinen. Ihre Bewegungen sind energievoll und doch in einer Art und Weise sanft, dass ich nun nicht mehr wegschauen kann. Ihr Blick ist konzentriert aufs Wasser gerichtet. Was ist da nur so spannend? Es scheint so, als wäre jede noch so winzige Welle höchst faszinierend für sie. Häh? So richtig schlau werde ich aus ihr wirklich nicht.

Im Gegensatz zum letzten Mal richtet sie kein einziges Wort an mich, sondern ignoriert meine Anwesenheit komplett und schaut nicht zu mir herüber. Na ja, zugegeben: Ganz sicher bin ich mir bei Letzterem nicht, da ich selbst inzwischen die Beobachtung aufgegeben habe und vehement in die andere Richtung schaue. Die Gefahr, dass sie sich doch noch ermutigt fühlt, mich anzusprechen, ist mir einfach zu groß.

Nach etwa dreißig Minuten klingelt ihr Smartphone. Sie nimmt den Anruf entgegen und hält das Gerät auf diese typisch absurde Weise: Mikro am Kinn, Lautsprecher Richtung Wolkendecke. Ich will nicht lauschen, aber sie sitzt kaum einen Meter von mir entfernt, also bleibt mir nichts anderes übrig, als unfreiwilliger Ohrenzeuge zu sein.

„Hey, schön von dir zu hören, Finn“, sagt sie. Ihre Stimme ist erst hell, fast zu fröhlich. Dann ändert sich etwas. Kein dramatischer Bruch, eher ein zarter Schatten.

Wie ein Bild, das man mit zu viel Wasser verdünnt hat – der Farbton bleibt derselbe, doch die Leuchtkraft geht verloren. Oder: als hätte jemand dem reinen Lichtweiß eine Spur Grau untergemischt. Kaum sichtbar, aber genug, dass es nicht mehr ungetrübt wirkt.

„Ja, klar, das verstehe ich, Finn. Nein, ich habe auch viel zu tun, das ist kein Problem.“ Ihre Stimme wird leiser, brüchiger – als würde sie sich innerlich zusammenfalten. Dann, mit gespielter Leichtigkeit: „Ich habe nichts anderes erwartet.“ Sie zuckt mit den Schultern, aber es wirkt nicht überzeugend. „Das war eine einmalige Sache. Punkt. Ich bin nicht der Typ, der sich gleich Hoffnungen macht oder sich Hals über Kopf in irgendeinen Typen verknallt. Wenn ich das bei jedem One-Night-Stand getan hätte, müsste ich inzwischen ein Abo bei der Herzschmerz-Hotline haben.“ Sie lächelt schief, aber ihre Augen tun es nicht. „Also echt, keine Sorge – ich bin nicht enttäuscht.“

Autsch. Das kam verdammt routiniert rüber – fast zu glatt. Als hätte sie diesen Satz schon oft geübt, sich selbst dabei immer ein kleines bisschen mehr eingeredet, dass es stimmt. Ich wette, sie ist keine, die sich ständig auf lockere Sachen einlässt. Vielleicht lügt sie diesen Finn an – oder gar sich selbst. Fest steht, dass sie gute Gründe dafür haben muss.

Ich sehe es in der Art, wie sie jetzt den Blick senkt. Auf ihrer Unterlippe herumkaut. Nicht wütend, sondern wie jemand, der versucht, etwas herunterzuschlucken, das da einfach nicht hinpasst. Sie ist verletzt. Dann murmelt sie ein leises, unverständliches Fluchwort in sich hinein, steht auf und geht – die Absätze klackern schneller, als nötig wäre.

Ich bleibe sitzen.

Verdrängen? Schmerz wegsperren, Deckel drauf, Schlüssel wegwerfen? Klar, das ist meine olympische Kerndisziplin. Wenn es dafür Medaillen gäbe, würde ich schon lange vergoldet im Therapiekreis sitzen und ein monotones „Ich bin okay“ murmeln. Meine Therapeutin würde mich vermutlich steinigen – oder mir noch mehr Achtsamkeitsübungen aufdrücken –, wenn sie wüsste, wie sehr ich sie anlüge.

Ich lüge sowieso alle an. Sie. Meine Eltern, meinen Bruder und – Überraschung – mich gleich mit.

Warum? Einfach, weil ich keinen Bock habe, den ganzen Seelenmüll laut auszusprechen. Denn wer's nicht ausspricht, muss es auch nicht fühlen. Clever, oder? Anders lässt sich mein emotionaler Großbrand gar nicht ertragen.

Und was noch irrer ist …?

Plötzlich sitze ich hier und habe soeben diese Fremde angestarrt.

Mich beschleicht das seltsame Gefühl, dass sie wie ich ist. Nicht im Sinne von „Seelenverwandte“ – Gott bewahre.

Eher: gleicher Abgrund, anderes Kostüm.

Die ganze Woche über komme ich täglich zur Bank, aber die Regenbogenfrau – wie ich sie insgeheim nenne – lässt sich nicht blicken. Den Spitznamen hat sie sich redlich verdient: Sie leuchtet in allen Farben, als hätte sie eine komplette Farbabteilung geplündert. Vielleicht ein bisschen zu grell – wie ein Bild, das um Aufmerksamkeit schreit.

Und trotzdem habe ich das Gefühl, dass da drunter noch was ist. Etwas Echtes. Wie bei einem Gemälde, das man so oft übermalt hat, dass man den ursprünglichen Entwurf nur noch erahnen kann. Sie hat meine Neugier geweckt – und das kommt bei mir inzwischen ungefähr so häufig vor wie ein Wasserfall in der Wüste. Für den Bruchteil einer Sekunde ertappe ich mich sogar bei der Frage, wie ich sie wohl malen würde. Doch kaum gedacht, mischt sich das gewohnte Schwarz und Grau wieder dazwischen, löscht jede Farbe aus meinem Kopf – und ich schiebe den Gedanken beiseite. So schnell geht das.

Am Montag bekomme ich einen seltsamen Anruf. Irgendein Typ von einer Stiftung oder so – ich hab nicht wirklich zugehört – fragt, ob ich ein Gemälde für einen guten Zweck spenden würde. Am besten eines meiner neuesten Werke. Tja. Dumm nur, dass ich seit zwei Jahren nichts zustande gebracht habe, das man nicht sofort verbrennen möchte.

Also lehne ich ab. Ich meine, hey, ich bin selbst ein Fall für die Seelsorge – wie soll ich da anderen helfen? Für so etwas fehlt mir schlichtweg die Kraft. Und, na ja, auch der Glaube daran, dass es noch irgendwas gibt, für das sich das lohnt.

Dummerweise hören die Anrufe dieses penetranten Kerls nicht auf, auch nach Tagen nicht. Dabei ist es immer dieselbe Leier: „Nur ein Bild,

Mr. Bennett. Für den guten Zweck. Es würde so vielen Menschen helfen. Gerne kann ich Ihnen meine Mitarbeiterin vorbeischicken. Mit ihr können Sie alles Weitere klären.“

Bloß nicht. Ich helfe niemandem. Ich kann nicht mal mir selbst helfen.

Beim dritten Anruf gestehe ich vollkommen ehrlich, dass mein letzter Pinselstrich irgendwo zwischen Depression und Selbsthass verschwunden ist.

„Nigel oder so heißt er also“, murmle ich vor mich hin, als ich das Smartphone auf den Tisch lege. Der Name weckt sofort meine blühende Fantasie: Ich stelle mir einen gelackten Typen vor, mit zurück gegeltem Haar, einem maßgeschneiderten Anzug und einem Porsche, den er sich mit den Spendengeldern für den guten Zweck finanziert hat. Wahrscheinlich spendet er genau so viel wie er atmet: Null. Alles nur eine Lüge, um seine Taschen zu füllen, so etwas kennt man ja.

Ich schüttle den Kopf und starre in die Ecke meines Studios, als könnte die Wand mir eine Antwort auf meine miese Laune geben.

Beim fünften Anruf lege ich einfach kommentarlos auf. Beim siebten ignoriere ich das Klingeln völlig, drehe mich stattdessen zur grauen Wand gegenüber und lasse meinen Blick daran haften. Ich nenne sie mittlerweile „Seele“. Sie ist dunkel, still und leer – genau wie ich. Kein Licht, keine Farben, nur dieser widerstandslos bleibende Raum, der sich immer weiter ausdehnt, je mehr ich versuche, mich zu verdrücken. Die Wand ist das einzige, was ich noch in meiner Nähe ertrage.

An einem Mittwochvormittag höre ich ein Klopfen an der Tür. Ich *höre* das Klopfen, aber ich ignoriere es. Was soll's? Immer dasselbe. Wieder so ein Typ vom Kulturausschuss oder einem dieser hilfsbereiten Spendensammler. Ich hab' genug von dem ganzen Quatsch.

Aber das Klopfen bleibt, wird hartnäckiger. Ich überlege, ob es überhaupt einen Sinn hat, die Tür zu öffnen. Ich sollte einfach tun, was ich immer mache: ignorieren, abblocken, weiter in meinem Elend versinken.

Doch dann, fast schon aus einem Reflex heraus, öffne ich die Tür. Und da steht sie. *Sie.*

Die Frau von der Bank. Die Regenbogenfrau. Ich hätte sie überall erkennen können – diese Aura von leuchtenden Farben, die sie umgibt, als wäre sie aus einer anderen Welt. Und doch stehe ich jetzt vor ihr und bin völlig überrascht. Was zum Teufel macht sie bei mir? Und noch viel wichtiger: Woher weiß sie, wo ich wohne?

Sie sieht mich an, und plötzlich wird sie kalkweiß im Gesicht, als hätte sie einen Geist gesehen. Ihre Überraschung ist so offensichtlich, dass ich fast davon ausgehe, sie könnte sich an der Tür geirrt haben.

Aber dann wird mir klar: Es ist nicht nur die Überraschung – es ist das völlige Missverständnis, das sich in ihren Augen widerspiegelt. Sie hat etwas anderes erwartet. Jemanden, der zu dem Bild passt, das sie sich von einem *großen Künstler* gemacht hat – nicht diesen depressiven, abgerissenen Typen, der jetzt vor ihr steht.

Ihre Miene versteinert für einen Moment und ich kann sehen, wie sie innerlich einen Schritt zurückweicht, bevor sie sich wieder zusammenreißt.

„Du bist das?" Ihre Stimme schwankt, sie kann es nicht fassen, genauso wenig wie ich. Ihr Blick flackert, als ob sie sich fragt, ob sie hier gerade in einem verrückten Film gelandet ist.

Ich kann mir das Grinsen nicht verkneifen, das sich langsam auf mein Gesicht schleicht. „Du ... hier? Die Frau von der Bank?"

Es klingt aus meinem Mund beinahe ein wenig zu spöttisch. Fast erwarte ich, dass sie mit einer passenden Bemerkung zurückschlägt. Aber nichts dergleichen passiert. Stattdessen sehe ich, wie sie die Lippen so fest zusammenpresst, dass sie eine lange, weiße Linie bilden, als könnte sie so ihre Gedanken zurückhalten. Schließlich öffnet sie den Mund.

„Ich ..." Sie stockt, sieht sich um, als wolle sie sich selbst vergewissern, dass das hier wirklich passiert. „Ich dachte, ich würde einen Künstler treffen", sagt sie dann, als wäre es der einzige, flache Satz, den sie finden kann, um ihre völlige Verwirrung zu überspielen. „Aber nicht ... dich. Ich muss mich in der Adresse geirrt haben. Du bist nicht Noah Bennett, der Maler, oder?"

Interessiert beobachte ich sie, wie ein Raubtier, das kurz davor ist, den entscheidenden Schlag zu setzen. „Doch, der bin ich." Ich lasse die Worte langsam und mit einem Hauch von Genugtuung auf sie wirken. „Was willst du von mir? Und woher kennst du überhaupt meine Anschrift und meinen Namen?"

Sie wirkt immer noch völlig perplex, als ob sie die Situation in ihrem Kopf umsortiert, während ich sie mit einem amüsierten, fast schon herausfordernden Blick betrachte. Es gibt nichts, was mir mehr Spaß macht, als jemanden zu sehen, der die Kontrolle verliert. Und sie, die bisher so souverän wirkte, hat sie hier eindeutig nicht.

„Ich ...", sie zögert, dann atmet sie tief ein und sammelt sich. „Mein Name ist Vivienne Sinclair, aber alle nennen mich Vivi. Ich komme von der Harbor Haven Foundation. Wir wollten wissen, ob du bereit wärst, ein neues Gemälde zu spenden. Es wäre für einen guten Zweck. Mein Chef, Nigel Carlisle, meinte, er hätte schon am Telefon mit dir darüber geredet."

Der Humor in mir verblasst für einen Moment, als sich mir die Wahrheit hinter ihrem Besuch offenbart. Die Stiftung. Sie hatte also wirklich einfach nur einen Auftrag. Und in meiner grenzenlosen Unfähigkeit, diese ganzen verdammten Anrufe zu beantworten, hat sie nun die Verantwortung, mich zu überreden. Sie ist die Mitarbeiterin, von der dieser gelackte Nigel gesprochen hat.

„Die Harbor Haven Foundation für Obdachlose hat ein großes Projekt laufen, und wir würden uns sehr über ein neues Werk von dir freuen."

„Warum ausgerechnet von mir?", frage ich, mit einem beinahe bitteren Lächeln auf den Lippen. „Es gibt keine neuen Bilder, das solltet ihr doch eigentlich wissen, weil ich Nigel bereits gesagt habe, dass ich momentan nicht male. Nebenbei bemerkt: Ich habe seit Jahren weder ein Gemälde verkauft, noch in eine Ausstellung gegeben. Ich habe nichts mehr, was ich geben kann."

Sie schaut mich mit einem Ausdruck an, der irgendwo zwischen Mitleid und Überzeugung schwankt. „Aber ... deine Werke haben doch in der Vergangenheit Millionen eingebracht. Und sie haben immer noch Bedeutung. Deine Kunst ist wertvoll, sagt mein Chef."

„Wertvoll?“, wiederhole ich, der bittere Hohn in meiner Stimme schneidet wie ein Messer. „Meinst du das ernst? Die Kunst, die ich mal gemacht habe? Die Kunst, die so hochgejubelt wurde, dass ich nicht mehr weiß, wie ich in den Spiegel schauen soll?“

Sie wirkt nicht überrascht von meiner Reaktion, als ob sie sich darauf vorbereitet hätte. „Ich weiß, dass es schon lange her ist. Aber das bedeutet nicht, dass deine Kunst keinen Wert mehr hat. Ganz im Gegenteil. Eine neue Arbeit von dir könnte Harbor Haven nicht nur helfen, Geld für Bedürftige zu sammeln, sondern auch ...“ Sie stockt kurz, als ob sie überlegt, wie sie es am besten formuliert. „... durch eine Versteigerung enorme Publicity bringen. Und einen großen Betrag für den guten Zweck.“

Ich kann mir ein weiteres Lachen nicht verkneifen. Es ist hohl, verzweifelt. „Publicity, huh? Also geht es gar nicht nur um den guten Zweck. Es geht darum, dass ich wieder als ‚der große Künstler‘ verkauft werde. Die alten Zeiten, die alten Geschichten. Ich bin mir sicher, dass die Kunstwelt das feiern würde. Vielleicht eine Rückkehr von einem der großen Namen, wie Phönix aus der Asche. Ja, das hört sich perfekt an.“ Der Sarkasmus in meiner Stimme ist nicht zu überhören, wie ich an ihrem verzerrten Gesichtsausdruck sehe.

Dennoch spricht sie ruhig weiter – zu ruhig für meinen Geschmack. „Es geht nicht nur um Publicity, aber die wäre sicherlich ein zusätzlicher Vorteil. Mein Chef meint, du bist ein renommierter Künstler. Aber du hast dich in den letzten Jahren rar gemacht, warst komplett von der Bildfläche verschwunden. Das hier könnte dein Comeback sein. Du könntest mit einem riesigen Knall wieder ins Rampenlicht treten.“

Ich schüttele den Kopf – nicht langsam oder nachdenklich, sondern so, als wollte ich ihre Worte abschütteln wie lästige Regentropfen. Leider haften sie trotzdem.

„Ein riesiger Knall, hm?“ Ich lache trocken. „Wie ein verfrühter Silvesterkracher, der niemanden beeindruckt, außer den Hund vom Nachbarn. Sorry, aber ich bin kein Phönix, der aus der Asche aufsteigt. Ich bin eher die Asche, die im Wind verpufft.“

Sie lässt sich davon nicht beeindrucken. Natürlich nicht. Sie wirkt wie jemand, der nicht nur gegen verschlossene Türen läuft, sondern dabei zudem freundlich lächelt. „Es wäre auch für dich eine echte Chance. Vielleicht ist es Zeit, wieder in die Öffentlichkeit zu treten."

„Und was, wenn ich das gar nicht will?" Ich sehe sie an, spüre das Gewicht meiner eigenen Worte. „Was, wenn ich die Lust am Malen verloren habe, weil ich keinen Sinn mehr darin sehe?"

„Vielleicht", sagt sie leise, und zum ersten Mal klingt Mitgefühl in ihrer Stimme mit, „ist es an der Zeit, die Schatten hinter sich zu lassen."

Für einen winzigen Moment blitzt etwas in mir auf – so etwas wie Hoffnung. Oder Nostalgie. Vielleicht sogar Sehnsucht. Aber dann kommt die Dunkelheit zurück, wie die Dämmerung am Ende eines langen Tages.

„Du willst also, dass ich nach zwei Jahren Pause ein Bild male, damit ihr es an den Meistbietenden vertickt? Hast du überhaupt eine Ahnung, was du da von mir verlangst?" Ich fixiere sie ... und da ist er wieder, dieser Moment – dieser winzige Hauch von Unsicherheit, als sie den Blick senkt. Und dann begreife ich es.

„Du kennst meine Bilder gar nicht, oder?" Meine Stimme klingt ungläubig, fast amüsiert. „Du bist nicht hier, weil du meine Kunst liebst. Du bist hier, weil irgendjemand in deinem Büro beschlossen hat, dass ein depressiver Ex-Künstler mit Promivergangenheit ein gutes Aushängeschild für eure Auktion abgibt."

Sie atmet einmal tief durch. „Darum geht es nicht", sagt sie ruhig. „Und nein, ich bin kein Kunstexperte. Aber ich bin hier, weil mir diese Sache am Herzen liegt. Weißt du, wie viele Obdachlose es allein in New York City gibt?"

Ich schweige. Warum auch antworten, wenn sie ohnehin weitermacht?

„Im Januar waren ungefähr 350.000 Menschen in New York ohne dauerhaftes Zuhause – mehr als je zuvor seit der Weltwirtschaftskrise in den 1930er-Jahren. Männer, Frauen, Kinder – sie leben auf der Straße, unter Brücken, in U-Bahn-Schächten. Viele zerbrechen daran. Ich will helfen. Und wenn dein Bild auch nur einem einzigen Menschen ein Dach über dem Kopf verschafft, dann wäre das schon mehr als genug."

Ich hatte keine große Rede erwartet, aber ihre Worte treffen mich überraschend. Ich starre sie an. Mies fühle ich mich trotzdem. Oder gerade deshalb. „Hör zu ... Es tut mir leid. Ehrlich. Ich würde gerne helfen. Aber ich bin ausgebrannt. Ich kann nicht mehr malen. Es geht einfach nicht."

„Aha", sagt sie.

Dieser Tonfall. Unschuldig wie eine Katze, die gerade einen Kanarienvogel verschluckt hat.

„Und warum steht dann eine Staffelei in deinem Atelier? Ich habe sie vorhin durchs Fenster gesehen. Leugnen ist also zwecklos."

Ich blinzle. „Du hast ... was?" Ich glaube, mich verhört zu haben. „Du hast mich durch mein Fenster bespitzelt? Wirklich jetzt? Was kommt als Nächstes, ein Abhörgerät unter meinem Sofa? Kameras im Bücherregal?"

Sie zuckt mit den Schultern. Völlig ungerührt. „Na ja, ich muss ja wissen, mit wem ich es hier zu tun habe. Recherche nennt man das. Und außerdem: Wenn man durch ein Fenster reinschauen kann, sollte man vielleicht keine brisanten Geheimnisse davor platzieren."

Ich starre sie an. Sie lächelt – süß, unschuldig, beinahe charmant. Aber ich bin nicht so leicht zu täuschen. „Nein. Es geht nicht. Du solltest jetzt besser gehen." Ich mache einen Schritt zur Tür und schiebe die Regenbogenfrau – trotz ihrer lautstarken Proteste – ohne ein weiteres Wort aus meinem Haus.

Dann kehre ich ins Wohnzimmer zurück, lasse mich auf die Couch sinken und presse die Handflächen gegen mein Gesicht. Ich bin erschöpft. Leer. Und zum ersten Mal seit Langem frage ich mich, ob es da draußen wirklich jemanden gibt, der glaubt, dass in mir etwas übrig ist, das sich retten lässt. Ob ich selbst noch zu retten bin.

KAPITEL 4

Vivi: Aufgeben? Nicht meins!

Ich kann es einfach nicht fassen, wie viele selbstsüchtige Menschen sich offenbar in meinem direkten Umfeld tummeln. Erst dieser Typ gestern, der mir buchstäblich die Tür vor der Nase zugeschlagen hat – charmant wie ein Presslufthammer – und jetzt auch noch meine Eltern.

Ausgerechnet mein lieber Vater hat mir eben mal wieder eine ellenlange Liste potenzieller Arbeitgeber auf den Küchentisch geknallt. Mit Betonung auf potenziell, denn selbstverständlich hat er bereits ein Bewerbungsgespräch für mich organisiert. Bei einer Filmproduktionsfirma. Klar doch. Wie oft habe ich ihm eigentlich schon erklärt, dass ich mit seiner Welt, mit dieser Branche absolut nichts anfangen kann? Hey, ich bin in dieser Scheinwelt aufgewachsen und weiß, dass alles nur schöner Schein ist. In Wahrheit kämpft hier jeder gegen jeden. Dennoch will Dad mich mit aller Gewalt in genau diesen Sektor bugsieren.

Ganz ehrlich: Das ist sogar noch schlimmer als Moms verzweifelte Versuche, mich im Modebusiness unterzubringen. Langsam frage ich mich ernsthaft, ob ich tatsächlich ihre leibliche Tochter bin oder ob sie mich nicht irgendwann gegen ein besonders eigensinniges Baby eingetauscht haben.

„Mom, Dad, das bin ich nicht. Ich sehe mich weder in der Modewelt noch als Teil irgendeiner Filmcrew. Könnt ihr das denn nicht endlich mal verstehen?"

Die beiden sehen mich an, als hätte ich gerade gestanden, einen Banküberfall zu planen. Und dann – tadaaa – kommt auch schon ihr Lieblingssatz um die Ecke. Diesmal aus Dads Mund: „Darling, wir meinen es doch nur gut mit dir."

Na klar. Das hat noch gefehlt. Und weil's so schön ist, setzt Dad gleich nach und schaut mich mit diesem „Ich-bin-enttäuscht-aber-gönnerhaft"-Blick an: „Präsentiere uns eine vernünftige Alternative. Und komm uns jetzt bloß nicht wieder mit deinem Hobby, der Stiftung."

Ich schlucke. Und schweige. Weil ich genau weiß: In diesem Moment bringt es absolut nichts, zu diskutieren. Wenn Mom schon leichenblass ist und Dad aussieht wie eine überreife Tomate, dann kommt sowieso nichts Vernünftiges dabei raus. Also nicke ich und gebe damit Folgsamkeit vor. In Wahrheit bin ich stur wie eh und je.

„Gut, gib mir die Liste. Ich sehe sie mir an. Und ich vereinbare selbst Gespräche – aber sagt bitte den Termin bei der Produktionsfirma ab. Meine Zeit, meine Entscheidungen." Damit sind sie fürs Erste beruhigt. Ich atme auf. Aber klar ist auch: Bis nächste Woche muss ich mir etwas einfallen lassen. Und zwar dringend. Zumal ich tatsächlich mehr Gehalt brauche, als die Stiftung zahlen kann. Blöd nur, dass mein Traumjob moralisch top ist – aber finanziell eine Vollkatastrophe. Ich muss schleunigst mit meinem Chef reden und ihn um eine Gehaltserhöhung bitten.

Beruflich gibt es eine gute und eine schlechte Nachricht: Nigel, mein Chef bei der Harbor Haven Foundation, hat unter Vorbehalt einer möglichen Beförderung samt Gehaltserhöhung zugestimmt. Allerdings gibt es dafür zwei Bedingungen, damit ich ihm zeige, wie ernst es mir mit der Arbeit ist und wie sehr ich mich einsetze. Zum einen soll ich Noah Bennett dazu bringen, ein brandneues Bild zu stiften und zum anderen soll er auch noch bei der Versteigerung anwesend sein und so mehr Leute, also mögliche Interessenten, anlocken. Ha, das ist ja quasi ein Klacks. So wie ich Noah kennengelernt habe, fällt er mir begeistert um den Hals, wenn ich erneut ungefragt bei ihm zu Hause auftauche und dann sogar noch mehr Forderungen stelle als vorher. Ha ha.

Nein, im Ernst: Ich muss die Sache ganz anders angehen. Klug, wohlüberlegt und an sein Mitgefühl appellierend. Und wie könnte das besser funktionieren, als wenn ich ihm das Schicksal zweier Menschen vor Augen führe, die mir sehr am Herzen liegen? Genau.

Ich verharre etwa eine Stunde lang in meinem Versteck, also hinter einer beinahe blickdichten Hecke, als er endlich auftaucht. Das ist meine Chance und dieses Mal darf ich es auf keinen Fall vermasseln. Als ich mich der Bank nähere, spüre ich sofort die vertraute Nervosität in meinem Magen. Kurz zögere ich, dann setze ich mich – und starte mein kleines Spiel. Ein bisschen Kunst des Überzeugens.

Bedächtig hole ich zwei Becher und eine Thermoskanne voll Kaffee aus meinem Rucksack. Dann gieße ich uns das verführerisch dampfende Getränk in die Tassen. Etwas nervös nehme ich die Muffins heraus – sie sehen definitiv nicht aus wie die in den schicken Cafés, die ich manchmal besuche. Ein bisschen zu dunkel an den Rändern, aber das wird schon nicht auffallen, hoffe ich.

„Hey, Noah", sage ich. „Ich dachte, du könntest vielleicht eine kleine Aufmunterung gebrauchen." Lächelnd schiebe ich ihm den warmen Becher und die Muffins zu. „Coffee to Go und selbst gebackene Muffins." Das stimmt nur fast, denn in Wahrheit habe ich eine fertige Backmischung angerührt. Trotzdem zählt doch der Gedanke, oder? „Eigentlich dachte ich, sie wären besser geworden. Nun ja, sie sind nicht ganz perfekt."

Nach einem leisen Seufzer nimmt er den Becher, seine Augen mustern mich eine Sekunde lang, bevor er die Tasse ansetzt und langsam davon trinkt. Da ich recht viel Milch hineingegeben habe, ist er jetzt vermutlich lauwarm, noch dazu ohne Zucker, doch er beschwert sich nicht und verzieht keine Miene. „Weshalb bist du hier?" Seine Stimme ist ruhig, aber ich spüre die Anspannung, die in seinen Worten mitschwingt.

„Ich habe lange darüber nachgedacht", beginne ich und richte mich auf. „Es tut mir leid. Wahrscheinlich war ich beim letzten Mal ein kleines bisschen aufdringlich."

Er zieht die linke Augenbraue hoch. „Ha. Ein bisschen ist ja wohl noch milde ausgedrückt. Du hast mich ausspioniert, Vee."

Er spricht meinen Namen falsch aus, mit langgezogenem I – und die letzten zwei Silben lässt er einfach weg.

„Ähm, nein. Ich heiße Vivienne. Und man nennt mich Vivi", protestiere ich.

„Das weiß ich doch, hast du schon gesagt, Vivienne Sinclair." Seine Stimme ist plötzlich ruhiger. „Aber Vee passt viel besser zu dir."

Er klingt jetzt nicht mehr ganz so harsch. Fast schon ... sanft. „Darf ich dich so nennen?"

Hm, diesen Spitznamen hat mir noch keiner gegeben. Ich überlege kurz, dann nicke ich langsam. „Ja, das geht in Ordnung, denke ich."

Was soll ich auch anderes sagen? Ich bin diejenige, die auf seine Hilfe angewiesen ist. Dieser Job ist wichtig für mich – nicht wegen des Titels oder des Geldes, sondern weil ich den Leuten helfen will. Aber ohne besseres Gehalt kann ich weder meine Eltern beruhigen, noch mir je eine eigene Wohnung leisten. Ein neuer Spitzname ist da wohl das geringste Opfer. Ich hole mehrmals tief Luft, dann setze ich an: „Dieses Mal möchte ich dir ein Bild malen – in deinem Kopf. Eines, das dir vielleicht hilft, die Dinge aus einer anderen Perspektive zu sehen. Hoffentlich verstehst du dann besser, warum deine Hilfe so wichtig ist."

Ich schaue ihn direkt an, mein Blick fest, mein Herz schwer. „Ich kenne da ein kleines Mädchen. Mia. Sie ist fünf. Ihre Mutter Elena und sie leben seit Monaten im Auto. Es ist ein alter, rostiger Van – er bietet ihnen ein bisschen Schutz, aber ... das war's dann auch schon. Sie kamen aus Mexiko her, auf der Suche nach einem besseren Leben. Aber die Realität hier ist viel härter, als sie je erwartet haben. Jeden Tag kämpfen sie ums Überleben. Kälte ist da fast noch das geringste Problem. Es ist die Angst, dass sie irgendwann gar nichts mehr haben. Kein Essen. Keinen Platz zum Schlafen. Keine Hoffnung." Mit zitternden Fingern streiche ich mir durch die langen Haare, die ich heute ausnahmsweise mal offen über die Schultern fallen lasse.

Dann erzähle ich weiter: „Elena hat ihre Wohnung verloren, obwohl sie arbeitet – sie schrubbt Böden, reinigt Häuser, nimmt jeden Job an, den sie kriegen kann. Aber ihr Gehalt genügt einfach nicht. Es reicht nie. Ich betreue die beiden schon eine Weile. Ich hab sie in mein Herz geschlossen. Mia ist klug und neugierig – und trotzdem so still. Während Elena arbeitet, kann Mia in eine Betreuung, die von einer Kirche organisiert wird. Ich hatte großes Glück, sie dort unterzubringen. Unentgeltlich. Aber jeden Abend steigen sie wieder in diesen rostigen Wagen. Ohne Toilette. Ohne Heizung. Ohne Aussicht auf Veränderung."

Ich atme tief ein. Mein Herz schlägt wie wild.

„Dafür brauche ich deine Hilfe. Deine Kunst kann etwas verändern. Du kannst ihnen eine Unterkunft verschaffen. Du kannst dafür sorgen, dass Mia und Elena eine zweite Chance bekommen. Aber dafür brauche ich dieses Bild. Und ich brauche dich auf der Versteigerung, du musst dabei sein."

Sein Blick ist jetzt konzentriert, als er mich schweigend beobachtet. Ich gebe ihm Zeit, meine Worte sacken zu lassen, biete ihm dann noch ein leichtes Lächeln an.

„Du hast es in der Hand, Noah. Du hast die Möglichkeit, wirklich etwas zu verändern. Ich schaffe das nicht allein – aber mit deiner Hilfe könnten wir einen Unterschied machen. Elena und Mia sind kein Einzelfall. Es gibt so viele Schicksale wie ihres. Sie alle sind auf unsere Unterstützung angewiesen. Und wir brauchen dich dafür, Noah."

Ein langer Moment der Stille folgt. Ich sehe ihn an, spüre, wie jede Sekunde mich ein Stück näher ans Ziel bringt oder mich genauso schnell wieder scheitern lassen kann.

„Und was, wenn ich dir nicht helfen kann?", fragt er schließlich, die Worte so ruhig, dass sie beinahe hart klingen.

Ich zucke leicht mit den Schultern, nicht entmutigt. „Dann wird sich nichts ändern. Aber du weißt genauso gut wie ich, dass du mehr in dir hast, als nur dein Bild zu verkaufen. Du hast die Macht, wirklich etwas zu bewirken. Ich weiß, dass du das spürst."

Er schaut mich eine Weile an, als würde er in meine Augen sehen, nach der Wahrheit suchen. Dann seufzt er tief und setzt seinen Kaffee ab.

„Okay, Vee. Ich helfe euch.“

Ein kleiner Sieg, aber ein wichtiger. „Danke, Noah. Du hast ja keine Ahnung, wie viel mir das bedeutet.“

Er schaut mir ein wenig zu lange in die Augen, räuspert sich und antwortet schließlich. „Doch. Langsam beginne ich zu verstehen.“

Eine Weile schweigen wir. Dann greift er nach einem der Muffins, hält ihn auf Augenhöhe und mustert ihn kritisch. Er nimmt einen vorsichtigen Bissen – und verzieht das Gesicht, als hätte er gerade auf ein Stück Holzkohle gebissen. „Weißt du, der hat Ähnlichkeit mit einem harten Erdklumpen“, murmelt er, kaut heldenhaft weiter und hebt dabei eine Augenbraue.

Ich reiße dramatisch die Augen auf. „Unverschämtheit! Ich hab den mit Liebe gebacken. Und eventuell mit zu viel Oberhitze.“

„Liebe hab ich leider nicht rausgeschmeckt, aber die Oberhitze ist angekommen“, kontert er trocken, nimmt dann aber noch einen Bissen. Einfach so. Als hätte er beschlossen, sich freiwillig diesem kulinarischen Abenteuer zu stellen. Oder sich selbst zu foltern.

Wir schweigen. Nicht unangenehm. Sondern eher so, als würde jeder von uns die unerwartete Ruhe zwischen den Worten genießen. Der Wind weht sanft vom Wasser herüber, zupft an meinem Mantel, während ich heimlich zu ihm hinüber blinzele. Und da ist er – dieser kleine Moment, in dem seine Schultern weniger angespannt wirken, sein Blick nicht ganz so müde.

„Du arbeitest also wirklich für ’ne Stiftung“, sagt er schließlich und mustert mich mit diesem Blick, der ein bisschen zu tief geht, als wäre ich ein Rätsel, das er langsam zu lösen beginnt. „Hätte dich eher in der PR gesehen. Oder Mode. Oder irgendwas mit Glitzer.“

Ich grinse. „Danke ... Das war ein Kompliment, oder?“

„Ja, war es“, meint er und nimmt einen Schluck Kaffee. „Du hast dieses ... Leuchten, weißt du? Als wärst du geradewegs einem Film entsprungen. Und dann kommst du mit verbrannten Muffins und Geschichten über kleine Mädchen, die im Auto schlafen – und ich denk mir: Shit, die meint das ernst.“

Meine Wangen werden heiß. Nicht wegen des Kompliments – na ja, auch – aber vor allem, weil ich spüre, dass er mich sieht. Nicht nur das, was ich zeige. Sondern sogar ein bisschen mehr.

„Ich meine es wirklich ernst, Noah", sage ich leise.

Er nickt langsam, fast schon nachdenklich. Dann deutet er mit dem Muffin auf mich. „Wenn ich also nachgebe, gibst du mir dann Backunterricht?"

Ich lache. „Wenn du dich nach dieser Erfahrung noch mal auf meine Backkünste einlässt, bist du mutiger, als ich dachte."

Sein Mund zuckt. „Oder einfach ein bisschen verrückt."

Unsere Blicke treffen sich – und zum ersten Mal denke ich, dass ich vielleicht doch nicht ganz chancenlos bin. Bei der Sache mit dem Bild, natürlich. Wir schweigen, reden, schweigen wieder. Langsam beginne ich, seine Anwesenheit zu genießen. Er ist gar nicht so übel. Und dann beschließe ich einfach, ehrlich zu sein.

„Noah, du solltest noch etwas wissen. Ich bin keine Heilige, wirklich nicht. Mein Chef hat mir eine Beförderung samt Gehaltserhöhung angeboten, wenn ich ihm das Bild beschaffe und für deine Anwesenheit bei der Auktion sorge. Ich brauche das Geld und den Titel, um mir eine gewisse Unabhängigkeit zu verschaffen. Aber das ändert nichts daran, dass die Stiftung mein Herzensprojekt ist. Sonst hätte ich jederzeit einen anderen, besser bezahlten Job annehmen können. Bist du jetzt enttäuscht?"

„Nein", sagt er, grinst dann leicht schief. „Keiner ist perfekt. Das weiß ich selbst am besten. Du hast mich trotzdem irgendwie beeindruckt, Vee. Aber ..." Er schüttelt den Kopf und deutet auf meine Designerjeans und den edlen Lederrucksack, den ich etwas unauffällig auf dem Boden abgelegt habe. „Ich frag mich nur, warum du so dringend Geld brauchst. Deine Klamotten sehen aus, als könntest du jederzeit in flüssigem Gold baden, aber dann benötigst du Geld."

„Das ist eine lange Geschichte." Ich seufze und versuche, meinen Kopf nicht zu weit in die Hände zu vergraben. „Ich verspreche dir, dass ich dir mal mehr darüber erzähle. Aber nicht heute. Okay?"

Er nickt, leicht schmunzelnd. „Verstehe. Ich breite mein Seelenleben auch nicht gleich auf einem Silbertablett aus. Aber wenn du irgendwann mal jemanden brauchst, der zuhört – hier bin ich. Ich schwöre, ich kann die dämlichen Witze auch mal eine Zeit lang weglassen."

„Danke", sage ich. „So dämlich sind die übrigens gar nicht. Ich habe heute schon ein paarmal fast gelacht."

Er grinst. „Nur fast? Jetzt hast du meinen Ehrgeiz geweckt. Beim nächsten Mal bringe ich dich garantiert zum Lachen."

Wir lächeln uns an, fallen dann erneut in dieses angenehme Schweigen.

Erst als die kühle Abendluft mich trotz des Mantels frösteln lässt und die Dämmerung sich in Dunkelheit hüllt, erhebe ich mich von der Bank. „Noch mal sorry, dass ich dich neulich so genervt habe."

„Komm schon, du bist doch gar nicht so schlimm", antwortet er mit einem leichten Lächeln, das ein warmes Gefühl in mir wachruft. „Aber nur, wenn du beim nächsten Treffen ein paar Muffins ohne Brandflecken mitbringst."

„Versprochen", sage ich und freue mich ein bisschen darüber, dass er mich anscheinend wiedersehen mag. „Und das nächste Mal gibt es vielleicht auch ein bisschen weniger Drama und einen gekauften, leckeren Kuchen."

„Nein, das muss nicht sein. Mir sind deine selbst gebackenen Muffins mit Röstaroma lieber." Er lacht leise. „Ich kann nicht glauben, dass ich das gerade gesagt habe. Falls ich heute Nacht wegen einer Lebensmittelvergiftung im Krankenhaus lande, nehme ich den Satz zurück."

Schelmisch grinse ich ihn an. „Keine Sorge, es war nur eine harmlose Backmischung. Giftfrei – zumindest soweit ich weiß."

Er legt sich theatralisch eine Hand aufs Herz und tut, als müsste er erst mal wieder atmen lernen. „Na dann bin ich ja beruhigt. Ich hatte schon Angst, du willst mich auf besonders süße Art aus dem Weg räumen."

Ich kichere los – und zwar so richtig. Und während mein Lachen in der kühlen Abendluft verhallt, dämmert mir etwas: Dieser angeblich wortkarge Künstler kann nicht nur reden, er kann echt witzig sein. Und verdammt charmant dazu.

Dann kneift er die Augen zusammen, als wolle er mir auf die Stirn sehen, ob da ein geheimer Plan notiert steht, und reicht mir sein Handy. „Tipp mir kurz deine Nummer ein. Ich sag dir morgen, wann und wo wir uns treffen."

Ich runzle die Stirn, schnappe mir aber dennoch sein Smartphone und speichere meine Nummer unter *Vivienne, nicht Vee, Sinclair!!*, ab. „Du willst mir das Bild also schon morgen geben? Ich dachte, du hättest noch kein passendes gemalt. Und warum darf ich nicht einfach zu dir kommen? Ich weiß doch, wo du wohnst."

Sein Blick wird vage, fast verschwörerisch – wie ein Magier, der weiß, dass er gleich ein Kaninchen aus dem Hut zieht. „Das, Regenbogen-Vee ... erfährst du morgen. Und ich hoffe wirklich, dass du danach nicht versuchst, mich mit einem deiner Muffins zu vergiften."

Ich lache, kann aber das leise Ziehen in meiner Magengegend nicht ganz ignorieren.

Jetzt ist es offiziell: Ich hab Bammel. Und zwar nicht zu knapp. Er hat etwas geplant und ich habe keinen Schimmer, worum es geht.

KAPITEL 5

Noah: Veränderungen

Ich habe sie verunsichert – man sieht es an diesem kaum wahrnehmbaren Zögern in ihrem Blick, an der Art, wie sie unmerklich die Schultern hebt, als müsse sie sich selbst daran erinnern, dass sie sich nichts anmerken lassen will. Und obwohl ich mir das nicht eingestehen sollte, löst genau das ein seltsames Kribbeln in mir aus. Kein angenehmes. Eher wie ein Echo von etwas, das ich beinahe vergessen hatte: Lebendigkeit.

Ich mag es, Vivi aus dem Konzept zu bringen. Es reicht schon, sie Vee zu nennen – mit gedehntem I, fast ein wenig zu betont –, um ihr die mühsam polierte Gelassenheit aus dem Gesicht zu wischen. Noch ein kryptischer Satz dazu, und sie stolpert innerlich. Das sehe ich. Was mich daran reizt, ist nicht Schadenfreude. Es ist Neugier.

Denn in diesen kurzen Sekunden verliert sie ihre Maske. Und was zum Vorschein kommt, ist ... echt.

Nicht die quirlig-perfekte New Yorker Stil-Ikone mit bunter Regenbogen-Aura und einem Dauerlächeln im Gepäck.

Sondern eine Frau, die mehr ist. Und das spüre ich.

Sie ist keine naive Lichtgestalt. Da sind Schatten. Brüche. Linien, die sich nicht sauber zu einem Bild fügen lassen. Und genau das ist es, was mich so sehr fasziniert. Ich habe das Gefühl, dass wir beide uns hinter Fassaden verstecken – nur dass sie ihre in Farbe taucht, während ich meine zu verbergen versuche, indem ich mich ins Dunkel zurückziehe.

Es ist Nacht geworden. Das Wasser vor mir liegt schwarz und unbewegt da, wie flüssiges Nichts. Ein Spiegel ohne Bild. Ich kenne diesen Anblick. Zu gut. Und auch, was er in mir auslöst.

Den Sog.

Ein leises Flüstern in meinem Kopf, das fragt, ob das alles hier nicht längst sinnlos geworden ist.

Ich öffne mein Handy, schreibe eine kurze Nachricht an meinen Therapeuten. Es ist keine große Geste. Kein Hilferuf. Nur ein schlichter Satz mit der Bitte um einen baldigen Termin. Eine Pflichtübung. Vielleicht auch ein Versuch, dem Abgrund wenigstens symbolisch die Stirn zu bieten.

„Es sind zwei Jahre, Noah."

Das hatte mein jüngerer Bruder gestern gesagt.

„Du kannst dich nicht für immer verkriechen." Ich weiß, dass er es gut meint. Aber Sam lebt in einer Welt, die ihn umarmt. Er ist ein Freigeist, immer auf Reisen, stets auf der Suche nach dem nächsten Abenteuer. Ich hingegen versuche, nicht an der Tatsache zu zerbrechen, dass ich darin keinen Platz mehr finde. Er ist das Sonnenkind der Familie – charmant, unkompliziert, voller Leichtigkeit. Ich dagegen bin ... schwer. Nicht im Sinne von ernsthaft oder bedeutsam. Eher wie eine rostige Statue: einmal schön gedacht, dann vergessen.

Mir ist bewusst, dass meine Familie mich liebt. Und ich weiß, dass sie mich erreichen wollen. Aber selbst ihre Wärme fühlt sich manchmal an wie ein viel zu grelles Licht auf müde, empfindliche Augen.

Mit anderen Menschen kann ich kaum umgehen. Zu laut, zu viel, zu nah. Und gleichzeitig kann ich das Alleinsein nicht ertragen. Eine paradoxe Existenz, in der ich mich eingerichtet habe wie in meinem verstaubten Atelier – voller Entwürfe, die ich nie zu Ende bringe.

Und doch – mit ihr ist es anders. Vivienne. Sie wirkt auf mich wie eine Skizze, die sich meiner Deutung entzieht. Als hätte jemand mit entschlossener Hand begonnen, ein Bild zu zeichnen, dann mitten im Schwung abgesetzt – und ich darf nun herausfinden, was fehlen könnte.

Sie ist unvollständig – und genau darin liegt ihre Schönheit. Nicht glatt, nicht perfekt, sondern voller Andeutungen, was unter ihrer Maske der Perfektion liegt. Sie bringt mich dazu, wieder hinzusehen. Das allein ist ... neu. Ich weiß nicht, was es ist, das da in mir aufbricht. Möglicherweise hat es keinerlei Bedeutung oder es ist nur ein kurzes Aufflackern.

Aber morgen werde ich sie wiedersehen.

Vielleicht ist das wie ein erster kleiner Pinselstrich auf einer neuen Leinwand. Eine zittrige, dünne Linie, noch ohne wirkliche Richtung, ohne Idee, was entstehen könnte. Aber alles ist besser als nichts und immerhin ist es ein Anfang. Das ist mehr, als ich seit Langem von mir behaupten konnte – weit mehr als die dunklen Wirbel, die das einzige sind, was ich seit Jahren malen kann und die immerzu meine Seele schwärzen.

So langsam melden sich Hunger und Müdigkeit – wie zwei alte Bekannte, die nie wirklich willkommen sind, aber trotzdem immer wieder vorbeischauen. Also mache ich mich auf den Rückweg.

Mein Haus macht von Weitem noch einen ganz passablen Eindruck. Erst wenn jemand nähertritt, erkennt er die Wahrheit: An mehreren Stellen blättert der Putz, die Fassade fleht förmlich nach einem neuen Anstrich. Und der Garten – oder besser gesagt der wild gewordene Dschungel dahinter – hat sich inzwischen so weit vorgekämpft, dass man die Veranda kaum noch erkennt. Es wirkt, als hätte die Natur beschlossen, mich aufzugeben und das Kommando zu übernehmen. Was ich ihr ehrlich gesagt nicht mal verübeln kann. Ich selbst habe den Garten schon seit einer halben Ewigkeit nicht mehr betreten.

Früher war es mal ein Zuhause. Ein echtes. Heute ist es eher ... eine Ansammlung von Mauern, hinter denen ich wohne.

Ich schließe die Tür auf. Drinnen empfängt mich – überraschenderweise – kein Chaos, sondern Ordnung. Nicht meine Leistung, versteht sich. Die Ehre gebührt Madame Claudine, der einzigen Person auf diesem Planeten, die mein Haus betreten darf, ohne dass ich eine Panikattacke kriege.

Sie kommt zweimal die Woche. Und obwohl wir in all den Jahren kaum mehr als ein paar Sätze gewechselt haben, gehört sie zu den Menschen, denen ich mein vollstes Vertrauen schenke.

Madame Claudine ist ... diskret. Eine leise Präsenz mit einem staubtrockenen Blick für das Wesentliche. Sie redet wenig, aber wenn, dann mit einer Stimme, die klingt, als sei sie durch Generationen von Erfahrungen gefiltert worden.

Haitianische Wurzeln, so viel weiß ich. Manchmal duftet es im Haus ganz subtil nach Lavendel und – ich meine es ernst – nach etwas, das ich nur als ‚Ehrfurcht' bezeichnen kann.

Ich schätze sie auf Mitte sechzig, aber sie bewegt sich, als würde sie heimlich Yoga unterrichten oder nachts Dämonen austreiben – was bei ihrer Ausstrahlung beides möglich wäre.

Ich blicke mich um. Alles ist ordentlich. Die Küche glänzt. Meine Pinsel sind sogar nach Farben sortiert. Niemand kann behaupten, dass Magie nicht existiert.

Oh Mann, sie verdient eine Gehaltserhöhung, keine Frage. Leider schrumpft mein Konto im selben Tempo wie mein Selbstwertgefühl nach einer misslungenen Leinwand.

Und genau da wären wir beim Thema. Ich greife zum Pinsel. Es ist spät, mein Magen knurrt, mein Gehirn ist Brei – also die perfekte Ausgangslage für ein künstlerisches Desaster.

Was ich da auf die Leinwand bringe? Ein Gemälde, das vermutlich sogar die Wände beleidigt, an denen es hängt. Falls es jemals irgendwo hängen sollte, was ich irgendwie nicht hoffe, da es nur Trübsinn verbreitet. Das Bild, das ich gerade male, erinnert mich an die Blaue Periode von Picasso. Es ist genauso – nur ohne Talent oder Konzept, Sinn oder ... Blau.

Aber ich male trotzdem. Nicht für Ruhm. Nicht für Geld. Nur, um zu spüren, dass da noch etwas in mir ist, das lebt.

Und das reicht – fürs Erste.

Mitten in der Nacht, als ich die letzten Farbreste von meinen

Händen gewaschen habe, tippe ich eine Nachricht an Vee in mein Handy:

> Wichtig: Treffpunkt morgen 14 Uhr, Victoria Row in Astoria, Queens, vor dem Altbau mit der blauen Tür. Das Gebäude ist direkt neben einem Coffee Shop. Ich warte auf dich.

Da es ein Samstag ist, gehe ich davon, dass sie nicht arbeiten muss und Zeit hat – wobei es indirekt ja auch mit ihrem Job zusammenhängt. Obwohl ich um drei Uhr morgens natürlich keine Antwort erwarte, kommt sie doch nur wenige Minuten später.

> Okay, ich werde da sein. Bin gespannt.

Ich auch – und zwar auf ihre Reaktion. Wird sie enttäuscht sein oder eher erfreut? Ich kann es wirklich nicht sagen, aber eine andere Wahl bleibt mir nicht. Ich muss es einfach so angehen.

Der Wind pfeift mir den letzten Rest Müdigkeit aus dem Kopf, als ich um kurz vor zwei an der Ecke Victoria Row lehne – direkt vor dem Altbau mit der blauen Tür. Heute Morgen bin ich bereits früh aufgestanden und habe mir in einer spontanen Eingebung beim Friseur die Haare bändigen lassen. Ich mag es, wenn sie etwas länger sind, und habe deshalb nicht allzu viel abschneiden lassen. Nur so, dass sie wieder in Form sind.

Hm, ein wenig mehr Zuwendung hätte die Immobilie hier auch

nötig. Die Fassade hat Patina, wie es Immobilienmakler euphemistisch nennen würden. Ich nenne es ehrlich: abblätternder Charme. Darin ähnelt es meiner historischen Villa, die wahrlich schon bessere Zeiten erlebt hat.

Ich starre auf mein Handy, obwohl ich weiß, dass sie pünktlich ist – natürlich ist sie das. Vee wirkt wie jemand, der schon zehn Minuten zu früh da ist, aber absichtlich noch eine Runde um den Block dreht, um bloß nicht zu interessiert zu wirken.

Da ist sie – wie immer unübersehbar. Sonnengelber Mantel, zielstrebiger Gang, die Miene einer Frau, die gerade ein Meeting gewonnen hat, ohne auch nur ins Schwitzen zu geraten. Manchmal frage ich mich, warum sie eigentlich in einer Stiftung arbeitet und nicht längst die Modebranche auf links dreht. Andererseits ... ich sehe ja auch nicht gerade aus wie ein ehemals gefeierter Künstler. Meine schwarzen, leicht welligen Haare sind nach wie vor ein bisschen zu lang, um als Stil durchzugehen. Mein Acht-Tage-Bart schreit mehr nach Winterdepression als nach urbaner Lässigkeit, und meine Klamotten – tja, die waren wahrscheinlich schon vor fünf Jahren aus der Mode. Rasch notiere ich auf meinen inneren Merkzettel: *Neue Klamotten online bestellen. Bloß nicht im Laden shoppen und mich neugierigen Blicken aussetzen – oder gar einer lästigen Beratung.*

„Du bist also tatsächlich gekommen“, sage ich, als sie vor mir stehen bleibt.

Sie hebt eine Augenbraue. „Du auch. Und sogar mit neuem Haarschnitt. Steht dir.“

Ich murmele ein lässiges „Danke“ und deute auf das Haus hinter mir. Auch wenn ich es nicht zugeben will – das Kompliment freut mich. Ein Haarschnitt war längst überfällig gewesen. Noch ein paar Wochen, und Vögel hätten ernsthaft überlegt, auf meinem Kopf zu nisten.

„Willkommen in der kleinsten Eigentumswohnung Astorias – mit dem besten Blick auf den East River. Und wer sich auf die Zehenspitzen stellt oder eine Leiter in der Küche bunkert, bekommt sogar ein Stückchen Park zu sehen.“

Sie folgt mir nach drinnen. Die Wohnung ist schlicht, aber gemütlich – zwei Zimmer, viel Licht, ein knarzender Holzboden. Der Blick aus dem Wohnzimmerfenster reicht tatsächlich bis zum Astoria Park. Unten schiebt sich das Leben durch die Straßen, das gute Leben: Mütter mit Kinderwagen, alte Männer mit Schachbrettern, Hipster mit MacBooks, Künstler mit zerzausten Notizbüchern. Die Gegend ist familienfreundlich, kreativ, voller Cafés, Märkte und mit guter Anbindung nach Manhattan. Kurzum: Der ideale Ort für jemanden, der neu anfangen will – oder muss.

„Ich will sie Mia und ihrer Mutter überlassen. Vorerst mietfrei. Bis sie auf die Beine kommen."

Sie sagt erst mal nichts. Vee, die sonst auf alles eine schnelle, kluge Reaktion parat hat, wirkt für einen Moment tatsächlich überrascht. Glaubt sie mir etwa nicht? Traut sie dem Angebot nicht?

„Das ist mehr Einsatz, als ich erwartet hatte. Wow, Noah, ich bin ehrlich sprachlos. Allerdings hättest du der Stiftung mit einem einzigen Gemälde einen Haufen Geld bringen können", sagt sie schließlich.

Ich nicke. „Hätte, ja. Aber ich male gerade nur Zeug, das selbst die abstrakte Kunst in eine frühe Midlife-Crisis stürzen würde."

Sie wirkt einen Moment still – nachdenklich still. Dann mustert sie mich erneut, aber anders. Ruhiger. Mit einer Neugier, die sich nicht mehr so sehr dagegen wehrt, da zu sein. „Ich will trotzdem sehen, was du malst. Mit eigenen Augen."

Ich hebe eine Braue. „Hast du nicht neulich schon unverschämterweise durchs Fenster hindurch auf meine Staffelei gespickt? Vorsicht. Manche Wahrheiten kann man nicht ungefragt wieder vergessen."

„Das riskiere ich", sagt sie ruhig. „Und neulich habe ich bloß eine mit Tuch abgedeckte Leinwand gesehen. Mich interessiert aber, was darunter verborgen ist."

Ich lehne mich gegen den Türrahmen, betrachte sie einen Moment lang. „Jetzt bin ich mir nicht sicher, ob du wirklich nur meine Bilder sehen willst oder ob du längst etwas ganz anderes im Kopf hast", sage ich, die Worte sarkastisch, aber mit einem Hauch von Neugier.

„Du willst also sagen, ich sei nur hier, um dein umwerfend charmantes Wesen zu ergründen?", erwidert sie mit einer riesigen Portion Humor in ihrer Stimme.

„Vielleicht“, antworte ich und verziehe meine Mundwinkel zu einem Lächeln. „Aber wenn ich ehrlich bin, könnte ich mit dem Bildmaterial in meinem Atelier kaum noch einen Interessenten finden, selbst wenn ich es für 10 Dollar verhökern würde.“

Vee schüttelt den Kopf. „Muss ja nicht gleich ein Millionengemälde sein. Aber ein Blick auf das, was du malst, wäre trotzdem interessant.“ Sie schaut zur Tür, dann wieder zu mir. „Wie sieht’s aus? Kaffee und Plaudern? Bei dir?“

„Kaffee?“ Ich lache leise. „Das klingt nach einer gefährlichen Mischung – du und ich, ein Gespräch bei Koffein. Für meine Nerven vielleicht nicht das Beste.“

„Ach komm schon, Noah. Nur ein kurzer Blick auf deine Werke. Wenn du schon kein Bild spendest, möchte ich wenigstens eines sehen.“

Ich sehe sie an, eine Sekunde länger als nötig, und dann schüttele ich den Kopf. „Kaffee bei mir? In Battery Park City?“ Leise schnaufe ich auf. „Das wäre ein bisschen, als würde ich wildfremden Passanten erlauben, einen geführten Rundgang durch mein Schlafzimmer zu machen. Nein, das geht nicht. Meine Bilder sind privat.“

Vee hebt eine Augenbraue und sieht mich durchdringend an. „Du meinst, du hast keine Lust, mich in deiner Wohnung zu empfangen? Dabei bin ich letztes Mal immerhin schon bis zum Flur gekommen.“

Herrje, sie lässt echt nicht locker. Hartnäckig wie eine Zecke, die sich bereits festgesaugt hat. „Nicht, dass du mich falsch verstehst“, sage ich und lehne mich entspannt gegen die Wand, „aber wenn du die Bilder siehst, die dort im Atelier stehen, werden wir uns ganz schnell einig, dass du das lieber nicht tun solltest.“

„Weil du mir die schlechten Gemälde nicht zeigen willst?“ Vee schnaubt amüsiert und verschränkt die Arme. „Also gut, dein Geheimnis bleibt vorerst sicher. Dann lassen wir das Atelier einfach außen vor und halten uns nur in deinem Wohnzimmer auf.“

„Es geht nicht nur um die Bilder“, sage ich und lasse die Worte bewusst in der Luft hängen. „Ich mag grundsätzlich keine Besucher. Lass uns lieber in einem Café etwas trinken gehen. Dann kannst du mich weiterhin mit deiner Neugier löchern.“

Vee bleibt still, als ob sie meine Worte abwägt. Dann nickt sie, als hätte sie die Entscheidung gefällt. „Okay, aber nicht heute. Ich möchte lieber gleich zu Mia und Elena, um ihnen die frohe Nachricht zu verkünden. Sie werden bestimmt ganz aus dem Häuschen sein. Wann können sie denn einziehen?"

Ich zucke mit den Schultern. „Von mir aus gleich heute. So müssen sie nicht noch eine Nacht länger im Auto schlafen und können erst einmal warm duschen. Hier, nimm gleich die Schlüssel."

Vee streckt zögerlich die Hand aus, als wären sie mehr als nur etwas Metall – eher ein Versprechen? Ihre Finger berühren meine, nur flüchtig, aber ich spüre die Wärme dennoch.

„Du meinst das ernst?", fragt sie leise.

„Ich verschenke selten Wohnungen auf Spaßbasis", antworte ich trocken. „Sag ihnen, sie sollen sich einfach nehmen, was sie brauchen. Die wenigen Möbel bleiben, ein paar Basics sind da, wie ein Bett, Tisch und Stühle. Außerdem die Küchenzeile. Winzig, aber voll funktionsfähig."

Sie sieht mich an, forschend. „Warum machst du das wirklich?"

Ich zucke nur mit den Schultern. „Möglicherweise ist mir langweilig. Vielleicht will ich mein Karma-Konto auffüllen. Vielleicht auch nur, weil du gefragt hast."

Vee lässt nicht locker. „Du spielst das runter, aber du weißt genau, dass das nicht selbstverständlich ist."

„Ich weiß, dass es sich besser anfühlt, etwas zu tun, als nur zuzusehen", sage ich schlicht. „Und dass die Welt ohnehin voller leerer Räume ist. Da muss man nicht auch noch welche ungenutzt lassen, wenn man helfen kann."

Sie sieht mich lange an, dann steckt sie den Schlüssel in ihre Jackentasche. „Danke, Noah. Ehrlich."

Ich nicke nur. „Ruf mich an, wenn's Probleme gibt."

„Mach ich."

Sie dreht sich um, geht ein paar Schritte Richtung Tür, bleibt dann aber noch mal stehen.

„Und was ist mit dem Kaffee bei dir zu Hause?"

Jetzt muss ich laut lachen. „Du kannst es einfach nicht lassen, oder?

Wie fühlt es sich eigentlich an, wenn man mit dieser Riesenportion Neugier durchs Leben geht?“

Sie grinst. „Anstrengend. Aber meistens bekomme ich, was ich will.“

„Und was genau wäre das?“, hake ich nach. „Ein Bild von mir, um die Beförderung zu bekommen?“

Sie lacht leise, dann schüttelt sie den Kopf. „Vielleicht. Vielleicht auch nur, um hinter deine Fassade zu schauen. Oder zu sehen, ob du wirklich so ein brummiger Einsiedler bist, wie du tust.“

Ich ziehe eine Augenbraue hoch. „Du hast also eine investigative Mission.“

„Nenn es ... beruflich motivierte Neugier mit einem Schuss persönlichem Interesse.“ Dann wird sie kurz ernst. „Aber keine Sorge, ich dränge mich nicht auf. Nicht heute, jedenfalls.“

Ich nicke langsam. „Das ist gut. Außerdem muss ich nachher sowieso noch was vorbeibringen, wir sehen uns also wieder.“

Sie blinzelt. „Vorbeibringen?“

„Ach, nur ein paar Möbel, die ich noch rumstehen habe. Nichts Besonderes. Aber ist besser, als auf dem Boden zu sitzen.“

Vee mustert mich für einen Moment, dann schmunzelt sie. „Du gibst dir große Mühe, es zu verpacken wie eine lästige Kleinigkeit. Dabei ist es alles andere als das.“

„Nenn's einfach Resteverwertung,“ entgegne ich.

„Ich nenn's ziemlich großherzig.“

Darauf sage ich nichts – setze nur ein kurzes, schiefes Lächeln auf. Dann mache ich einen Schritt zur Seite, halte ihr die Tür auf.

„Geh schon, Vee. Sonst überlegst du es dir noch und bestehst auf einem exklusiven Atelierbesuch mit Kaffee und Führung.“

„Nur aufgeschoben“, sagt sie augenzwinkernd und tritt hinaus auf den Flur.

„Du bist furchtbar beharrlich.“

„Und du bist ein echter Geheimniskrämer.“

Dann dreht sie sich um – und geht.

Ich bleibe einen Moment stehen, blicke auf die halb geöffnete Tür und frage mich, was zur Hölle ich da eigentlich mache. Dann schüttle ich den Kopf, schnappe mir die Jacke – und fahre los, um ein paar alte Möbel zu retten. Oder irgendetwas anderes. Ganz sicher bin ich mir da selbst nicht.

Am Ende erwische ich mich dabei, wie ich meinen Bruder aktiviere, mir beim Schleppen zu helfen. Er ist für einige Wochen bei meinen Eltern untergekommen, um seinen inneren Akku neu aufzuladen. Überrascht von meinem Anruf, will er natürlich alles genau wissen. Ich erzähle ihm von Mia und ihrer Mutter Elena – ohne zu sehr ins Detail zu gehen. Vee erwähne ich dabei nur in einem Nebensatz.

Da bietet er mir nicht bloß an, mit Dads altem Transporter zu kommen, sondern mein altes Bett einzuladen, das dort immer noch herumsteht.

Manchmal ist es gar nicht so verkehrt, aus seinem Einsiedlerhaus rauszukommen. Auf Sam ist jedenfalls Verlass – auch wenn er meist irgendwo auf dem Globus unterwegs ist, bietet er mir stets seine Unterstützung an. Momentan hat er sein gigantisches Wohnmobil im Garten meiner Eltern geparkt. Jedenfalls so lange, bis ihn das nächste Abenteuer oder der nächste Wettbewerb ruft. Es ist schön, ihn nun wenigstens für einige Zeit mal in der Nähe zu haben. Das habe ich vermisst.

KAPITEL 6

Vivi: Es geht voran

Da es Wochenende ist, vermute ich Elena und Mia in der öffentlichen Bibliothek in Manhattan und fahre direkt mit der U-Bahn dorthin. Tatsächlich finde ich die beiden in der Kinderecke, wo Elena Mia gerade eine Geschichte vorliest. Mia springt auf und fällt mir zur Begrüßung stürmisch um den Hals, während Elena mich freundlich, aber auch ein wenig überrascht ansieht.

„Vivi? Was machst du denn hier? Hast du heute nicht frei?"

Ich kann meine Vorfreude kaum verbergen. Ehrlich, wenn ich keine Ohren hätte, würde ich im Kreis grinsen – so sehr freue ich mich für die beiden. „Doch, aber das ist völlig egal. Elena, ich habe fantastische Neuigkeiten für euch!"

Mutter und Tochter sehen mich gespannt an. „Na los, spann uns nicht auf die Folter! Weshalb opferst du deinen freien Tag für uns?"

Ich setze mich zu den beiden auf die lange Sitzbank, atme tief durch und verkünde die Nachricht:

„Also, ich habe eine Wohnung für euch. Vorerst kostenlos. Und ihr könnt sogar schon heute einziehen."

In den nächsten Minuten bombardieren sie mich mit Fragen, die ich alle so geduldig wie möglich beantworte. Elena wirkt zunächst noch skeptisch, aber schließlich weicht die Zurückhaltung purer Erleichterung. Sie lacht, umarmt mich, bedankt sich immer wieder. Mia hüpft begeistert auf und ab.

„Für wie lange ist das ungefähr?“, fragt Elena schließlich, als sie sich wieder etwas gefangen hat.

„Ein Ende ist momentan nicht in Sicht. Der Eigentümer ist großzügig und hat keine Sekunde gezögert, euch zu helfen.“

„Kann ich ihn kennenlernen? Ihm persönlich danken?“ Elena strahlt wie die Mittagssonne nach endlosen Regentagen.

Etwa eine Stunde später stehen wir zu dritt vor dem alten Gebäude in Astoria. Elena hält Mia an der Hand, die neugierig um sich blickt, als wir durch das Treppenhaus nach oben gehen.

„Es ist im dritten Stock“, erkläre ich, während ich die Schlüssel hervorkrame. „Der Vormieter ist vor einigen Wochen ausgezogen. Es muss nur noch etwas durchgelüftet werden. Zwei Zimmer, Küche, Bad. Klein, aber fein.“

Als ich die Tür aufschließe und öffne, bleibt Elena wie angewurzelt stehen, die Augen weit aufgerissen, als hätte ich ihr gerade ein Schloss in der Toskana gezeigt.

„Das soll ... das soll wirklich unsere Wohnung sein?“, flüstert sie.

„Aber ja. Sie gehört jetzt erst mal euch.“ Ich grinse sie an, weil ich es einfach nicht lassen kann. Es fühlt sich an, als hätte ich heimlich Weihnachten vorverlegt.

Mia stürmt an mir vorbei, fliegt förmlich durch die Wohnung, wirbelt wie ein kleiner Wirbelsturm durch die Räume und bleibt schließlich vor dem großen Fenster stehen.

„Wow, da drüben ist ja ein Fluss!“

„Das ist der East River“, sage ich und lege ihr sanft die Hand auf die Schulter. „Und weißt du was? Ganz in der Nähe gibt es sogar einen Park mit Spielplätzen. Meinst du, du wirst dich hier wohlfühlen?“

„Oh ja. Ganz bestimmt“, haucht sie andächtig, fast ehrfürchtig – wie jemand, der gerade das erste Mal ein echtes Einhorn gesehen hat.

Mia ist so ein stilles Kind. Immer kontrolliert und stets vernünftig, als hätte sie mit sechs Jahren schon beschlossen, die Welt mit stoischer Ruhe zu ertragen. Dabei müsste sie eigentlich mal so richtig losschreien dürfen. Lachen. Weinen. Toben.

Vielleicht klappt das ja jetzt. Möglicherweise ist dieser Ort, diese kleine Wohnung in Astoria, genau das, was sie braucht: ein sicherer Hafen. Ein Zuhause. Kein klappriger Wagen, in dem jeder Luftzug wie ein Hieb ins Herz war.

Ich erinnere mich an meine eigene Kindheit – wie ich mit gepacktem Koffer an der Tür stand, weil ich hoffte, Daddy würde mich dieses Mal mitnehmen. Zu seinen Reisen, den Filmdrehs, irgendwohin. Aber er ließ mich immer zurück.

Und so blieb mir nur Mom – die nie wirklich Lust hatte, sich mit mir zu beschäftigen. Ich wollte das perfekte Kind sein. Ruhig, brav, fehlerfrei. Aber es hat nie gereicht.

Die meiste Zeit fühlte ich mich einsam und fehl am Platz. Trotz des materiellen Überflusses, trotz der Designerzimmer, der zig Nannys. Also strengte ich mich noch mehr an. Versuchte, perfekt zu sein, mich noch besser anzupassen. Vielleicht würde ich dann endlich dazugehören. Mia soll das nicht auch durchmachen. Nicht, wenn ich irgendetwas dagegen tun kann.

„Kommt, ich zeige euch das Badezimmer“, rufe ich Mutter und Tochter zu. „Es hat eine Regendusche und sogar eine kleine Badewanne.“

Etwas später, nachdem wir alles ausgiebig bewundert und gefühlt jeden einzelnen Lichtschalter getestet haben (Mia war begeistert), ertönt schweres Stapfen auf der Treppe. Sekunden später stehen zwei Männer im Türrahmen – und ich brauche einen Moment, um sie nicht einfach nur anzustarren.

Noah kenne ich. Und dann ist da der andere.

Müsste ich ihn Cara beschreiben – was ich heute Abend am Telefon ganz bestimmt tun werde – würde ich sagen: ein kalifornischer Sonnyboy wie aus dem Bilderbuch. Mit Noah hat er kaum Ähnlichkeit, höchstens die Augenform. Aber während seine Augen hell und offen strahlen, liegt in Noahs Blick etwas Dunkles, Geheimnisvolles. Etwas, das mich jedes Mal wieder einfängt, ohne dass ich genau sagen könnte, warum.

Der andere hat einen sonnengeküssten Teint, blond gewellte Haare im lässigen Style und ein Gewinnerlächeln, das lautlos verkündet: Ich weiß, dass ich gut aussehe – und mir gehört die Welt.

Er trägt Shorts, in denen er direkt an den Strand joggen könnte, und ein T-Shirt mit buntem Wellenprint und dem Wort „Hawaii" in fetten Lettern. Als wäre das nicht schon Postkarte genug, blitzen unter dem Stoff auch noch Oberarme hervor, für die man vermutlich einen Waffenschein bräuchte.

Holy. Moly.

Ich bin offiziell nicht blind.

Der Unterschied zu Noah könnte kaum größer sein. Der Typ sieht aus, als hätte er sein eigenes Fitnessprogramm bei Amazon Video oder irgendeinem anderen Streamingdienst verdient. Definitiv ein schöner Mann. Aber ein ganz anderer Typ als Noah. Er strahlt Leichtigkeit aus. Lebensfreude. Typ Mann, der in jeder Situation – bildlich gesprochen – einen Cocktail mit Schirmchen in der Hand hält. Einer, der schon tanzt, während andere noch überlegen, ob sie überhaupt aufstehen sollen. Ein charmanter Gewinner mit lockeren Sprüchen auf den Lippen und einer verdächtig sonnigen Aura.

Und trotzdem ... wandert mein Blick zurück zu Noah.

Er steht da wie ein Mann, der aus Versehen in die letzte Szene einer romantischen Komödie geraten ist – nur dass er nicht weiß, ob er der Love Interest oder der Hausmeister im Hintergrund ist. Stocksteif, die Schultern angespannt, der Blick irgendwo zwischen *Bitte lass mich einfach die Möbel abstellen und wieder verschwinden* und *Warum starrt sie mich so an?*

Ich weiß nicht, warum – aber genau das macht ihn so faszinierend. Diese stille Präsenz, die keine Aufmerksamkeit verlangt und doch den Raum erfüllt. Nicht so laut wie sein Begleiter, sondern eher wie ein tiefes, verlässliches Echo.

Erst jetzt fällt mir auf, dass jeder von ihnen einen Stuhl unter dem

Arm trägt. Na toll, ich sollte mich echt zusammenreißen – ich bin schließlich wegen Mia und Elena hier und nicht, um mich von zwei heißen Kerlen ablenken zu lassen.

Der andere ist es, der als Erster in die Stille hinein spricht. „Hey! Ich bin Sam – der Charmante von uns Brüdern!" Er grinst breit und zeigt auf den schweigenden Mann neben sich. „Und das da mit dem Voldemort-Blick ist mein Bruder Noah, der Eigentümer der Wohnung. Keine Sorge, der taut manchmal sogar auf – man sagt, er hätte letzte Woche fast gelächelt."

Noah rollt die Augen, antwortet aber nichts. Stattdessen zieht er die Mundwinkel leicht nach unten, als wolle er Sams Bemerkung im Keim ersticken.

Elena und Mia drehen sich zu den beiden um. Noah bleibt einen Moment lang stehen, wirkt steif und leicht überfordert. Er murmelt ein kaum hörbares „Hallo", während Sam bereits in den Flur tritt und den Stuhl abstellt.

Elena reicht Sam herzlich die Hand. „Danke. Ich weiß gar nicht, was ich sagen soll ... das ist alles so ... unglaublich."

Sam winkt ab. „Ach, ich helfe nur beim Möbelschleppen, das ist doch das Mindeste. Noah aber hat sofort zugesagt, als Vivienne ihn um Hilfe für euch bat."

Noah räuspert sich, wirft mir einen kurzen Blick zu und wirkt, als wolle er auf der Stelle verschwinden. Seine Schultern sind leicht hochgezogen, seine Hände tief in den Taschen vergraben. Es scheint, als wüsste er nicht, wohin mit sich.

„Danke auch dir", sagt Elena sanft, an Noah gewandt. „Wirklich. Es bedeutet uns mehr, als du dir vorstellen kannst."

Noah wirkt, als hätte sie ihn gerade überfahren – so sehr treffen ihn ihre aufrichtigen Worte. Er weicht ihrem Blick aus, antwortet nicht sofort. „Schon gut", murmelt er schließlich. „Das war doch nichts."

Sam schüttelt leicht den Kopf und flüstert ihm etwas zu, das ich nicht verstehe. Aber Noah reagiert nicht. Seine Miene bleibt starr, seine Haltung verkrampft. Es ist offensichtlich: Der Umgang mit Menschen fällt ihm schwer.

Doch plötzlich tappt Mia auf ihn zu, mit dem Selbstbewusstsein eines Kindes, das keine Schranken kennt. „Magst du Einhörner?", fragt sie direkt, als wäre das die normalste Frage der Welt.

Noah blinzelt, überrumpelt – und schaut Mia zum ersten Mal richtig an. Ein schwaches, beinahe verlegenes Lächeln huscht über sein Gesicht.

„Kommt drauf an", sagt er, als ob er gerade zum ersten Mal über Einhörner nachgedacht hätte.

Mia nickt wichtig. „Gut. Weil, ich hab eins von Vivi bekommen. Das darf aber nicht jeder anfassen. Es ist schüchtern."

Er nickt langsam, als würde er sich ernsthaft Gedanken darüber machen. „Verstehe. Ich werde mich benehmen und ganz vorsichtig sein."

Sam lacht leise auf, und Elena schüttelt leicht den Kopf, immer noch schmunzelnd. Und zum ersten Mal wirkt Noah – nicht entspannt, aber zumindest einen Hauch weniger fremd in der Welt.

Ich reiche Sam die Hand, und er drückt sie mit einem Grinsen, das schon im Voraus verrät, dass er der lustigere der beiden Brüder ist. „Hi, ich bin Vivi", sage ich und versuche, mein *Danke!,* nicht zu überschwänglich zu machen, obwohl ich eigentlich echt froh bin, dass er uns hilft. „Es ist superlieb von dir, uns zu unterstützen. Tausend Dank – ehrlich."

„Kein Ding", sagt er und grinst noch breiter, während er abwinkt. „Wir sind doch alle nur Menschen. Und wenn sich mein Bruder schon mal aus seinem Eremitendasein heraustraut, muss ich das unterstützen." Er schielt rüber zu Noah, der mit einer der Kisten zu kämpfen scheint, als ob er die Herausforderung „Möbel schleppen" als persönlichen Angriff empfindet. Allerdings sehe ich haargenau, wie Noah ihm einen genervten Blick zuwirft.

„Also, was steht jetzt an?", fragt Sam, während er sich wieder zur Tür dreht – offenbar bereit, die nächsten Teile hochzuschleppen.

„Kinderbett", murmelt Noah.

Ich blinzele überrascht. „Du hast ein Bett für Mia?"

„Ja." Er zuckt mit den Schultern. „Stand eh nur auf dem Dachboden meiner Eltern und hat Staub angesetzt."

„Allerdings hat Noah vorhin extra eine neue Matratze gekauft", ergänzt Sam mit einem breiten Grinsen und einem verschwörerischen Blick zu Elena. „Wir Bennett-Brüder – wahre Helden, musst du wissen."

Elena kichert und wirft dabei ihre Haare zurück – eine Geste, die ich bei ihr noch nie gesehen habe. Moment mal ... flirtet sie da etwa? Ich kann mir ein Grinsen nicht verkneifen. Wenn Elena flirtet, selbst nur ein kleines bisschen, dann muss sie wirklich angekommen sein. Und das freut mich mehr, als ich zugeben will.

„Wir sind gleich wieder da und nehmen später gerne eine Tasse Kaffee an – du bekommst nämlich auch eine neue Maschine. Aber erst müssen die muskulösen Helden noch mal ran", verkündet Sam und zieht Noah lachend am Ärmel hinter sich her.

Wenig später hören wir schweres Stapfen auf der Treppe. Sam geht locker voran, das Bettgestell scheinbar auf seinen Händen, als hätte er sein ganzes Leben lang nichts anderes gemacht. Noah hingegen wirkt weniger begeistert – der Schweiß steht ihm auf der Stirn, und er stößt ein leises Ächzen aus.

Als sie das Bett schließlich neben dem bereits vorhandenen platzieren, meint Sam mit einem Augenzwinkern: „Ich hab zwar keine eigenen Kinder, aber Möbelschleppen fällt mir leicht. Ist ein gutes Muskeltraining, damit sie nicht verkümmern, während ich bei meinen Eltern chille." Er lässt sich mit einem dramatischen Seufzer auf einen der Stühle fallen, die sie gerade erst herangeschleppt haben. Dann lehnt er sich gemütlich zurück und legt die Beine auf einem Karton ab. Er sieht so aus, als ob er keine Lust mehr aufs Schleppen hätte, sondern lieber faulenzt. Hm, also eher der Typ: Große Töne spucken, aber möglichst wenig tun.

Noah schüttelt den Kopf und stapft dann erneut die Treppen nach unten. Ich unterhalte mich weiter mit seinem Bruder, der sich inzwischen hingesetzt hat. Besonders viel Ähnlichkeit kann ich zwischen ihnen nicht erkennen – weder optisch noch charakterlich. Aber manchmal ist das wohl so bei Geschwistern, denke ich.

„Ach so?", wende ich mich an Sam. „Arbeitest du in einem Fitnessstudio?" Zugegeben, das passt nicht wirklich zu seinem Look – aber wer bin ich, jemanden vorschnell in eine Schublade zu stecken? Genau das tun schließlich andere oft genug mit mir.

„Nö, aber ich bin gern in Bewegung. Fit zu bleiben ist wichtig", sagt er und lümmelt gemütlich auf dem Stuhl herum.

In dem Moment schleppt Noah die Kaffeemaschine ins Zimmer, dicht gefolgt von einer Tüte mit Filtern, Bechern und – man glaubt es kaum – sogar einem Milchaufschäumer.

„Wow", kommentiert Sam. „Ich wusste nicht, dass man beim Heben von Küchengeräten so ins Schwitzen kommt. Willst du vielleicht 'ne Pause machen, Bro? Brauchst du ein Glas Wasser? Oder lieber ein Sauerstoffzelt? Oder beides?"

Noah schnaubt, sagt aber erneut nichts, während er die Kaffeemaschine mit bedächtiger Präzision auf dem Sideboard platziert.

„Ach komm schon, Sam", werfe ich ein und lehne mich gegen die Fensterbank. „Immerhin ist Noah der Einzige, der immer noch Einsatzbereitschaft zeigt. Und außerdem – ich wette, Picasso hat nie Möbel für andere Leute durch die Gegend geschleppt."

Sam blinzelt, spielt das erstaunte Kaninchen. „Picasso?"

Ich nicke feierlich in Noahs Richtung. „Du weißt schon – der Picasso von ... sagen wir mal ... der Upper New York Bay."

Noah schaut irritiert zu mir und wischt sich mit dem Unterarm den Schweiß von der Stirn. „Was bin ich?"

„Na, der Picasso der Upper New York Bay", wiederhole ich mit einem schiefen Lächeln. „Großartiges Talent, introvertierter Blick, leichtes Aggressionspotenzial – und trotzdem hingebungsvoll im Dienst der Ästhetik." Ich deute auf die Kaffeemaschine. „Und mit einem ausgeprägten Sinn für ... funktionale Kunst. Zum Glück hast du noch beide Ohren – nicht wie der große Meister, also."

Für einen Moment bleibt sein Blick an mir hängen. Dann schüttelt er kaum merklich den Kopf – und ich bilde mir ein, dass da ein kleines, ehrliches Lächeln in seinem Gesicht zuckt. „Tja", sagt er leise, „wenn's hilft, schneide ich mir eins ab. Doch nur, wenn du's mir einrahmst und aufhängst. Allerdings war das, soweit ich weiß, Van Gogh – nicht Picasso. Aber keine Angst, das verwechseln viele."

Sam prustet los. „Oh Mann. Jetzt hat der Klugscheißer sogar einen Künstlernamen. Ich werde nie wieder an ihm vorbeigehen können, ohne ihm 'ne Staffelei anzubieten und seine Ohren zu checken."

Noah murmelt etwas, das wie ein sehr dezentes „Gnade“ klingt, aber dann treffen sich unsere Blicke erneut – nur für einen Moment.

Einer, der sich länger anfühlt, als er sein sollte. Kein Lächeln. Kein Grinsen. Nur dieses leise Aufflackern von etwas, das irgendwo zwischen Überraschung, Wärme und einer Spur Verlegenheit liegt.

Ich spüre, wie sich etwas in meiner Brust zusammenzieht – nicht unangenehm, aber definitiv spürbar. Und dann schaut er wieder weg, dreht sich um, als wäre nie etwas gewesen.

Aber ich weiß, dass es da war. Und ich bin mir ziemlich sicher, dass er es auch weiß.

Nachdem Sam und Noah weitere Möbelstücke hochgetragen haben, führt sich Sam beim Platzieren des Sessels vor dem Fenster fast wie ein Innenarchitekt auf. Ich kann mir ein Kichern nicht verkneifen. Die beiden Brüder könnten nicht unterschiedlicher sein.

„So, das passt“, sagt Sam schließlich, als hätte er gerade ein Meisterwerk geschaffen.

„Soll die Kommode auch hierhin?“, fragt Noah Elena und wirft einen prüfenden Blick auf die Ecke, wo immer noch Kartons aufgetürmt sind. „Ihr braucht dringend mehr Stauraum für Kleidung. Der Vormieter war allein und selten zu Hause, für ihn hat der Schrank gereicht.“

Elena nickt, begeistert von der Idee, und zeigt den Brüdern, wo sie die Kommode gerne hätte.

Noah schiebt das Möbelstück an die gewünschte Stelle und mustert es dann zufrieden.

Sam hingegen sieht zu, verschränkt die Arme und kommentiert mit einem schelmischen Grinsen: „Das sollte vorerst reichen. Und wenn Noah irgendwann mal entscheidet, den Schrank zu erweitern oder umzubauen, bin ich gerne dabei. Vielleicht bauen wir gleich einen doppelten Boden ein, dann passt noch mehr Kram rein.“

„Klingt nach einem Plan, aber weder du noch ich sind besonders begabte Handwerker“, murmelt Noah, ein Schmunzeln auf den Lippen, das ihm fast entgleitet.

Die letzte Schublade der Kommode schließt mit einem sanften

Klick. Sam klatscht in die Hände. „Mission erfüllt! Ich verlange Kuchen. Oder zumindest endlich Kaffee."

Ich lache, Elena rollt schmunzelnd mit den Augen und verschwindet in Richtung Küche, gefolgt von Sam. „Warte, ich zeig dir gleich, wie die Maschine funktioniert."

„Als würde sie das nicht selbst wissen", murmelt Noah und bleibt unschlüssig stehen. Ich finde ihn richtig süß, wie er da als unsicherer Adonis still inmitten der gerade aufgestellten Möbel steht. Sein Blick fällt auf Mia, die sich auf den großen, neu bezogenen Sessel vor dem Fenster gesetzt hat – ihre Beine baumeln über die Kante, ihre Arme ruhen auf der Lehne, als gehöre dieser Platz ganz selbstverständlich ihr.

„Und?", fragt er leise, fast ein bisschen zögerlich, als würde er ihre Meinung wirklich wissen wollen. „Gefällt's dir?"

Mia schaut auf, überrascht, ihn direkt vor sich stehen zu sehen. Dann nickt sie langsam – und ihr Lächeln ist klein, aber echt. „Es sieht schön aus. Und wir haben hier viel mehr Platz als im Auto."

Noah geht in die Hocke, um auf Augenhöhe mit ihr zu sein. „Das freut mich", sagt er. „Ich wollte, dass du dich wohlfühlst. Dass ihr beide euch wohlfühlt."

Mia beugt sich ein Stück vor, mustert ihn mit dieser Art stiller Ernsthaftigkeit, die Kindern manchmal zu eigen ist. „Hast du das alles für uns gemacht? Und bist du echt ein Held?"

Noah zieht eine Augenbraue hoch. „Ein Held, hm? Ich weiß nicht … ich habe keinen Umhang."

Mia runzelt die Stirn, als müsste sie das kurz ernsthaft überprüfen. „Aber du hast starke Arme. Und du trägst Sachen, ohne zu jammern."

„Na ja", murmelt Noah und wirft einen Seitenblick Richtung Küche, wo Sam sich gerade demonstrativ streckt und gähnt. „Nicht ganz ohne."

Mia kichert. Dann wird ihr Blick wieder etwas ernster. „Mama sagt, echte Helden sind die, die Dinge tun, obwohl sie schwer sind. Auch wenn keiner klatscht."

Für einen Moment sagt Noah nichts. Er schaut sie einfach an – dieses kleine, tapfere Mädchen mit den großen Augen, das so viel mehr sieht, als sie vielleicht sollte. Und dann nickt er leise.

„Deine Mama ist ziemlich schlau“, sagt er schließlich.

„Ja“, sagt Mia stolz. „Und du bist trotzdem ein Held. Auch ohne Umhang.“ Sie streckt die Hand aus und patscht ihm auf die Schulter. Es ist nur eine kleine Geste, kindlich und unbedarft – aber irgendetwas daran scheint Noah tief zu treffen. Vielleicht, weil es so ehrlich ist – oder weil es lange her ist, dass jemand ihn einfach nur so für gut befunden hat.

„Danke“, sagt er leise. Dann steht er auf – etwas zu schnell, als müsste er sich innerlich neu sortieren.

„Also ... willst du dir deine neue Bettwäsche aussuchen? Die mit den Seesternen oder die mit den Kätzchen?“

Dass er sogar an neue Bettwäsche für Mia gedacht hat, rührt mich auf eine Art, die ich kaum greifen kann. Es ist so ... umsichtig. So still aufmerksam. In mir erwacht ein warmes, vertrautes Gefühl, begleitet von einem kaum merklichen Kribbeln.

Mia überlegt kurz, dann zeigt sie mit dem Finger auf das bunte Stoffpaket.

„Die mit den Kätzchen. Die sehen aus, als könnte man mit ihnen kuscheln.“

Noah nickt und wirkt dabei ernst. „Eine gute Wahl. Die mag ich auch am liebsten.“

Aus der Küche tönt Sams Stimme: „Willst du auch Kaffee, Picasso? Oder schnitzt du lieber noch ein Kinderbett?“

Mia kichert. Noah verdreht die Augen – aber an seinen Lippen zuckt wieder dieses feine, echte Lächeln.

„Nein, ich hab ja schon eins. Aber du könntest mit mir und meinem Einhorn spielen. Das wäre toll“, meint Mia.

„Klingt nach einem fairen Deal“, murmelt Noah und tätschelt ihr ungelenk, aber behutsam die Schulter.

Nach einer guten Stunde stehen die Brüder schließlich auf.

„Wir machen uns mal vom Acker“, sagt Sam und streckt sich demonstrativ. „Ich muss dringend ... ein bisschen chillen.“

„Danke, dass ihr geholfen habt", sagt Elena herzlich. Mia winkt begeistert, wobei sie beinahe ihre Kakaotasse umstößt.

„Ich bringe euch noch zur Tür", sage ich, fast ein wenig zu schnell, und merke erst in dem Moment, dass ich das hauptsächlich wegen Noah tue. Im Flur bleiben wir kurz stehen, während Sam schon fröhlich pfeifend die Treppe hinunterhüpft. Noah hingegen zögert einen Moment.

„Wenn ihr noch was braucht ... sag einfach Bescheid." Er sagt es ruhig, mit dieser typischen Zurückhaltung – aber sein Blick bleibt an mir hängen.

„Mach ich", antworte ich leise. „Und danke noch mal. Für alles. Auch für die Kätzchenbettwäsche."

Ein angedeutetes Lächeln zieht über sein Gesicht, und für einen winzigen Moment steht da nicht der wortkarge Mann, der sonst so schwer zu greifen ist, sondern einfach nur ... Noah. Ich öffne die Haustür, kalte Abendluft strömt herein.

Er tritt auf den Gehweg hinaus, dreht sich aber noch einmal um: „Gute Nacht, Vivi."

Die Art, wie er meinen Namen sagt – weich, fast wie eine Frage – bleibt an mir haften.

„Gute Nacht, Noah."

Nachdem ich Cara von meinem Nachmittag erzählt habe, muss ich erst einmal verdauen, was sie dazu gesagt hat: nämlich fast nichts. Ich hätte Hunderte Fragen erwartet – mindestens! Oder dass sie mich auffordert, sofort ein Date mit Noah zu arrangieren. Alternativ hätte ich auch damit gerechnet, dass sie versucht, ihn mir auszureden, so wie bei Finn („Der Typ hat den emotionalen Tiefgang einer Suppenschüssel, Vivi – lass das.").

Aber nein. Cara hat einfach nur zugehört, leise mit der Zunge geschnalzt und am Ende gesagt: „Ich glaube, ich mag Noah. Er klingt mysteriös und nett. So ein bisschen wie ein stiller Superheld. Wie sieht's eigentlich mit morgen aus? Joggen an der Bay?"

Ich starre mein Handy an. Joggen. Cara.

„Du und Joggen? Seit wann das denn?“, tippe ich zurück.

„Na ja ...“, kommt es nach ein paar Sekunden. „Ich hab mich ja inzwischen an meine überaus weiblichen Rundungen gewöhnt und finde sie eigentlich ziemlich toll. Aber heute hab ich geschnauft wie ’ne kaputte Dampflok, als ich die Treppen zur Arbeit hochgestapft bin. Das muss sich ändern.“

Ich muss grinsen. Das kommt ja wie gerufen. „Okay, das verstehe ich. Ich bin zwar ein Strich in der Landschaft, aber genauso unsportlich wie du. Also los – ab jetzt sind wir Jogging-Buddies. Aber langsam, ja? Kein Rocky-Balboa-Kram. Lieber joggen wir wie zwei entspannte Faultiere mit Sportschuhen.“

Wir verabreden uns für 8 Uhr morgen früh an der Bay. Um die Zeit werde ich schon meine erste Runde hinter mir haben – mit Kaffee und belegten Broten für einige der Obdachlosen, die ich regelmäßig besuche. Joggen mit Cara danach ist dann fast schon Wellness.

Also ... hoffe ich jedenfalls. Es besteht natürlich auch die Möglichkeit, dass wir nach 200 Metern wie zwei röchelnde Pinguine auf einer Parkbank landen und uns gegenseitig versprechen, „morgen ganz bestimmt noch mal“ zu laufen. Aber hey – der Wille zählt. Und der Sport-BH liegt schon bereit.

Gerade, als ich es mir auf der Couch bequem gemacht habe, kommt eine Nachricht von Noah. Ich bin ehrlich überrascht – mit ihm hatte ich heute nicht mehr gerechnet.

21:48 Uhr, Noah:

Ist Mia gut im neuen Zimmer angekommen?

21:51 Uhr, ich tippe:

Ja. Sie hat sich unter die Kätzchen-Bettdecke gekuschelt. Und sie hat das Einhorn Noah getauft. Keine Sorge – du musst deshalb weder rosa Kleidung tragen noch Glitzer über alles streuen.

21:54 Uhr, Noah:

Herrje, dann bin ich ja erleichtert.

Uff. Ich hab schon überlegt, wie zum Geier ich mir ein Horn auf die Stirn kleben soll.

21:56 Uhr, ich:

Stimmt, das könnte kompliziert werden. Tja, da hast du echt noch mal Glück gehabt – fürs Erste. Danke übrigens. Für alles heute. Das war nicht selbstverständlich.

21:59 Uhr, Noah:

Ach, das war doch nichts Besonderes. Du wirkst wie jemand, der sich oft um andere kümmert. Mein Universum kreist dagegen meist nur um mich selbst. Es hat heute richtig gutgetan, mal anderen helfen zu können. Du scheinst wohl auf mich abgefärbt zu haben.

22:02 Uhr, ich:

Ich bin gerade nicht sicher, ob du mir ein Kompliment gemacht hast oder ob das ein Vorwurf war. Beides macht mir ein bisschen Angst.

22:04 Uhr, Noah:

Dann such dir aus, was das kleinere Übel ist – während ich online nach Katzenbettwäsche stöbere. Wenn Mia sich so wohl darin fühlt, wäre das vielleicht auch was für mich. Möglicherweise kann ich damit besser schlafen. Gute Nacht, Vivi. Träum was Schönes.

22:06 Uhr, ich – innerlich glucksend:

Verschieb die Entscheidung doch einfach auf morgen. Ich kann dir gern bei der Online-Suche helfen, wenn du mir dafür ein Gemälde für die Arbeit malst. Es dürfen auch Einhörner oder Kätzchen drauf sein. Gute Nacht, Grumpy Picasso. Bis bald?

22:07 Uhr, Noah:

Genau. Weil schwarze Einhörner gerade so wahnsinnig im Trend sind. Nicht.

Ja, bis bald, Rainbow. Ganz bestimmt.

Seinen Einhorn-Kommentar verstehe ich nicht, aber ich beschließe, es dabei zu belassen. Oder … ich könnte morgen Abend rein zufällig zur verbotenen Bank gehen, sehen, ob er dort ist und ihn dann persönlich fragen.

Aber nur vielleicht.

KAPITEL 7

Noah: Die Frau ist ein Tornado

Ich hatte heute nicht vor, mit jemandem zu sprechen. Schon gar nicht um diese Uhrzeit. Eigentlich wollte ich nur mein Fenster öffnen, die feuchte Stadtluft einatmen und ein paar neue Farbtöne auf die Leinwand klatschen – schwarz auf schwarz, wie immer.

Doch dann kam sie.

Sie tauchte am Rand der Bay wie aus dem Nichts auf. In knallroten Laufschuhen. Neben ihr eine Frau mit rosafarbenem Hoodie und der eleganten Haltung eines Menschen, der beim Joggen hauptsächlich leidet. Ich lehne mich ans Fensterbrett und beobachte sie, ohne mich zu ducken. Soll sie mich ruhig sehen. Ich bin Künstler. Ich darf Menschen anstarren – das nennt sich Beobachtungsgabe.

Vivi läuft erstaunlich gleichmäßig. Ihre Wangen sind stark gerötet, der Pferdeschwanz wippt bei jedem Schritt, und sie wirkt ... lebendig. So sehr, dass ich nicht mehr wegsehen kann.

Wann habe ich je ein solches Gefühl verspürt wie sie gerade? Dieses Leichte, Ungezwungene? Ich kann mich kaum erinnern. Es ist schon ewig her. Wie aus einem anderen Leben.

Noah, mein Liebling, du musst aufhören, mich zu vermissen.

Die Stimme in meinem Kopf klingt weich, vertraut – sie gehört zu jemandem, der seit Jahren nicht mehr hier ist. Rosy.

Das schlechte Gewissen trifft mich wie ein Schlag auf den Hinterkopf. Was tue ich hier? Wieso beobachte ich eine fast Fremde, anstatt weiterhin um das zu trauern, was ich verloren habe?

Meine Liebe. Mein Leben. Ich darf Rosy nicht vergessen. Ich will die Erinnerung an sie lebendig halten. Und ich werde nie wieder eine andere Frau lieben. Begehren vielleicht, ja. Irgendwann.

Aber lieben? Nein. Das ist ausgeschlossen. Trotzdem sehe ich den beiden Frauen nach, wie sie langsam aus meinem Blickfeld verschwinden. Vivi bleibt kurz stehen, stützt die Hände auf die Knie und geht dann in einem Tempo weiter, das ich eher als „gemütliches Schlendern" bezeichnen würde.

Ein Lächeln stiehlt sich auf meine Lippen. Ich blinzele die aufkommenden Tränen weg und atme tief durch. Was ist schon dabei, zwei Frauen beim Joggen zu beobachten? Es ist ja nicht so, als würde ich fremdgehen. Mein Herz gehört für immer Rosy.

Langsam ziehe ich mich vom Fenster zurück, gehe ins Atelier, wo die unfertig bemalten Leinwände im Licht der frühen Sonne grau aufblitzen. Ich greife zu einem Pinsel und öffne ein Glas mit Tusche, so schwarz wie meine Gedanken.

Ohne groß nachzudenken, beginne ich zu malen. Die Bay. Das Ufer. Nebel, der sich wie ein Schleier über das Wasser legt. Zwei winzige, verwaschene Silhouetten, fast nur angedeutet. Ich weiß nicht, ob ich Vivi und ihre Freundin male. Oder bloß zwei Fremde, die sich wie Schatten durch mein Unterbewusstsein bewegen. Vielleicht ist es beides.

Ist das wahre Kunst oder einfach nur ein Ventil für Dinge, die ich sonst nicht aussprechen kann?

Ich male stundenlang, dann sinke ich erschöpft auf meine Knie. Verwirrt blinzele ich und starre die Leinwand an. Sie ist genauso schwarz wie all meine anderen und dennoch ist sie anders. Das darf nicht sein, ich will nicht vergessen. Ich werde alles mit mehreren Schichten schwarzer Farbe übermalen, bis nichts mehr zu erkennen ist.

Aber nicht heute. Morgen.

Ich friere. Innerlich wie äußerlich. Diese Kälte ist wie ein eisiges, unsichtbares Band, das sich um mich legt und mich nicht loslässt. Es ist nicht nur die Frische des Raumes, sondern eine tiefere Kälte, die sich bis in die Knochen gräbt, wie eine Erinnerung, die nie verblasst.

Erschrocken reiße ich die Lider auf, helles Tageslicht trifft auf meine gereizten Augen und ich sehe einige Sekunden lang nur schwarz. Dann erblicke ich die Leinwand und seufze. Sie ist ebenso dunkel wie meine Seele, aber dennoch ist etwas anders. Das Motiv ist neu.

Plötzlich höre ich, wie sich die Haustür öffnet. Leise Schritte auf dem Parkett. Ich sehe auf mein Handy: 14 Uhr. Verdammt.

Madame Claudine.

Sie kommt immer dann, wenn ich es am wenigsten erwarte – oder vielleicht genau dann, wenn ich es am meisten brauche. Wie sie das macht, weiß ich nicht. Vielleicht ist es Magie. Oder Intuition. Oder beides. Ein leises Klopfen an der Ateliertür. Ich öffne.

Da steht sie. Klein, barfuß, in einem geblümten, hawaiianischen Wickelrock, die silbergrauen Haare zu einem unordentlichen Dutt geschlungen. Sie trägt nie Schuhe im Haus, was mich jedes Mal irritiert. Aber sie sagt, so kann sie besser den Boden fühlen.

Ihre Augen ruhen auf mir – warm, wissend, tief wie das Meer. Augen, die sehen, was du nicht sagst. „Noah“, sagt sie nur. Ihre Stimme klingt, als würde der Wind durch Palmenblätter rauschen.

Ich schweige. Sie auch. Doch in dieser Stille liegt alles, was ich nicht auszusprechen wage.

Ich setze mich auf den Stuhl, betrachte meine mit schwarzer Farbe beschmierten Hände. „Ich habe gemalt“, sage ich schließlich. Mehr zu mir selbst als zu ihr.

Sie tritt ein, schließt leise die Tür, und setzt sich gegenüber von mir auf den Boden. Ganz ruhig. Ganz da.

Lange betrachtet sie das Bild. Die dunkle Bay. Die Silhouetten. Das Schweigen zwischen den Linien. Dann sagt sie nur: „Immer zu viel Schatten. Wo ist dein Licht?“

Ich will etwas sagen. Weiß nicht was.

Sie sieht mich an. Lang. Ruhig. Durchdringend. Dann – ganz leise, fast flüsternd, merkt sie an: „Nicht alles, was du erinnerst, musst du festhalten. Neues ist gut, kann dich heilen.“

Ich senke den Blick. Die Silhouetten starren mich an, als wollten sie mich zu etwas auffordern. Und prompt fühle ich mich müde und ausgebrannt. Ich spüre das Gewicht auf meiner Brust. Diese alte, vertraute Schwere.

Madame Claudine steht auf. Legt mir kurz die Hand auf die Schulter. Warm. Fest. Wohltuend. „Nacht ist nur vollständig mit Morgen.“ Dann geht sie aus dem Raum und beginnt mit ihrer Zauberei – nämlich aus meinem Chaos ein ordentliches Haus zu machen. Zurück bleibt Stille – aber keine kalte, ungemütliche, sondern eine, die nachwirkt. Eine, die etwas in Bewegung setzt.

Ich blicke zur Leinwand. Die Schatten sind noch da, aber möglicherweise ist einer von ihnen nicht mehr ganz so dunkel wie zuvor. Doch ich komme nicht dazu, länger über Madame Claudines Worte nachzudenken, denn plötzlich höre ich sie rufen: „Mr. Bennett, Besuch!“ So förmlich? Dann kann es garantiert keiner aus meiner Familie sein, sonst würde sie mich Noah nennen. Die Haustür fällt ins Schloss.

Ich reiße den Kopf hoch. Hat sie ... hat sie etwa einfach jemanden reingelassen? Verdammt, sie weiß genau, wie sehr ich das hasse. Mein Herz beginnt zu rasen, ein dumpfes Dröhnen in der Brust. Das Gefühl, dass jemand meine Zuflucht entweiht hat, raubt mir fast den Atem. Ich stürme durchs Atelier, noch nicht ganz sicher, ob ich wütend bin oder panisch – vielleicht beides. Kurz bevor ich die Tür erreichen kann, öffnet sie sich von selbst. Und *sie* steht vor mir – Rainbow – die Regenbogenfrau.

Vee. Sie platzt in mein Atelier wie ein Tornado über ausgedörrtes Land.

Unaufhaltsam.

Ungebremst.

Gnadenlos.

Nur dass dieser Tornado ein Lächeln trägt, das alles in mir durcheinanderwirbelt und so bezaubernd ist, dass ich einfach nicht wütend sein kann. Also bleibe ich bloß wie angewurzelt stehen, stumm, geschockt, und starre sie an. Sie hat etwas Besonderes an sich, das mich tief berührt und ich nicht benennen kann. Noch nicht.

Unsere Blicke treffen sich – prallen aufeinander, taumeln, kreisen wie Blitze, die ein Leuchtfeuer am Himmel entfachen. Ein Sturm tobt in mir, und doch bin ich sprachlos. Tief im Innern aufgewühlt und gleichzeitig merkwürdig ruhig – so fühlt es sich an, im Auge des Sturms zu stehen. Also lasse ich den Moment einfach geschehen. Ich sehe sie an, tief und suchend, als könnte ich in ihre Seele blicken. Jede einzelne Sekunde sauge ich auf, als wäre sie kostbarer als Luft. Es ist verrückt, ihre Gegenwart wirkt auf mich beruhigend, zugleich aber auch zutiefst verwirrend. Wie ist es möglich, dass Vee so einen Effekt auf mich hat?

Endlich finde ich die Worte wieder, wenn auch noch lange nicht meine Contenance. „Hallo“, höre ich eine raue, heisere Stimme sagen, die sich so gar nicht nach meiner anhört und es dennoch ist. Ein einziges Wort, das mir wie ein Bekenntnis vorkommt. Ihre Brust hebt und senkt sich schnell. Vee wirkt aufgewühlt, verwirrt – und ich erkenne mich selbst darin wieder.

„Hey“, haucht sie, kaum hörbar und doch trifft es mich mit der Wucht eines Donners. Direkt ins Herz, wo es eigentlich still sein sollte.

Ich räuspere mich, zwinge mich zur Ruhe, suche nach Halt in einer Stimme, die längst nicht mehr mir zu gehören scheint. „Was machst du hier?“

„Ich wollte sehen, wie es dir geht“, sagt sie leise.

„Gut“, antworte ich, obwohl es die offensichtlichste Lüge ist, die je über meine Lippen kam.

Ihr Blick bleibt lange an mir hängen. Er wandert über meine Hände, deren Schwarz noch nicht getrocknet ist, gleitet dann über mein Gesicht, als wolle sie jedes Zeichen lesen, das ich so mühsam zu verbergen versuche.

„Hm“, murmelt sie schließlich. „Du siehst aber nicht so aus.“

„Na, danke.“ Ich streiche mir durchs Haar, wohl wissend, wie erbärmlich ich aussehe: Augen wie ausgewaschen, darunter Schatten, als hätte ich sie selbst mit Acryl gemalt. Die Frisur ein einziges Chaos. „Ich habe eine Nachtschicht eingelegt. Künstlerischer Anfall.“

„Ah.“ Ein Lächeln zuckt um ihre Lippen. „War Picasso fleißig? Das freut mich. Darf ich es sehen?“

„Auf keinen Fall!“, fahre ich dazwischen – zu schnell, zu heftig.

Sie runzelt die Stirn. „Ach, Noah. Jetzt übertreib nicht. Vielleicht ist genau dieses Bild perfekt für die Versteigerung. Denk an den guten Zweck.“

„Dieses Bild? Ganz sicher nicht.“ Ich trete einen Schritt zurück – ein rein instinktiver Versuch, Abstand zu schaffen, wo doch alles an ihr mich in ihren Bann ziehen will. Vees Duft ist wie ein Spätsommermorgen in der Provence – frisch, süß, blumig, aber nicht aufdringlich. Und ihre Haut ... aus der Nähe betrachtet scheint sie fast surreal. So glatt, so klar, so leise vollkommen, dass kein Bildhauer dieser Welt sie besser hätte erschaffen können.

Doch es sind ihre Augen, die mich fesseln. Sie sind nicht einfach nur blau, wie ich anfangs dachte. Es ist dieses besondere Graublau, durchzogen von einem Hauch Türkis. – wie Gletscherwasser im Schatten, wie der Himmel kurz vor einem Sommersturm. Je nach Licht wirken sie mal eisgrau, dann wieder wie tiefes Meeresgrün. Jetzt gerade scheinen sie dunkler als sonst – fast schwer.

Ich kann den Blick nicht lösen. Taste mit den Augen weiter über ihr Gesicht, streife die himbeerroten Lippen, die süße, unaufgeregte Stupsnase, den feinen Hals, so grazil wie gemalt.

Wie ein Filmstar, denke ich. *Nein ... wie etwas, das echte Schönheit in sich trägt – nicht gespielt, nicht gemacht. Nur da. Einfach da.*

Plötzlich wandert ihr Blick weiter, bleibt an etwas hinter mir hängen.

„Was ist das? Wer ist diese Frau?“, fragt sie, und ich gefriere augenblicklich.

Langsam drehe ich mich in die Richtung, in die sie blickt – doch ich weiß längst, worauf sie anspielt. Es ist ein altes Bild – mein wertvollstes. Und ich antworte, wie ich es immer tue, wenn jemand nach ihr fragt:

„Das ist Rosy. Meine Frau."

Jetzt ist sie es, die innerhalb eines Atemzugs sämtliche Facetten der Überraschung durchlebt. Verwirrung. Fragende Irritation. Dann ein Schock, der ihr Gesicht bleich werden lässt. Ungläubigkeit. Ihre Stimme klingt plötzlich höher, fast fremd. „Du bist ... verheiratet?"

Ich nicke. Ein kaum wahrnehmbares Zucken – mehr schaffe ich nicht.

Eine Sekunde Stille, dann trifft mich ein Schwall aus Fragen: „Warum hast du das nie erwähnt? Wo ist sie? Lebt sie hier? Soll ich gehen?"

Ich atme tief durch, sortiere die Knoten in meiner Kehle und beantworte alles nacheinander, wie ein Automat – kurz, sachlich, stakkatohaft: „Weil das nichts ist, was man gleich erzählt. Sie ist tot. Aber ja – ein Teil von ihr lebt hier. In mir."

Meine Augen brennen. Ich spüre, wie etwas in mir zu bersten droht. Ich kämpfe dagegen an – wie immer. Doch diesmal ...

Vee sagt nichts. Kein Kommentar, keine weiteren Fragen, stattdessen tritt sie einen Schritt näher und legt ganz still die Arme um mich.

Und das reicht. Mehr braucht es nicht. Es ist diese eine Geste, die jeden Widerstand in mir überflutet. Zum ersten Mal seit der Beerdigung weine ich. Richtig. Unaufhaltsam. All die Jahre, in denen ich stark sein wollte und nur funktioniert habe. Aus dem Wunsch heraus, niemanden mit meiner Trauer zu belasten. All das zerfällt, als diese wunderbare Frau mich einfach nur festhält.

Sie seufzt leise. Ihre Hand streicht sanft über meinen Rücken – eine Bewegung so still und zärtlich, dass sie mehr sagt als jedes noch so mitfühlende Wort. In diesem Moment bin ich nicht der einst gefeierte Maler, nicht der Mann mit der Vergangenheit. Ich bin einfach nur Noah. Ein Mensch, der liebt, der verliert, der endlich loslassen darf. Es schmerzt so sehr, aber zugleich ist da diese leise Gefühl von Erleichterung.

Mein Bruder hat recht: Weinen ist befreiend. Ich sollte loslassen, das weiß ich, nur so kann ich weiterleben. Aber vergessen, das möchte ich auf gar keinen Fall. Ich fürchte mich vor dem Verblassen der Erinnerungen, vor dem leisen Verschwinden jener wertvollen Momente, die einmal mein ganzes Glück bedeuteten.

Eine Weile sagt keiner von uns etwas. Der Sturm in mir klingt langsam ab, ersetzt durch dieses seltsame, fremde Gefühl – Nähe.

Vee löst sich nicht aus der Umarmung, sondern bleibt dicht bei mir stehen. Ihre Stimme ist weich, fast ein Wispern. „Möchtest du mir von ihr erzählen?"

Ich atme langsam aus, dann nicke ich. „Sie war ... still. Nicht schüchtern – nur still. Jemand, der selten sprach, aber immer das Richtige sagte."

Sie lauscht aufmerksam und sieht mich einfach nur an, was echt selten bei ihr ist, da sonst die Worte nur so aus ihr herausströmen. „Rosy war wie ... ein ruhiger, tiefer See. Du hast dich selbst darin gespiegelt, ohne es zu merken. Und alles wurde klarer, wenn sie da war. Nicht, weil sie dich verändert hätte – sondern weil sie dich einfach angenommen hat. So wie du bist." Ich lache leise, ohne wirklichen Grund. Vielleicht nur, um die Schwere etwas aufzulockern.

„Sie hat sich nie gestritten. Wenn ich laut wurde, ist sie leiser geworden. Nicht aus Trotz. Aus Prinzip. Und das hat mir mehr gesagt als jedes Wort."

Vee nickt, ganz sachte.

„Sie hat nie große Gesten gebraucht. Aber sie hat jeden Tag kleine Dinge getan, die sich irgendwann angefühlt haben wie Zuhause. Eine Schale mit Früchten auf dem Tisch. Ein Post-it an der Kaffeemaschine. Eine flauschige Decke auf dem Sofa, wenn die Kälte kam." Ein Moment vergeht. Ich spüre den Kloß im Hals. Er ist da – wie so oft. Doch diesmal verschlucke ich mich nicht daran. Ich lasse ihn einfach da sein. Ich denke an winzige Finger. Doch ich spreche es nicht aus. Noch nicht. Vielleicht nie.

„Sie hat in allem das Gute gesehen. Selbst in Menschen, die es nicht verdient haben." Ich sehe Vee an. „Selbst in mir."

Vee erwidert meinen Blick, ruhig, ohne zu urteilen „Ich verstehe, warum du sie geliebt hast."

Ein schwaches Lächeln huscht über mein Gesicht. „Wenn du jetzt auch noch sagst, dass Kamillentee die Seele heilt, musst du gehen – oder mit Madame Claudine einen Club der weisen Frauen gründen. Du hast sie ja gerade kennengelernt. Offiziell ist sie meine Putzfrau, in Wahrheit jedoch meine persönliche Seelen-Wunderheilerin."

Sie lacht – warm, hell, lebendig. Genau in diesem Moment weiß ich es: Vee ist das Gegenteil von Rosy. Und doch ist sie genau das, was ich gerade brauche.

Vee verschränkt die Arme und mustert mich mit einem Blick, der irgendwo zwischen amüsiert und tadelnd liegt. „Weißt du, wie du gerade aussiehst?"

Ich schüttle den Kopf.

„Wie ein Tintenfisch, der in eine Windmaschine geraten ist."

Sofort lache ich laut und herzhaft. Zum ersten Mal seit ... ich weiß nicht. Seit Rosy?

Sie grinst breit. „Du solltest dringend duschen. Oder dich wenigstens irgendwo abspritzen lassen. Am besten: beides."

„Willst du etwa mit dem Gartenschlauch auf mich losgehen?"

„Wenn du mich so fragst: Ja." Vee macht einen Schritt zurück, streckt mir die Hand hin. „Komm. Wir holen dir ein bisschen frische Luft – und wenn du Glück hast, gibt's ein Eis dazu. Danach darfst du dich revanchieren."

„Mit einem Kunstwerk?"

„Nein, mit Minigolf."

„Minigolf?" Ich sehe sie an, als hätte sie gerade vorgeschlagen, ich solle mich als Freiheitsstatue verkleiden und Postkarten verkaufen.

Eifrig nickt sie. „Du brauchst dringend etwas, das nichts mit Farbe, Tränen oder tiefgründigen Gesprächen zu tun hat."

„Ich könnte auch einfach schlafen."

„Langweilig."

„Oder duschen."

„Das sowieso, aber danach entführe ich dich. Jeglicher Einspruch wird abgelehnt."

Ich ziehe eine Braue hoch, spiele den Skeptiker, doch innerlich bin ich ... neugierig. Vielleicht sogar ein bisschen aufgeregt.

Kurze Zeit später stehen wir am Pier 25. Vee hat eine grasgrüne Minigolfausrüstung in der Hand, die sie mir mit ernster Miene überreicht.

„Hier. Dein Schläger, Sir Bennett. Möge der beste Clown gewinnen."

„Du meinst wohl: der mit dem geringeren Rest von Stolz?"

„Ach, das ist quasi dasselbe."

Die ersten Bahnen sind ein Desaster. Ich schlage daneben, treffe den Ball zu fest, einmal schießt er sogar über die Bahn hinaus und rollt unter das Plastikflamingoauto eines Kindes. Vee klatscht begeistert.

„Noah, das war ein Hole-in-Flamingo. Du übertriffst dich selbst!"

Ich will grummeln, aber stattdessen lache ich – laut, frei, überrascht. Sie steckt an. Ihr Lachen ist hell und ungefiltert, wie Sommerregen auf heißem Asphalt.

Als sie dann selbst mit dramatischer Geste den Ball gegen eine Gummipalme katapultiert, der prompt zurückspringt und ihr beinahe ans Schienbein knallt, halten wir uns die Bäuche vor Lachen.

„Ich glaube, wir bekommen gleich Platzverbot", japst sie.

„Zumindest passen wir vom Albernheitsgrad zum Kindergeburtstag auf Bahn vier", ergänze ich trocken und fühle mich ... gut, erstaunlich gut.

Danach machen wir uns auf den Weg zum Fährterminal.

Die Fahrt mit der Staten Island Ferry kommt mir vor wie ein Kurzurlaub. Vee kauft bei *Auntie Anne's* für uns beide je eine *Pretzel*, schön hart und knusprig, sowie eine große Portion *Mini Pretzel Dogs*. Bald überlasse ich ihr die Snacks und sie reicht mir ihre Pretzel, nachdem ich meine bis auf den letzten Krümel verputzt habe. „Mann, ist das köstlich", schwärme ich. „So etwas Leckeres habe ich schon lange nicht mehr gegessen."

„Das sehe ich", meint sie und grinst mich fröhlich an. „Aber ich opfere gern meine Pretzel für einen hungernden Künstler, wenn ich dafür diese leckeren Würstchen Snacks allein essen kann." Vee scheint verrückt nach den Mini Pretzel Dogs zu sein, was ich zwar nicht verstehen kann, aber irgendwie süß finde. Wir lehnen am Geländer, der Wind zerzaust ihre Haare, und sie ruft laut: „Ich bin der König der Welt!“

„Das war erstens auf der Titanic anstatt auf der Staten Island Ferry und zweitens ist der Spruch so was von abgedroschen!“

„Nein, das ist künstlerische Sprachfreiheit!“

Ich muss lachen. „Hey, den Ausdruck gibt es überhaupt nicht.“

„Oh doch“, protestiert sie. „Jetzt schon. Ich habe ihn gerade erfunden.“

Wir machen alberne Selfies mit der Freiheitsstatue im Hintergrund, einer Möwe, einem genervten Pendler, der neben uns steht. Ich halte mir den Bauch vor Lachen, als Vee mit übertriebenem französischen Akzent erklärt, dass sie eine Spionin ist und den Auftrag hat, New Yorks Bürger in den Wahnsinn zu treiben, um ihre Grenzen zu testen.

Irgendwann wird es ruhiger. Es ist später Nachmittag. Die Sonne ist dabei, ganz langsam zu sinken, und taucht das Wasser in flüssiges Gold. Ihre Haare haben beinahe dieselbe Farbe und ich schnappe bei ihrem Anblick nach Luft. Vee lehnt sich an mich, nur für einen Moment. Kein Wort. Nur Nähe.

„Was?“, fragt sie leise, ohne sich von mir zu lösen.

Ich schüttle kaum merklich den Kopf. „Nichts.“

„Du schaust mich an, als hättest du gerade einen Geheimplan gefasst.“

Ich schmunzle. „Vielleicht will ich dich einfach klauen und nie wieder hergeben.“

Vee lacht leise, zieht sich aber nicht zurück. „Bin ich so leicht zu stehlen?“

„Nein“, sage ich ehrlich. „Das ist das Problem.“

Für einen Moment ist da nur das Rauschen der Wellen, das Dröhnen des Schiffs, das ferne Hupen eines anderen Boots.

Dann sagt sie, kaum hörbar:

„Vielleicht musst du mich gar nicht stehlen. Vielleicht bleib ich ja freiwillig noch ein bisschen.“

Und ich?

Ich atme zum ersten Mal seit langer Zeit wieder wirklich durch. *Möglicherweise*, denke ich, *muss sich Heilung gar nicht immer wie Arbeit anfühlen. Manchmal reicht eine grasgrüne Minigolfausrüstung und eine Frau mit der Ausgelassenheit eines Kindes.*

KAPITEL 8

Vivi: Aus Träumen wacht man auf

Irgendwie wirkt Noah jünger als sonst, entspannter und sogar ein bisschen flirty. Gerade wirft er mir einen Blick zu, als wäre ich eine Kugel Erdbeereis an einem heißen Sommertag. Mein Herz klopft wie wild in meiner Brust, doch plötzlich werde ich mit einem dumpfen Rumpeln etwas aus dem Gleichgewicht gebracht und Noah schlingt die Arme fest um mich. Nur um mich kurz danach loszulassen und anzugrinsen.

„Puh, jetzt hab ich dir auch noch das Leben gerettet. Stell dir vor, du wärst über die Reling ins Wasser gestürzt. Jetzt schuldest du mir was, das ist dir doch klar, oder?"

Ich lache laut. „Weißt du, nur weil die Fähre andockt, bin ich noch lange nicht in Lebensgefahr. Wir sollten jetzt schleunigst hier runter. Ich hab nämlich schon eine Idee, wo wir danach das Kind in dir rauskitzeln können."

Seine Reaktion warte ich gar nicht erst ab, sondern ziehe ihn fröhlich an der Hand hinter mir her. Wieder mit festem Boden unter den Füßen, halte ich kurz an und nehme ein Haargummi aus der Hosentasche. Dann flechte ich meine vom Wind zerzausten Haare zu einem ordentlichen Zopf. Das hätte ich auch vor der Überfahrt machen können, aber irgendwie hat Noah etwas mit meinen Gehirnströmen gemacht: Sie fließen nicht mehr, wie sie sollen.

„Gut, jetzt bin ich bereit. Abenteuer-Modus aktiviert."

Noah fasst sich gespielt dramatisch an die Stelle seines Herzens. „Oh nein! So langsam bekomme ich Angst. Was genau hast du jetzt wieder vor?"

„Vertrau mir", sage ich kichernd, greife erneut nach seiner Hand und marschiere los, als hätte ich eine höchst wichtige Mission zu erfüllen – was irgendwie auch den Tatsachen entspricht. Ich möchte Noah aufheitern und aus seiner Trauer reißen, ein bisschen Licht in sein Dunkel bringen.

Zehn Minuten später stehen wir vor einer etwas in die Jahre gekommenen Spielhalle mit blinkenden Neonbuchstaben: Game Galaxy. Es riecht nach Popcorn, Fußbodenreiniger und Plastikmünzen.

„Du willst also deine Arcade-Karriere reaktivieren?", fragt er skeptisch, während wir eintreten.

„So ähnlich. Ich will dir zeigen, wer hier die wahre Highscore-Queen ist."

„Gott, jetzt bekomme ich echte Panik. Ich habe so etwas nicht mehr gemacht, seitdem ich ein Kind war."

„Tja, dann ist es allerhöchste Zeit, deine verborgenen Talente hervorzukramen. Aber mach dir bloß keine Hoffnung. Ich gewinne immer."

Es beginnt mit einem epischen Air-Hockey-Duell, in dem ich ihn - selbstverständlich – gnadenlos abziehe, danach gehts über zum Greifarmautomaten, bei dem Noah ganze drei Mal nacheinander versagt. Schließlich seufze ich, werfe lässig einen Dollar ein und schnappe mir zielsicher eine hässliche Plüsch-Avocado. Grinsend halte ich sie ihm unter die Nase. „Für dich. Zur Erinnerung an deine männliche Niederlage."

Und irgendwann, zwischen flackernden Flipperlichtern und Dance-Battle-Maschinen, höre ich ihn lachen. So richtig. Tief. Ein echtes Lachen, das vom Bauch kommt und in der Brust nachklingt.

„Vee", sagt er, „Danke. Ich hätte nicht gedacht, dass sich ein Nachmittag mit dir wie ein Kurzurlaub vom Leben anfühlen kann – aber genau das tut er."

Noah bleibt für mich immer noch ein Rätsel, doch ich spüre, dass eine hauchdünne Schicht seiner Fassade abblättert. Vielleicht beginnt er mir zu vertrauen. Mein Chef hat schon öfter gesagt, ich hätte ein besonderes Talent dafür, das Vertrauen anderer zu gewinnen. Und möglicherweise hat er ausnahmsweise mal recht.

Aber ich bin nicht ganz uneigennützig. Ich genieße die Zeit mit Noah – sie tut mir gut. In seiner Nähe vergesse ich meine eigenen Sorgen. Ein bisschen fühlt es sich an, als würde ich nicht nur ihn an das Schöne im Leben erinnern, sondern auch mich selbst.

„Ich habe selten so viel gelacht wie heute – und mich nicht mehr so frei und lebendig gefühlt, seit ich meine Sandkastenschaufel gegen die Schultasche eingetauscht habe", gestehe ich.

„Tja." Er sieht mich einen Moment zu intensiv an, als dass mein Herz dabei nicht völlig aus dem Takt geraten könnte. „Dann sollten wir dieses Phänomen voll auskosten."

Er lächelt – und für einen winzigen Augenblick bilde ich mir ein, den kleinen Noah zu sehen. Den fröhlichen Jungen, bevor das Leben ihm diesen traurigen Blick verpasst hat, den er heute wie einen Schleier mit sich herumträgt.

Plötzlich durchzuckt mich ein Gedanke, der mich zurück auf den Boden der Tatsachen holt. „Verdammt! Wir müssen zum Steg – sonst verpassen wir die letzte Fähre."

Wir sind schon fast am Ende des Stegs angelangt, als ich plötzlich innehalte. Der Wind hat nachgelassen, das Wasser ist ruhig, und die Sonne taucht alles in ein warmes, weiches Licht. Ich weiß nicht, was mich dazu bringt, stehen zu bleiben. Vielleicht die Stille. Oder Noahs Nähe.

Er bleibt ebenfalls stehen. „Was ist?", fragt er leise.

Ich zucke mit den Schultern. „Nichts. Es ist einfach ... schön." Ich drehe mich zu ihm, und für einen Moment schweigen wir beide. Sein Blick trifft meinen, und irgendetwas flimmert darin – etwas, das ich nicht benennen kann. Eine Mischung aus Sehnsucht, Zurückhaltung und ... etwas anderem. Auch ich spüre es. Dieses kaum Greifbare, das schon die ganze Zeit zwischen uns schwebt, sich aber immer wieder zurückzieht, sobald man versucht, es festzuhalten.

„Was wäre, wenn wir jetzt nicht zur Fähre hetzen, sondern ..." Er beginnt den Satz und bricht ihn ab. Dann fängt er noch einmal an, seine Stimme rauer als sonst. „Sondern wir mieten uns hier auf Staten Island für die Nacht ein und genießen diesen Tag etwas länger."

Ich blicke ihn an, überrascht. „Du meinst ... wir beide?"

Er nickt leicht, ohne den Blick von mir abzuwenden. Es ist kein aufdringlicher Vorschlag. Mehr ein offenes Fenster, das er aufstößt – für einen kurzen Moment.

Noah steht ganz nah vor mir. So nah, dass ich seinen Atem auf meiner Haut spüren kann. Einen Augenblick lang scheint alles stillzustehen. Kein Windhauch, kein Knirschen unter den Schuhen, nicht einmal ein Atemzug von ihm – nur dieses Prickeln zwischen uns, das wie ein unsichtbarer Strom durch meine Adern jagt.

Ich kann die Augen nicht von ihm abwenden. Irgendetwas liegt in seinem Blick – etwas Unausgesprochenes, Rohes, das mein Herz aus dem Takt bringt. Ich will etwas sagen, am besten was Witziges, um die Spannung zu lösen, doch meine Stimme versagt, und mein Körper fühlt sich an, als würde er nicht mehr mir gehören.

Und dann passiert es einfach. Seine Lippen berühren meine. Zart. Vorsichtig. Fast, als wolle er sich rückversichern, dass ich es nicht bereue. Es ist kein leidenschaftlicher, raubtierhafter Kuss – es ist ein leiser, sanfter Moment, der mir den Boden unter den Füßen wegzieht.

Die Welt verschwimmt um uns herum. Mein Herz hämmert wie wild, meine Knie zittern, und irgendetwas in mir beginnt zu brennen – aber nicht wie Feuer. Eher wie Sonnenlicht, das sich langsam durch mein Innerstes frisst und alles mit Wärme flutet.

Ich schließe die Augen, verliere mich für wenige Sekunden in diesem Gefühl, das so viel mehr ist als ein Kuss – vielleicht ein Vorgeschmack auf das, was wir sein könnten.

Als er sich zurückzieht, ist sein Blick unergründlich. Für einen winzigen Moment scheint er genauso hin und weg zu sein wie ich. Dann blinzelt er, seine Miene verhärtet sich – und die Mauer zwischen uns schnellt wieder hoch.

„Das war ein Fehler“, murmelt er. Die Worte treffen mich wie ein Schlag in den Magen. „Ich bin kaputt, Vee. Das habe ich dir schon mal gesagt.“

Ich will etwas erwidern, protestieren, ihn festhalten – doch mein Körper steht unter Schock. Also nicke ich bloß stumm und lächle schwach, obwohl mir innerlich zum Weinen zumute ist. Ich tue so, als wäre nichts gewesen. Als hätte dieser Kuss mich nicht völlig erschüttert.

Aber mein Herz weiß es besser. Und ich weiß, dass nichts mehr so sein wird wie vorher.

„Nein. Himmel, nein. So war das nicht ... ich ...“ Er streicht sich fahrig durchs Haar und tritt einen Schritt zurück. „Ich hätte dich nicht küssen sollen. Und ich dachte auch an zwei getrennte Zimmer. Freundschaftlich. Wirklich.“ Er klang, als müsste er nicht nur mich, sondern sich selbst davon überzeugen, was für eine miese Idee das soeben gewesen war.

Ich sage nichts, bin viel zu verwirrt. Meine Lippen brennen noch von seinem Kuss, mein Kopf ist ein einziges Chaos. Und trotzdem zwinge ich mich zu einem schiefen Lächeln. Irgendwann berappele ich mich wieder. „Klar. Rein platonisch. Ich hab’s schon verstanden.“ Ich hoffe, meine Stimme klingt locker. So, als wäre es nicht schlimm. Als hätte der Kuss nichts mit mir gemacht.

Gerade noch rechtzeitig komme ich wieder zu Verstand und deute auf die Fähre. „Schnell, sie legt gleich ab.“

Wir stürmen los und schaffen es in letzter Sekunde, zum Glück. Jetzt, nachdem der Kuss zwischen uns steht, mag ich auf keinen Fall mit Noah in einem Hotel übernachten, sondern schleunigst nach Hause.

Sein Blick bleibt ernst. „Vee ... ich mag dich. Sehr sogar. Aber nicht so. Es tut mir leid, falls ich einen falschen Eindruck erweckt habe. Mehr als das kann ich dir nicht geben. Ich bin nicht der Typ für mehr. In der Hinsicht bin ich ... nicht mehr zu gebrauchen.“

Es ist das erste Mal, dass ich ihn das sagen höre. Das erste Mal, dass er es ausspricht.

Ich nicke nur, lüge mich selbst an, als ich antworte: „Schon okay.“ Dann packe ich noch einen drauf, damit ich garantiert nichts von meinem Gefühlschaos verrate. „Glaubst du wirklich, ich hätte mir da Hoffnungen gemacht? Das hier ist alles rein beruflich."

Lügnerin!, ruft mein innerer Moralapostel, den ich heldenhaft ignoriere. Wow, dafür müsste ich eine Medaille bekommen.

„Beruflich?" Er sieht mich an, seine Augenbrauen schießen in die Höhe. „Das hier – war das etwa nur ein Job für dich? Ich verstehe. Also geht es dir doch nur um das Bild. Und um deine Beförderung?"

Sein Blick wandert von misstrauisch über verletzt bis hin zu wütend. Shit. Da hab ich wohl einen Volltreffer in die völlig falsche Richtung gelandet.

„Nein! So ist das nicht", sage ich und halte seinem Blick stand. „Die Beförderung – klar, die wäre nett gewesen. Aber ich kann auch andere Wege finden, um wirklich unabhängig zu sein. Um das Gemälde ging es dabei nicht. Ehrlich. Ich hatte das Bild sogar komplett vergessen. Und ja, ich helfe gern Menschen, die sonst niemand sieht. Nicht nur, um sie von der Straße zu holen, sondern auch, um sie zu begleiten. Aber heute … ging es mir um dich. Ich wollte dich aufheitern. Heiliges Picasso-Ehrenwort."

Zu meiner Erleichterung huscht ein Grinsen über sein Gesicht. „Dann bin ich beruhigt", sagt er. „Und ich verspreche dir, alles zu tun, um deiner Stiftung zu helfen. Nur auf ein Gemälde von mir solltest du nicht hoffen. Ich kann nicht mehr malen – zumindest nichts, das sich jemand an die Wand hängen möchte. Aber ich hab da vielleicht eine Idee, die euch sogar mehr bringt als ein Bild. Lass uns ein anderes Mal darüber sprechen. Heute sind wir einfach nur zwei große Kinder, die sich benehmen, als hätten sie nie Verantwortung gekannt."

Ich lache gezwungen, krampfhaft bemüht, nicht mehr an diesen Kuss zu denken. Der so schön war, so sanft, so vielversprechend. Mist, ich schweife gedanklich schon wieder ab. Eilig reiße ich mich zusammen und antworte. „Oh ja. Aber vergiss nicht zu erwähnen, dass ich das Kind bin, das ständig gewinnt."

Er hebt eine Augenbraue, was ich extrem sexy finde. „Mag sein – aber nur, weil wir noch nicht miteinander joggen waren. Ich wette, ich bin fitter und halte länger durch."

„Große Töne spucken kann jeder." Ich grinse ihn herausfordernd an. „Aber ob du das auch beweisen kannst, musst du schon zeigen. Und dazu brauche ich eine Zeugin."

„Häh? Jetzt versteh ich nur Bahnhof."

„Morgen, 17 Uhr, sportliche Abendrunde mit meiner Freundin Cara." *Wenn schon Freundschaft, dann bitte richtig*, denke ich mir und tippe ihm spielerisch mit dem Finger gegen die Brust. „Entweder du kommst mit und schlägst uns – oder du gibst endlich zu, dass ich dir in jeder Disziplin überlegen bin." Ich strecke ihm die Hand entgegen. Zu meiner Verblüffung schlägt er sofort ein. Damit hatte ich nicht gerechnet. Ich hatte eher vorgehabt, ihn später aufziehen zu können, weil er sich wie ein feiger Hund aus der Affäre gezogen hat. Aber so, wie ich Noah inzwischen kenne, wird er morgen auftauchen. Er hält, was er verspricht.

„Hab ich erwähnt, dass ich früher jeden Tag eine Stunde gelaufen bin?", sagt er wie nebenbei.

Ich warte einen Moment. „Früher ist lange her. Inzwischen keuchst du wahrscheinlich schon beim Anblick der Straße. Der Weg bis zur Ecke deines Hauses dürfte für dich anstrengend genug sein." Ich grinse selbstzufrieden – bis er in aller Seelenruhe weiterspricht:

„Tja. Heute laufe ich nur noch dreimal pro Woche auf dem Laufband. Intervalltraining. Jeweils eine gute Stunde. Vielleicht reicht das ja, um mit euch mitzuhalten. Und nimm's mir nicht übel, aber ihr saht neulich nicht gerade fit aus, als ihr keuchend meine Straße runtergeschlichen seid. Oder wolltet ihr etwa das Muster auf dem Asphalt bewundern?"

„Mistkerl!", knurre ich und feuere einen imaginären Feuerball mit meinen Blicken ab.

„Wie auch immer, dann haben wir eine Verabredung", tönt er grinsend. „Und sag deiner Freundin, sie kann ruhig in ihrem eigenen Tempo laufen. Fiese Bemerkungen gibt's nur für dich."

„Wie rücksichtsvoll", lache ich. „Aber noch hast du nicht gewonnen. Ich bin nicht nur Minigolfmeisterin, sondern jetzt auch Air-Hockey-Champion. Und vieles mehr."

„Na klar", sagt er, dieses Mal besonders fies grinsend. „Ein echter

Gentleman lässt die Lady gewinnen, damit sie sich gut fühlt. Freunde machen das so."

„Freunde?", wiederhole ich und sehe ihn fragend an. „Sind wir das denn?"

„Aber sicher, Rainbow." Er lächelt – dieses ehrliche, warme Lächeln, das sofort mein Innerstes erwärmt. „Oder glaubst du, ich verlasse für jeden x-Beliebigen meine Schutzhöhle und verhalte mich wie ein albernes Kind?"

Und während er so vor mir steht, mit diesem Blick, der mir direkt ins Herz geht, kann ich nur hoffen, dass er nie erfährt, wie sehr mich genau das berührt.

Denn Noah ist tabu.

Und wenn ich schon keine Chance auf mehr habe, dann sollte ich seine Freundschaft als das größte Geschenk überhaupt annehmen, oder?

Die Staten Island Ferry zittert leicht unter unseren Füßen, während sie sich langsam vom Terminal entfernt. Die Skyline von Manhattan glitzert im warmen Licht der untergehenden Sonne, und ich zwinge mich zu einem Lächeln, auch wenn mir gar nicht danach ist.

„Soll ich dir noch eine Portion Pretzel Dogs holen? Du hast sie vorhin wirklich verschlungen", sagt Noah neben mir und lehnt sich an das Geländer, den Blick auf das Wasser gerichtet. Anscheinend hat er nichts von meinem Gefühlschaos mitbekommen, zum Glück.

„Tja", meine ich kichernd und versuche, nicht angespannt zu klingen. „Ich bin nun mal Feinschmeckerin. Du hingegen hast zwei von diesen gigantischen Salzklumpen verputzt. Ich hab genau gesehen, dass du am zweiten genagt hast wie ein Waschbär an einem Mülleimer."

Er verzieht spöttisch den Mund. „Glaub mir, ich habe das Selbstvertrauen, zwei von diesen Riesendingern in der Öffentlichkeit zu essen. Ich stehe zu meinem Snack-Verhalten."

„Mutig", murmle ich und schiebe eine Haarsträhne hinters Ohr. Mein Herz schlägt immer noch schneller, seit dieser verdammte Kuss passiert ist. Ich hatte gedacht, ich wäre abgeklärt genug, um damit umzugehen. Aber mein Körper spielt verrückt. Meine Gedanken auch. Und das Schlimmste: Ich tue so, als wäre nichts.

„Du bist jetzt irgendwie ... ruhig", sagt er plötzlich und sieht mich an. „War’s das Ketchup oder mein Ausrutscher? Hast du ein Trauma erlitten?“

Typisch Noah, das alles mit einem ironischen Spruch abzutun. Manchmal kommt er mir wie ein gefühlskalter Kerl vor – aber ich weiß ja inzwischen, dass dies nur seine hart erbaute Fassade ist.

„Ich verarbeite nur deinen jämmerlichen Versuch, so zu tun, als wärst du kulinarisch anspruchsvoll“, kontere ich mit einem Lächeln, das zu groß ist. Es fühlt sich falsch an. Wie ein edles Abendkleid über einem offenen Bruch.

Er mustert mich einen Moment zu lange, als würde er versuchen, hinter meine aufgesetzte Fröhlichkeit sehen. Als könnte er durch mein unechtes Lächeln hindurch direkt in meinen Gedankensturm schauen. Ich wende den Blick ab und tue so, als würde mich das Spiel der Wellen faszinieren – dabei sehe ich nur flackernde Spiegelbilder und nehme die leise Panik in meinem Inneren wahr.

„Übrigens“, sage ich schnell, um mich selbst und seine Gedanken umzulenken. „Wusstest du, dass Ketchup ein völlig unterschätztes Lebensmittel ist?“

Er blinzelt. „Ketchup? Du willst jetzt wirklich über Ketchup reden?“

„Absolut“, sage ich ernst, obwohl mir fast das Herz in den Slip hüpft. „Ketchup ist quasi das Chamäleon der Soßenwelt. Unauffällig, freundlich, immer da – aber mit mehr Tiefgang, als man denkt.“

„Du meinst ... tiefroten Tiefgang mit Unmengen von Zucker?“

Ich ignoriere seinen Tonfall. „Denk mal drüber nach: Ketchup ist süß, aber auch säuerlich. Passt zu Pommes, aber auch zu Rührei. Er ist wie dieser eine Typ, den alle mögen, obwohl keiner genau sagen kann, warum.“

„Oder wie der Typ, der auf jeder Party auftaucht, ohne eingeladen worden zu sein“, murmelt er grinsend.

„Mag sein“, gebe ich zu. „Aber Ketchup hat Geschichte! Wusstest du, dass er ursprünglich aus fermentiertem Fisch bestand?“

Er rümpft die Nase. „Danke für das Bild. Für immer ruiniert. Jetzt rühre ich das Zeug nie wieder an.“

„Gern geschehen“, sage ich mit einem Nicken. „Aber heute ist

Ketchup quasi der rote Faden unserer kulinarischen Kultur. Er ist Trostspender auf jedem Fast-Food-Tablett, Heiler gebrochener Burger-Herzen, die warmherzige Umarmung in Tomatenform."

Er lacht. „Du meinst also, während ich einfach zwei Soft Pretzels gegessen habe, hast du mit jedem Mini Pretzel Dog durch Ketchup eine emotionale Verbindung aufgebaut?"

„Genau. Es ist keine Mahlzeit, es ist Therapie."

Er sieht mich einen Moment schweigend an, dann schüttelt er leicht den Kopf. „Ich glaube, du solltest einen Podcast machen. Vee und die wahren Helden im Kühlschrank."

„Nur wenn du Gast in der ersten Folge bist und zugibst, dass du früher heimlich Ketchup pur gelöffelt hast."

Er grinst. „Erwischt."

Ich lache mit – aber tief in meinem Inneren, wo der Kuss von vorhin noch wie elektrischer Nachhall vibriert, brennt alles. Ketchup hin oder her – was ich wirklich sagen will, steckt mir wie ein zu großer Happen im Hals.

Also rede ich schnell weiter, wie ein Wasserfall sprudeln die Worte aus mir heraus.

„Ähm, weißt du eigentlich, dass meine Eltern ein wandelndes Vanity-Fair-Cover sind? Mein Dad, der ewige Serienheld mit Zahnpastalächeln und Cowboyhut, und meine Mutter, die mit sechzig immer noch aussieht, als wäre sie auf dem Weg zur Chanel-Show. Kein Druck, perfekt zu sein, oder so."

„Oh ... das klingt anstrengend", sagt er leise.

Ich nicke. „Man lernt früh, dass ein schiefer Pony eine Staatskrise auslösen kann. Und dass Tränen nicht auf den roten Teppich gehören. Meine Mom hat mir beigebracht, immer Haltung zu bewahren. Vermutlich war es das Erste, was ich im Leben gelernt habe – noch bevor ich Mom sagen konnte."

„Deshalb also das umwerfende Lächeln", murmelt er. „Du hast es perfektioniert."

Ich sehe ihn überrascht an, doch sein Blick bleibt stur geradeaus gerichtet.

„Gut möglich. Mit ihnen aufzuwachsen war, als hätte ich in einem

Kühlhaus gelebt und trotzdem so tun müssen, als wäre ich am sonnigen Strand im Dauerurlaub.“ Ich halte kurz inne. „Und deine Eltern?“, frage ich schließlich.

Er lehnt sich ein Stück zurück, verschränkt die Arme locker vor der Brust. Ein kleines, beinahe wehmütiges Lächeln umspielt seine Lippen.

„Die waren so ziemlich das Gegenteil von deinen, würde ich sagen. Meine Eltern …“ Er zögert kurz, als wolle er die richtigen Worte finden. „… waren wie das menschliche Äquivalent zu frisch gebackenen Zimtschnecken. Warm, süß und irgendwie immer da, wenn man sie brauchte. Mein Dad hat uns jeden Morgen Frühstück gemacht – sogar an Schultagen. Und meine Mom hat aus jedem verregneten Samstag ein Abenteuer gezaubert. Wir hatten nicht viel Geld, aber es war immer genug Liebe im Haus, weißt du? Sam und ich hatten wirklich Glück. Einmal hat Mom sogar ihre Küchenmaschine verkauft, nur um mir zum Geburtstag eine Staffelei besorgen zu können.“

Ich schlucke und starre wieder aufs Wasser. Irgendwo weit hinten bricht sich das Licht auf einer Welle. Es fühlt sich an, als würde ich auf einmal in eine andere Welt blicken.

„Klingt schön“, sage ich leise.

„War es auch. Ich glaub, ich hab damals gar nicht richtig kapiert, wie besonders das war. Man hält es für selbstverständlich, wenn man noch klein ist. Erst später merkt man, dass nicht jeder mit warmen Zimtschnecken aufwächst.“

Er sieht mich an. Nicht fordernd, nicht bemitleidend – einfach nur da. Und das ist fast schlimmer. Denn ich spüre, wie meine sorgsam gezogene Mauer einen Riss bekommt.

Ich zwinge mich zu einem Lächeln. „Ich hatte immerhin ein perfekt ausgeleuchtetes Kinderzimmer und echte Ponys beim Kindergeburtstag, samt mehrstöckiger Torte. Hat auch nicht jeder.“

Er lacht leise. „Und ich wette, du hattest nie löchrige Jeans.“

„Doch. Mit acht. Sie war von einem Luxuslabel, weil Mom, meinte, das sei ein Statement.“

Jetzt lachen wir beide, und für einen winzigen Moment fühlt es sich leicht an. So, als könnte ich einfach nur Vivi sein und er nur Noah. Kein Drama, keine Gefühle, die mein Herz fast zum Bersten bringen.

Nur … ein kleines Stück Gegenwart, das ein bisschen nach Ketchup schmeckt.

Das Dröhnen der Fähre, als sie sich dem Pier nähert, zerschneidet unsere kleine Blase. Die Geräusche werden lauter, das Ruckeln des Schiffes unter den Füßen spürbarer. Menschen um uns herum stehen auf, strecken sich, schnappen sich Taschen und Jacken – bereit, wieder in ihr Leben einzutauchen.

Ich bleibe stehen. Wie festgewurzelt. Mein Lächeln klebt noch auf meinen Lippen, doch innerlich ist es, als hätte jemand die Jalousien heruntergelassen und jegliches Licht ausgesperrt.

Noah macht einen Schritt auf mich zu, seine Bewegung wirkt lässig, fast beiläufig – aber ich sehe den Moment des Zögerns in seinen Augen. Er weiß nicht, wie er sich verhalten soll. Vielleicht denkt er an den Kuss. Wahrscheinlich tut er das. Nur eben anders als ich.

Ich würde meinen teuersten Schmuck darauf wetten, dass er sich gerade wünscht, es wäre nie passiert. Hastig ziehe ich meine Jacke enger um mich. „Also … dann bis morgen?“ Wir setzen uns langsam in Bewegung, folgen dem Strom der Passagiere von der Fähre, bis wir festen Boden unter den Füßen haben.

„Klar“, sagt er. Sein Blick sucht meinen – offen, neugierig, doch ich wende mich ab. „Ich freu mich aufs Laufen mit dir und deiner Freundin. Vermutlich trainiere ich nachher noch ein bisschen, um endlich mal gegen dich zu gewinnen.“

Ich lache – zu hoch, zu schnell. „Viel Erfolg dabei.“

„Soll ich dir ein Taxi rufen?“, fragt er.

„Nein, passt schon. Ich schaffe das allein, keine Sorge. Geh du ruhig, ich lasse mir ein bisschen Zeit.“ Es klingt schroffer als beabsichtigt.

Er zögert einen Herzschlag lang, dann nickt er kaum merklich. „Dann … bis morgen, Rainbow.“

Rainbow.

Es klingt wunderschön. Und gleichzeitig völlig falsch.

Denn im Moment fühle ich mich alles andere als bunt oder leicht – eher wie ein schwarzgrauer Wirbel auf einer Leinwand, um es mit Noahs eigenen Worten zu sagen.

Als er sich schließlich abwendet und langsam davongeht, bleibt der Kosename wie ein Echo in mir zurück. Warm. Nah. Gefährlich nah.

Ich folge ihm mit ein paar Schritten Abstand, meine Bewegungen wie ferngesteuert. In meinem Kopf tobt ein Gewitter, während ich mit aller Kraft versuche, den Sonnenschein zu spielen.

Laufen. Morgen. Mit ihm.

Ich weiß, ich sollte es absagen. Für mein Herz. Für meinen Verstand. Für mein ohnehin angeschlagenes Nervenkostüm.

Aber ich werde hingehen.

Weil ich dumm bin.

Und verrückt nach ihm.

Und viel zu süchtig nach jedem noch so kleinen, scheinbar bedeutungslosen Moment mit ihm.

Auch wenn ich tief in mir längst weiß, dass ich dabei nur verlieren kann.

Etwas später, zu Hause, erzähle ich Cara alles. Per Sprachnachricht, weil ich sonst wieder anfangen würde zu weinen. Vom Kuss – diesem einen, unglaublichen Kuss – und dem anschließenden Chaos in meinem Kopf. Von der Art, wie Noah mich danach angesehen hat, als hätte er etwas getan, das er sofort bereute. Wie er sich zurückzog, fast körperlich von mir wegschob. Als wäre ich zu nah gekommen. Als wäre ich gefährlich.

Cara antwortet nicht mit Worten.

Zuerst schickt sie nur ein paar GIFs – ein Pinguin, der ein gebrochenes Herz hält. Ein Faultier, das ein Herz-Kissen drückt. Dann folgen Bilder von virtuellen Umarmungen, niedlich bis kitschig, aber genau das brauche ich gerade. Und schließlich eine Nachricht, ruhig und fest:

„Ich bin immer für dich da. Egal, was ist."

Ich sehe mir ihre Worte an, lese sie ein zweites, drittes Mal. Und obwohl ich allein auf meinem Sofa sitze, mit einer Wärmflasche auf dem Bauch und Tränen, die nicht ganz versiegen wollen, spüre ich plötzlich ein wenig Trost.

Cara ist Familie. Sie ist mein Heimathafen, wenn draußen Sturm ist. Und heute tobt er besonders wild.

Später kuschele ich mich tief unter meine Decke, ziehe sie bis zur

Nasenspitze hoch, als könnte sie mich vor allem schützen, was gerade in mir tobt.

„Denk nicht an ihn", murmele ich ins Dunkel. „Denk. Nicht. An. Ihn."

Doch mein Herz tut, was es will. Es ruft seinen Namen in jeder stillen Sekunde, zeichnet sein Lächeln auf die Innenseite meiner Augenlider und spult den Kuss immer wieder ab, wie ein bittersüßes Lieblingslied.

Noah.

Verflucht noch mal.

Schlaf finde ich erst, als draußen der Himmel langsam aufhellt – und selbst dann träume ich von ihm.

KAPITEL 9

Noah: Freunde?

Ich bin zu früh am Treffpunkt.

Natürlich.

Ein scharfer Wind, der vom Hudson und der Bucht herüberweht, schneidet mir ins Gesicht, aber ich bleibe stehen und bewege mich kaum. Als könnte ich damit irgendetwas aufhalten – das Gedankenkarussell zum Beispiel, das sich seit gestern Abend unaufhörlich dreht.

Der Kuss.

Verdammt.

Ich habe sie geküsst.

Nicht geplant. Nicht forciert. Es ist einfach passiert. Und genau das macht es noch schlimmer. Weil es sich so natürlich angefühlt hat. So leicht. So ... richtig und gleichzeitig vollkommen falsch.

Rosy.

Ein einziger Gedanke an sie – und ich spüre sofort, wie sich alles in mir zusammenzieht. Ich sehe sie vor mir, höre ihr Lachen, wie sie mir mit den Fingern durchs Haar fuhr, wenn ich wieder mal zu viel grübelte. Rosy war mein Zuhause. Mein Anker. Mein ganzes verdammtes Leben.

Wie soll man jemandem wie ihr jemals „untreu“ werden – selbst wenn sie längst fort ist?

Ich schließe die Augen. Atme durch.

Aber statt Rosy sehe ich Vee. Ihr Lächeln, das manchmal nur angedeutet ist. Die kleine Falte über der Nase, wenn sie etwas sehr konzentriert betrachtet. Ihre verletzliche Art, die sie mit Ironie zu tarnen versucht.

Und dann, plötzlich, spüre ich wieder Vees Lippen auf meinen. Nein, nein, verflucht noch mal! Ich kann den Kuss nicht vergessen, aber ich sollte. Ich muss.

Ich bin nicht bereit – für nichts davon. Nicht für das, was da zwischen uns knistert, nicht für dieses Lodern, das sich anfühlt wie ein Feuer, das mich zu verschlingen droht. Ich darf mich nicht wieder binden. Nicht fühlen. Nicht riskieren, dass alles erneut zerbricht und ich am Ende allein zurückbleibe.

Doch all das rückt in den Hintergrund, als sie auf mich zuläuft – mit dieser einen blonden Strähne, die sich aus ihrem hohen Pferdeschwanz gelöst hat.

„Hey, Grumpy Picasso“, sagt sie und lächelt zaghaft.

„Hey, Rainbow“, murmele ich – und verfalle ihr gleich noch ein Stück mehr.

Ihr schräger Humor, ihre Energie, ihre Art – all das trifft mich mitten ins Herz. Es fühlt sich seltsam an: Dieses Ziehen in der Brust, das Flattern im Bauch und diese verdammte Ahnung, dass da vielleicht mehr sein könnte, als ich mir erlauben darf.

Verzweifelt schüttle ich meinen Kopf, als könnte ich all das einfach abschütteln. Aber tief in mir weiß ich längst:

Gegen Vee zu kämpfen ist zwecklos. Sie hat jetzt schon gewonnen.

Ihre Freundin Cara ist mir auf Anhieb sympathisch. Ich bin keiner, der schnell mit anderen warm wird, aber sie hat so eine offene, herzliche Art, dass mir sofort klar ist, weshalb Vee mit ihr befreundet ist. Die beiden scherzen miteinander, ziehen mich auf, wirken so vertraut, als wären sie Schwestern statt nur Freundinnen.

Cara ist deutlich jünger als ich – höchstens zwanzig, schätze ich. Neben ihr fühle ich mich wie ein alter Mann, vom Leben gebeutelt. Vee ist zwar auch erst Mitte zwanzig, aber damit immerhin einige Jahre näher an mir dran, rede ich mir ein.

Vee mustert mich und verzieht spielerisch das Gesicht.

„Na, was ist los, Picasso? Schwelgst du schon wieder in düsteren Gedanken und badest in Selbstmitleid? Oder willst du dich der Herausforderung stellen und mit uns laufen gehen? Wobei du natürlich eh keine Chance gegen zwei Sportskanonen wie uns hast."

Ich grinse. „Also, bei der letzten Olympiade habe ich nichts von euch und euren Weltrekorden gelesen. Deshalb schätze ich meine Chancen ganz gut ein. Immerhin war ich in der Highschool und am College im Laufteam."

Beide verdrehen gleichzeitig die Augen, und Cara bricht in schallendes Gelächter aus. „Was hast du uns da bloß eingebrockt, Vivi? Du weißt genau, dass mein Lauftempo eher an eine Schildkröte auf Valium erinnert als an einen Geparden oder so. Gegen einen Profisportler trete ich garantiert nicht an."

„Ehemaliger Sportler", korrigiere ich mit erhobenem Zeigefinger. „Und zugegeben, ich habe gestern womöglich ein kleines bisschen übertrieben. Ich trainiere nicht ganz so regelmäßig auf dem Laufband – eher nur zweimal im Monat. Wenn ihr nichts dagegen habt, wäre ich heute auch mit einer eher gemütlichen Runde zufrieden."

„Zum Glück!", seufzen beide gleichzeitig und erleichtert auf.

„Picasso, ich hatte echt Angst vor dem Lauf heute", gesteht Vee und lacht. „Gerade fühlt es sich an, als wäre mir ein tonnenschwerer Truck von den Schultern gefallen."

„Dann pass lieber auf, dass er dir nicht auf die Füße kracht. Das kann böse enden", kontere ich grinsend.

Cara mustert mich, dann wandert ihr Blick zu Vee. „Ähm ... hast du ihn nicht als grummelig und wortkarg beschrieben? Da liegt doch eine Verwechslung vor. Noah kann echt gut Kontra geben. Gott sei Dank – ich hatte schon Angst, du redest ihn in Grund und Boden."

Ich lache laut auf – will eigentlich nur Vees Reaktion beobachten, doch mein Blick bleibt an ihren Lippen hängen. Diese weichen, vollen, himbeerroten Lippen ... Wie gern würde ich sie noch einmal küssen. Oder sie wenigstens ganz leicht mit dem Finger berühren.

Verdammt. Das war unangebracht. Sofort sehe ich Rosys Gesicht vor mir. Ihr Lächeln. Ihre Augen. Und mit einem Mal schäme ich mich – vor ihr.

Und vor mir selbst.

Ich kann keine andere Frau lieben. Nicht jetzt.

Vielleicht nie. Aber das muss ich auch gar nicht. Vee ist eine gute Freundin – oder könnte es zumindest werden, wenn ich es schaffe, diese verfluchte Anziehung zu ignorieren. Klar, ein One-Night-Stand könnte die Spannung eventuell auflösen. Dampf ablassen, das körperliche Verlangen abhaken – fertig. Aber die Vorstellung, dass ich sie dabei verletzen oder unsere Freundschaft aufs Spiel setzen könnte, wiegt zu schwer. Ich darf nicht den Fehler machen, Nähe mit Bedürfnis zu verwechseln, deshalb muss ich mich zusammenreißen und sollte endlich aufhören, mit dem Feuer zu spielen. Denn ich weiß genau, wie es endet, wenn man sich die Finger verbrennt. Dann herrscht nur noch Dunkelheit.

Das eher gemütliche Laufen tut erstaunlich gut – was schon mal die erste Überraschung des Abends ist. Irgendwie hat das Ganze etwas von einer seelischen Frischzellenkur. Wie ein Detox-Programm, nur ohne Chiasamen und Verzicht auf Kaffee.

Wir drehen bloß eine kleine Runde – manchmal walken wir sogar in einem Tempo, bei dem jede Schnecke beleidigt den Rückwärtsgang einlegt – aber hey, Bewegung ist Bewegung.

Am Ende bleiben wir vor meinem Haus stehen, mehr schnaufend als keuchend, aber das soll jetzt keine Haarspalterei sein.

„Wer hat denn jetzt gewonnen?", will Vee wissen. Natürlich will sie das wissen.

Cara stöhnt theatralisch und schlägt sich an die Stirn. „Kannst du nicht ein einziges Mal etwas machen, nur weil's Spaß macht? Dein Gewinner-Gen ist echt ein Fluch für diese Welt, Süße."

Ich lache – zum ersten Mal seit einer gefühlten Eiszeit. „Also ist sie immer so? Dann war es gestern wohl kein Zufall, dass sie ständig Erste sein wollte?"

Vee verzieht das Gesicht wie jemand, der gerade ein Glas Essig getrunken hat – und grinst dann. „Okay, erwischt. Ich habe wohl zu viel

Ehrgeiz-Gen in die Wiege gelegt bekommen. Aber jetzt mal ehrlich: Wer hat gewonnen?“

„Keiner!“, sagen Cara und ich gleichzeitig. Zwei Stimmen, ein Kanon des sportlichen Misserfolgs. Wir brechen in schallendes Gelächter aus – vermutlich auch deshalb, weil wir alle genau wissen, dass Vee das nicht zufriedenstellen wird.

„Na dann, Mädels“, sage ich und strecke mich, als wäre ich gerade einen Marathon rückwärts gelaufen. „Morgen? Gleiche Zeit, gleicher Ort? Ich hatte sogar so etwas Ähnliches wie Spaß. Ganz ungewohntes Gefühl, das muss ich mir nachher notieren.“

„Auf jeden Fall!“, meint Cara und gibt mir ein Daumen-hoch-Zeichen wie ein Fitness-Guru mit Glitzer-Leggings.

Ich blicke zu Vee. Sie sagt nichts. Stattdessen sieht sie aus, als würde sie innerlich ein Schachspiel gegen sich selbst führen – und verlieren. Cara stupst sie leicht an.

Vee zuckt mit den Schultern, dann sagt sie: „Okay. Ich bin dabei. Kann ja nicht schaden, wenn ich mal nicht schon nach der ersten Hausecke klinge wie ein kaputter Staubsauger.“

„Schön. Ich freu mich.“ Und ich meine das sogar. Wirklich.

Wir verabschieden uns, und ich verschwinde in meinem Haus, wo ich mich sofort unter die Dusche stelle. Aber Vee bleibt im Kopf. Natürlich. Diese verstrubbelten, goldblonden Haare, dieses völlig ungefilterte Lachen. Und ihr Blick, der gleichzeitig „Lass uns das vergessen“ und „Ich denke immer noch an gestern“ sagt.

Und ich? Ich dusche, und zwar mit abgrundtief schlechtem Gewissen. Der Kuss hat etwas verändert. Vielleicht nicht für sie – aber ganz sicher für mich. Ich hoffe nur, dass da nichts kaputtgegangen ist.

Also nehme ich mir fest vor, Vee zu beweisen, dass ich ein verdammt guter Freund sein kann. Verlässlich. Vertrauenswürdig.

Ungeküsst. So gut es eben geht.

In den nächsten Tagen treffen wir uns tatsächlich jeden Abend zum Laufen – und nach etwa vier Wochen sehen wir nicht nur deutlich fitter aus, wir fühlen uns auch so. Keine Beinahe-Asthmaanfälle mehr von Vee, keine Schneckentempo-Rückfälle von Cara – und keine peinlichen Ich-muss-mich-nur-mal-kurz-an-die-Laterne-stützen-Momente von meiner Seite. Nein, wir machen ernsthaft Fortschritte. Und das Beste daran: Die Bewegung scheint auch in meinem Kopf irgendetwas aufgeräumt zu haben.

Der schwarze Strudel, der mich sonst zuverlässig jeden Abend in seine düstere Mitte gezogen hat, wird merklich schwächer. Heute Morgen habe ich beim Malen sogar aus Versehen den Pinsel in dunkelbraune Farbe getaucht. Ich weiß – Braun ist weder Weiß noch ein feuriges Orange. Aber immerhin ist es nicht Schwarz. Also Fortschritt, oder?

Das Ergebnis: ein angefangenes Bild auf meiner Staffelei – mit Farben, plural. Und ich bin ernsthaft stolz darauf. Klar, meine Hand zuckt noch regelmäßig Richtung Schwarz, aber ich widerstehe. Für meine Verhältnisse ist das ungefähr so, als würde ein Kettenraucher an einer Zigarette riechen und sie dann aus Prinzip in den Gully werfen.

Ich will dieses Mini-Wunder zeigen. Nicht der Welt – hell no – aber ihr. Rainbow. Also tu ich etwas völlig Uncharakteristisches und lade Vee und Cara nach unserer Laufrunde ein, bei mir ein Glas Wasser zu trinken. Ganz harmlos und unaufgeregt. Schließlich bin ich nicht jemand, der Menschen spontan in sein Haus lässt. Ich bin der Typ, der neue Leute erst einmal bei Google Maps stalkt und dann eventuell auf der anderen Straßenseite vorbeigeht, um sie in Ruhe nach Serienmörder-Potenzial abchecken zu können.

Aber gut. Es ist ein lauer Sommerabend, der Tag war heiß, und beide sagen sofort ja.

„Super Idee!“, ruft Cara. „Ich hätte den Heimweg sonst nicht überlebt, ohne unterwegs einem Subway-Getränkeautomaten mein Erspartes zu geben. Und die Preise dort sind unverschämt. Also danke, Noah.“

Mir fällt auf: Cara nennt mich Noah. Vee hingegen nennt mich konsequent „Picasso“ oder „Grumpy Picasso“. Manchmal denke ich, sie merkt nicht mal, dass ich auch einen echten Namen habe. Vielleicht sollte ich aus Gleichberechtigungsgründen einfach auch komplett auf Rainbow umsteigen?

„Rainbow, reicht dir ein Glas Wasser oder soll ich vorsichtshalber einen Arzt rufen, der deine Vitalwerte checkt?"

Sie lacht. Dieses Lachen – irgendwo zwischen kindlich-chaotisch und völlig durchgeknallt. Ich liebe es.

„Danke, aber da ich mich deinem Schildkrötenrhythmus angepasst habe, geht's mir blendend. Ein kleiner Schluck Wasser reicht völlig – dann bleibt dir auch noch genug für ein stilvolles Kopf-übers-Spülbecken-Kippen."

„Deal", grinse ich und führe die beiden durch den Flur in mein Wohnzimmer. Das habe ich heute Nachmittag tatsächlich eigenhändig aufgeräumt. Staub gewischt. Kissen aufgeschüttelt. Madame Claudine wird vermutlich morgen einen Schock erleiden – und ein ernstes Gespräch mit dem Universum führen, weil ihre Putzhölle plötzlich sauber ist.

„Weißt du, wie anstrengend es als freiberufliche Grafikdesignerin ist, ein anständiges Monatsgehalt zu bekommen?", fährt Cara seufzend fort. „Ich arbeite gerade an einem Logo für ein Start-up, das veganes Hundefutter verkauft und mir erklären will, dass der Font Comic Sans ‚authentischer' wirkt. Comic Sans, Noah!"

Sie reißt dramatisch die Hände in die Luft. „Ich habe denen drei Vorschläge geschickt – stilvoll, modern, emotional – und sie entscheiden sich für den Entwurf, den ich nachts um zwei aus Versehen mit Kaffeefleck abgeschickt habe."

Vee kichert. „Aber war der Fleck wenigstens in Form einer Karotte? Dann wär's fast schon Kunst."

Cara verzieht das Gesicht. „Nein, eher wie eine traurige Bohne. Und jetzt soll ich das reproduzieren. Originaltext: *Wir lieben den Kaffeefleck – der macht es irgendwie authentisch.* Wenn ich das Wort noch einmal höre, beiße ich in mein Grafiktablet."

Ich bemühe mich, ernst zu bleiben – wirklich –, aber es klappt natürlich nicht.

„Du könntest den Kaffeefleck ja als Signature-Element etablieren.

Vielleicht eine dezente Reihe brauner Punkte – Coffee Bold. Klingt doch fast nach Haute Design-Cuisine."

„Pfff", macht sie und schüttelt lachend den Kopf. „Lach nur, Noah. Ich schwöre dir, der nächste Auftrag ist bestimmt was mit Katzenfutter – und ich soll dann absichtlich Flecken reinbauen, damit's ‚ehrlich' wirkt. Meine Karriere liegt in Schutt und Asche."

Vee legt den Kopf schief und grinst. „Ich seh's vor mir: Freigeistige Grafikdesignerin für Tiernahrung – immer am richtigen Fleck."

„¡Exactamente!", ruft Cara und hebt ihr Glas. „Auf die kreative Armut!"

Ich stoße an, der Mundwinkel zuckt. „Und auf Bohnenflecken mit Seele."

Nachdem wir eine Weile fröhlich gequatscht haben, erhebt sich Cara schließlich von der Couch.

„Sorry, Leute, aber ich bin heute Abend noch mit Ben verabredet – und ich muss vorher duschen. Sonst macht er auf der Stelle Schluss, wenn er mich sieht – oder eher: riecht."

Sie schnüffelt übertrieben unter ihren Achseln und verzieht das Gesicht.

Vee steht sofort auf, geht zu ihr hin und umarmt sie liebevoll. „Ach, Süße ... er würde dich niemals wegen so einer Kleinigkeit verlassen. Ben ist total vernarrt in dich."

Cara lacht – aber es klingt ein bisschen unsicher.

„Ja ... schon. Aber manchmal hab ich Angst, dass er etwas *zu* vernarrt in mich ist."

„Wie meinst du das?", frage ich, weil etwas in ihrem Tonfall mich stutzen lässt.

Cara zuckt mit den Schultern, ihre Korkenzieherlocken wippen. „Na ja ... er widerspricht mir nie. Lacht über jeden noch so lahmen Witz, den ich mache. Und egal, was ich sage – er stimmt mir immer zu. Manchmal hab ich das Gefühl, er hat gar keine eigene Meinung." Sie hält kurz inne. „Ich weiß, das klingt undankbar. Er ist ein guter Mensch."

„Aber?", fragt Vee leise, mit einem kleinen Stirnrunzeln.

Cara seufzt. „Zum Beispiel sperrt er jedes Mal seine Katze stundenlang aus, wenn ich da bin. Selbst bei Regen und Wind. Nur, weil ich allergisch reagiere. Dabei ist die Kleine so zart – sie hat sich sogar schon erkältet. Ich will das nicht. Ich niese halt mal, na und? Aber die Kleine … sie friert draußen.“ Sie schüttelt den Kopf. „Ich hab ihm gesagt, dass es mir unangenehm ist. Und weißt du, was er geantwortet hat? *Du bist mir hundertmal wichtiger als meine Katze.* Ich hab gedacht, ich höre nicht richtig.“

Sie blickt Vee an. „Ich hab Mitleid mit dem Tier. Und manchmal … bekomme ich Gänsehaut, weil er mich auf ein Podest hebt. Das fühlt sich nicht mehr gesund an.“

„Das würde mir auch so gehen“, sagt Vee leise und rümpft leicht die Nase. „Cara … wenn du bei ihm ein mieses Gefühl hast, dann nimm das ernst. Bevor du dich verlierst.“

Cara beißt sich auf die Lippe, schüttelt aber den Kopf. „Ich mag ihn wirklich. Er ist liebevoll. Und ganz am Anfang war er auch nicht so stur. Vielleicht ist das nur eine Phase. Wahrscheinlich wird's wieder besser.“

„Okay“, sagt Vee sanft. „Aber tu mir den Gefallen und achte auf dein Bauchgefühl. Und wenn's dir irgendwann zu viel wird, zieh die Reißleine. Ich bin immer da. Versprochen.“ Sie umarmt Cara noch einmal, lange und fest.

Ich sehe zu, wie sich ihre Körper aneinanderschmiegen und wie Vee beschützend die Augen schließt. Dabei spüre ich Sehnsucht in mir aufsteigen – leise, aber unüberhörbar. Ich sehne mich nach genau dieser Umarmung. Nach ihrer Wärme. Nach Vee.

Als Cara schließlich geht, sieht Vee zu mir herüber. „Tja … ich sollte dann auch mal los. Danke, dass du uns eingeladen hast.“

„Ach, das war doch nur ein Glas Wasser. Kein großes Ding.“

Sie hebt eine Augenbraue. „Mhm. Aber ich wette, du hast extra für uns aufgeräumt. Und so, wie ich dich kenne, lässt du nicht oft Leute hier rein, oder?“

Treffer. Ich zucke mit den Schultern. „Stimmt schon.“ Kurz zögere ich, dann: „Bevor du gehst … ich möchte dir noch was zeigen.“

Ihre Augen blitzen auf. „Meinst du die Terrasse da draußen?“ Ich blinzele. „Ähm … was?“

„Na, durch die Glastür. Du könntest da echt was draus machen –

Unkraut weg, Möbel hin. Wäre ein wunderschöner Ort für den ersten Kaffee am Morgen."

Ich folge ihrem Blick und sehe einen verwilderten Dschungel aus Gestrüpp, Staub und Erinnerungen. Das ist kein Ort, an dem man freiwillig verweilt. „Nicht mal Rosy ist da je rausgegangen. Sie meinte, es sei zu dunkel." Die Worte verlassen meine Lippen, bevor ich sie zurückhalten kann. Rosy. Ich habe sie erwähnt. Und zwar in Vees Gegenwart.

„Das liegt an den riesigen Hecken", meint sie ruhig. „Wenn du die zurückschneidest, kommt das Licht wieder durch. Der Platz atmet dann wieder. Und wer weiß – vielleicht du auch."

Ich richte mich auf, plötzlich nervös.

Ihre Augen liegen auf mir, eindringlich. Und ich spüre, sie redet nicht nur von der Terrasse.

„Manches ist zu kaputt, um es zu reparieren", sage ich leise.

„Aber nicht alles", erwidert sie. „Manchmal reicht ein bisschen Mut."

Ich schlucke. Herrje. Spreche ich gerade mit Madame Claudine? Langsam wird mir das unheimlich.

„Komm schon", murmele ich rau. „Ich wollte dir was im Atelier zeigen."

Vee blickt mich neugierig an und folgt mir. Als ich die Tür öffne, quietscht sie leicht. Hm, ich sollte dringend mal das Scharnier ölen, stelle ich fest. Aber dann macht Vee einen Schritt ins Atelier, bleibt entzückt stehen und ich verwerfe den Handwerker-Gedanken.

Sie sieht sich mit diesem Ausdruck um, den sie oft hat, wenn sie etwas bewusst wahrnimmt – ein bisschen Ehrfurcht, ein bisschen Neugier und dazwischen dieses Leuchten in ihren Augen, das mich jedes Mal aus dem Konzept bringt.

„Wow! Ich liebe es hier einfach! Und dabei habe ich alles schon einmal gesehen. Aber das hier ist wie das Tor zu einer anderen Welt."

Ich schiebe die Tür hinter mir zu und lehne mich mit dem Rücken dagegen, die Hände tief in den Taschen vergraben, Halt suchend. „Es riecht nach Farbe und Chaos", murmele ich schließlich.

„Also genau wie du", kontert sie und blickt mich breit grinsend an.

„Touché." Ich lache leise, fixiere sie, während sie langsam durch den

Raum streift. Sie betrachtet beinahe ehrfürchtig halb fertige Leinwände und streicht sanft mit ihrem Zeigefinger darüber. Eingetrocknete Farbtuben, Pinsel – sie liebkost sie nicht nur mit Blicken. Dann bleibt sie vor meinem noch unvollendeten, neuesten Gemälde stehen, das ich wieder einmal mit einem Tuch abgedeckt habe – wie ich es immer mache, bis ich zufrieden mit einem Werk bin. Das ist allerdings schon Ewigkeiten nicht mehr vorgekommen. Fragend sieht sie das Tuch an, dann mich. „Darf ich?"

Zweifel überkommen mich. Bin ich bereit, es ihr zu zeigen? Nein, eigentlich nicht, aber ich mache dennoch einen Schritt auf Vee zu, inhaliere ihren Duft und streife ganz zufällig, federleicht ihren Arm, als ich das Tuch zur Seite schiebe. Langsam, ohne Kommentar.

Vee sagt nichts, was schlimmer als jede Kritik ist. Ihre Augen wandern über das Bild – ein leerer Stuhl, das angedeutete Fenster und spärliches Licht, das durch schmale Jalousien fällt. Und dann sind da die Brauntöne. Zart, fast zu scheu, um wirklich da zu sein, aber dennoch vorhanden.

Ich räuspere mich, halte der Stille und meiner Anspannung nicht länger stand. „Ich wollte es mal mit einer anderen Nuance von Grau versuchen. Etwas Wärmeres."

Sie schaut mich an und ich kann in ihrem Blick Anerkennung lesen, sogar einen Hauch von Stolz.

„Nein, das ist nicht grau." Sie flüstert die Worte. „Da ist braun, du hast Farbe benutzt, Noah."

„Ja, aber nur ganz wenig", murmele ich verlegen.

Ihr Lächeln wird breiter. „Du hast es getan. Ein Hauch Braun – das ist für dich wie eine Palette Neonfarben." Sie legt mir die Hand auf den Arm. „Gut gemacht, Picasso. Weißt du, was ich sehe? Einen Anfang. Ein erster, sehr mutiger Schritt."

Ich schließe kurz die Augen, blinzele dann. Mein Sprachzentrum versagt kläglich, lässt mich gnadenlos im Stich. Weil ich weiß, dass sie recht hat. Und es ist verdammt beängstigend, wie gut sie mich versteht, ohne dass ich mich lange erklären muss. Sie sieht in mich hinein, durch die Mauern, durch die fetten Schichten an schwarzer Farbe. Sie sieht mich. So wie ich sie sehe.

Wir schweigen. Minutenlang. Wieder einmal ist sie mutiger als ich und durchbricht als Erste die Stille. „Mia möchte dich heiraten."

Ich reiße die Augen auf, perplex über ihre Worte. „Ähm, was?"

Rainbow strahlt in allen Farben und lächelt mich an. „Nach deinem letzten Besuch vor ein paar Tagen bei ihr und Elena hat sie gesagt: Wenn ich groß bin, heirate ich Noah. Der kann so schön still gucken."

Ich pruste los. Lache so sehr, dass es mir in der Brust sticht. „Still gucken? Das ist mein Supertalent? Oh Mann."

Vee grinst. „Ja, das ist doch gar nicht mal so übel. Jedenfalls besser als laut gucken. Vermutlich sogar besser als fliegen ... oder teleportieren ... oder Gedanken lesen."

„Na ja, übertreib mal nicht", weise ich sie spielerisch zurecht. „Übrigens hab ich Mia morgen eingeladen."

„Hierher?"

„Nein", meine ich kopfschüttelnd. „Zu einem Bekannten von mir. Ein Künstlerkollege von früher. Ich dachte ... vielleicht zeigt er ihr ein paar Tricks. Malen. Farbe. So was. Er kann gut mit Kindern, ist super im Erklären."

Eine feine Linie gräbt sich auf ihre Stirn. „*Du* bist gut mit Kindern, Noah. Mia mag dich."

Ich zucke die Schultern. „Mag sein, aber ich kann nicht mit Farbe malen. Kinder mögen bunte Dinge. Ich bin innerlich schwarz und male schwarz."

Jetzt hebt sie spöttisch die Augenbraue. „Und was ist dann das da?" Sie deutet auf die Spur von Braun auf der Leinwand.

„Das ist nur eine Verirrung meines Pinsels. Ein Test. Ein Anfang. Aber noch nicht genug, um mit Mia zu malen."

Vee lächelt mich mit ihrem sonnigen Rainbow-Strahlen an. „Du hast es gesagt, Noah."

Verwirrt blinzele ich. „Was denn?"

Sie stemmt die Hände in die Seiten. „Noch. Du hast *noch* gesagt. Das heißt, es besteht Hoffnung, dass du bald ein kunterbuntes Zuckerwatte-Bild malen kannst. Mit Mia."

„Ich nicht, aber du." Ohne groß nachzudenken, nehme ich das Bild von der Staffelei und stelle stattdessen eine leere Leinwand darauf. „Los, du bist dran."

„Sehr witzig. Ich kann nicht malen." Empört und ein wenig unsicher sieht Vee mich an.

„Jeder kann malen. Das ist wie Singen oder Atmen."

„Ich singe aber schief", entgegnet sie.

Ich schnalze tadelnd mit der Zunge, wie ein weiser Lehrmeister. „Keiner hat gefragt, wie. Leg einfach los. Komm schon, Farbe auf die Leinwand klecksen – das schaffst du." Ich drücke ihr den Pinsel in die Hand, und wieder löst diese zufällige Berührung etwas in mir aus. Kein Stromschlag, kein Blitz – eher ein Feuer, das tief in mir lodert und nicht mehr einzudämmen ist. Ich hoffe, dass es nur ein Strohfeuer bleibt. Hoffe es für meinen Seelenfrieden.

Sorgfältig bereite ich die Farbpalette vor und halte sie ihr hin. Vee taucht den Pinsel ins Blau, tupft dann zögerlich etwas auf die Leinwand. Dann noch einmal. Und noch einmal. Schließlich entsteht etwas. Hm, es ist ein … explodierter Hamster? Oder eine Wolke mit Burnout? Ich verkneife mir jeglichen Kommentar, nicke nur, was sie hoffentlich als Lob versteht.

„Male doch einfach mich", schlage ich vor. „Mein Gesicht."

Sie blickt mich an. Intensiv. Wie eine sanfte Berührung, die mein Herz zum Schwingen bringt. Dann malt sie. Schmale, dunkle Augen. Lange, wellige Haare, die ein wenig wie Spaghetti aussehen. Und eine Kartoffel als Nase. Der Mund ist ein Strich.

„Aha", sage ich nach einer Weile.

„Wage es nicht zu protestieren. Ich hab dir gesagt, dass ich nicht malen kann. Besser als so wird es nicht. So … siehst du nun mal aus." Jetzt grinst sie breit, macht sich über mich lustig.

„Oh nein, garantiert nicht", entgegne ich. „Das hier" – ich deute auf die Leinwand – „ist ein müder Pfannkuchen mit traurigen Augen." Dann stelle ich mich so neben das Bild, dass sie den direkten Vergleich hat. „Sieht so mein Gesicht aus? Ehrlich?"

Vee hält inne. Starrt. Dann prustet sie los. Laut. Ungeniert. „Na ja, ich erkenne schon eine gewisse Ähnlichkeit."

Empört deute ich auf die Nase, dann den Mund. „Wieso sieht mein Mund aus wie eine gekürzte Spaghetti?"

Sie überlegt kurz, antwortet dann ruhig und besonnen. „Das ist künstlerische Freiheit. Mein Ausdruck. Meine tiefsten Sehnsüchte haben sich in dieser ... Spaghetti manifestiert."

Prompt klatsche ich in die Hände. „Ach so! Jetzt verstehe ich. Du hast Hunger? Sag das doch gleich. Okay, du springst unter die Dusche, während ich Nudeln koche."

„Du kannst auch noch kochen?", zieht sie mich auf. „Ein Multi-Genie. Oh mein Gott. Ich bin mit einem Mensch 2.0 befreundet. Das nächste, verbesserte Modell. Unglaublich."

„Jetzt reicht's", sage ich, nehme ihr den Pinsel aus der Hand und beginne, sie zaghaft an der Seite zu kitzeln. Sie kichert, woraufhin ich immer weitermache, bis sie sich wehrt und mich ebenfalls von oben bis unten durchkitzelt. Am Ende landen wir beide auf dem Boden des Ateliers.

Wir liegen nebeneinander. Und plötzlich verstummt ihr Lachen. Sie blickt auf meinen Mund. Sehnsüchtig. Traurig.

Nein, das darf nicht sein!, denke ich. *Ich darf nicht denselben Fehler zweimal machen. Kein Kuss. Kein Flirten. Nichts.*

Als könnte sie meine Gedanken lesen, springt sie plötzlich auf und klatscht in die Hände. „Na dann, zeig mir die Dusche, Picasso. Und wehe, du stellst irgendwas Ungenießbares auf den Tisch. Dann male ich ein Ganzkörperporträt von dir. Das ist eine Drohung."

„Hey, hey, du musst ja nicht gleich mit Kanonen auf Spatzen schießen", sage ich und springe ebenfalls auf.

„In Ordnung. Aber nur, wenn du gleich nach mir duschst und wir dann gemeinsam kochen. Ich will sehen, was du da zusammenbraust. Muss ja sichergehen, dass es essbar ist."

„Also bitte", brummele ich. „Wer hat denn neulich die Kohle-Muffins angeschleppt?"

„Ich weiß nicht, wovon du sprichst", sagt sie – und lächelt strahlender und heller als die Sonne über dem Regenwald.

KAPITEL 10

Vivi: Angst

Die Dusche tut gut. Himmel, tut die gut! Ich hab sie auch bitter nötig – nicht nur aufgrund des Matschs an meinen Beinen, sondern vor allem wegen des Chaos in meinem Kopf.

Was bei allen Geiern hat mich vorhin nur geritten? Beinahe – wirklich beinahe – hätte ich ihn geküsst. So richtig. Lippen auf Lippen. Es war haarscharf, und ich schäme mich ein bisschen dafür. Vor mir selbst, wohlgemerkt. Wir hatten doch eine Abmachung: Freundschaft. Klare Grenzen, keine Ausreißer. Und was mache ich? Träume nachts von ihm, sehne mich nach seinen Blicken, nach seiner Nähe – und dann will ich ihn auch noch bei der erstbesten Gelegenheit küssen wie in einem drittklassigen Roman mit glitzerndem Cover.

Zum Glück hat mich sein überraschter Gesichtsausdruck gerade noch rechtzeitig gebremst. Ich meine: Hallo? Wie viel deutlicher hätte er eigentlich sein können? „Ich bin kaputt", hat er gesagt. Nicht bereit. Nicht offen. Und da komme ich und benehme mich wie ein verliebter Teenie auf Klassenfahrt. Ich bin so eine hirnverbrannte Romantikerin und dennoch – ich glaube nicht, dass „kaputt" für immer ein Adjektiv bleiben muss, das ihn beschreibt.

Ich bin jemand, der an Heilung glaubt. Wie könnte ich sonst meinen Job machen? Ich muss an das Gute glauben. Daran, dass jeder von uns ein schönes Leben verdient. Manchmal braucht man dafür nur ein bisschen Hilfe. Oder jemanden, der einem zeigt, dass da Licht ist. Dass da noch Hoffnung ist. Noah erkennt das vielleicht selbst nicht. Aber ich sehe es. Am Anfang klang sein Lachen wie eine rostige Tür, die zum ersten Mal seit Jahren geöffnet wird. Knarzend, zögerlich. Jetzt lacht er oft. Nicht ständig. Nicht wie ich – ich bin ja schließlich eine Ein-Frau-La-Ola-Welle – aber wenn er lacht, dann ehrlich. Frei. Tief. So wie jemand, der langsam den Weg zurück ins Leben findet.

Ich weiß nicht, ob das meinetwegen ist. Oder wegen unserer verrückten, imperfekten Freundschaft.

Vielleicht werde ich ihn bald verlieren. Möglicherweise stößt er mich irgendwann weg – aus Angst, zu fühlen.

Aber ich weiß, dass ich ihm guttue.

Und er mir.

Also bleibe ich. Solange es gut ist, bleibe ich.

Ich drehe den Duschhahn zu und schnappe mir das Handtuch, das Noah mir bereitgelegt hat – samt Bodylotion und Föhn. Er denkt wirklich an alles.

Noah wäre ein großartiger Ehemann und Vater, schießt es mir in den Kopf, während ich mich abtrockne. Fürsorglich, liebevoll – unter seiner manchmal etwas brummigen Schale. Ich wünsche mir, ihn früher gekannt zu haben, bevor er, wie er selbst sagt, „kaputt" gegangen ist. Bevor dieser traurige Schleier über seine Augen gezogen ist. Vielleicht erzählt er mir ja eines Tages mehr von damals, von Rosy.

Manchmal bin ich eifersüchtig auf sie, und das beschämt mich. Sie war seine Frau. Sie durfte ihn lieben. Und ich? Ich darf leben. Rosy nicht.

Ich ziehe das viel zu große T-Shirt an, das er mir hingelegt hat – es reicht mir fast bis zu den Knien. Die alte Sporthose muss leider wieder herhalten, aber hey, wenigstens schwitze ich nur oberhalb der Gürtellinie.

Fertig. Bereit. Gute Laune an – und los. Mit einem fröhlichen „Das

Bad ist frei!“, reiße ich die Tür auf ... und renne direkt gegen eine solide Wand aus Muskeln. Also, Noahs Brust.

Oh. Mein. Gott.

Wie kann sich ein Körper nur so verdammt gut anfühlen?

„Rainbow“, sagt er mit einem leicht amüsierten Funkeln in den Augen, „du weißt schon, dass ich jetzt beinahe taub bin?“

Ich mache einen schnellen Rückwärtsschritt und versuche, meine Gesichtstemperatur zu kontrollieren. Spoiler: Es klappt nicht. „Sorry! Aber was stehst du auch wie so ein Stalker vor der Tür rum?“, kontere ich augenzwinkernd.

„Ich wollte nur fragen, ob ich schon mit dem Kochen anfangen soll. Mein Magen knurrt inzwischen so laut, dass man es bestimmt auf Staten Island hören kann.“

„Ohne mich? Niemals! Wenn wir beide essen, dann kochen wir auch gemeinsam. Du die Soße, ich die Nudeln?“

Er lacht. Und das macht etwas mit meinem Herz. „Ist das nicht eine etwas unfaire Arbeitsteilung, Vee? Ich muss Tomaten kochen, pürieren, würzen – das volle Programm. Du wirfst nur Spaghetti ins Wasser.“

„Wasser, das ich zuvor kochen muss!“, werfe ich ein. „Und Salz kommt auch rein. Ich habe also mehrere Arbeitsgänge. Puh, ganz schön anstrengend. Also los – lass uns zaubern, bevor die Wetterstation eine Unwetterwarnung rausgibt, weil sie dein Magenknurren für Donner hält.“

Er schüttelt den Kopf und grinst. „Du bist unglaublich, Rainbow.“

„Das weiß ich doch“, sage ich und grinse zurück. Und für einen Moment fühlt sich alles genau richtig an.

An dem Abend bleibt es nicht beim Kochen. Nein, natürlich nicht. Wir schauen noch einen Film, lachen Tränen und liefern uns eine hitzige Diskussion darüber, ob Popcorn salzig oder süß sein sollte (Noah ist leider Team „Sünde“, also süß – ein echtes Drama).

Die nächste Zeit vergeht im Nu. Jeden Tag sehen wir uns, laufen mit

Cara unsere Runde und verbringen dann die Abende miteinander. Es ist leicht mit ihm, einfach schön – und irgendwie süchtig machend.

Noah ist ein Suchtmittel, denke ich, während ich wieder einmal meine Laufschuhe schnüre. Und zwar eines, das dringend vom Markt genommen gehört oder zumindest rezeptpflichtig ist.

Heute bin ich nervös. Nicht nur so ein bisschen aufgeregt. Nein, eher so *Herz in der Hose, Puls im Weltall*-nervös. Ich muss ihm nämlich etwas fragen, brauche seine Hilfe – aber was, wenn es zu viel ist? Zu aufdringlich? Ich will ihn auf keinen Fall vergraulen. Aber ohne ihn schaffe ich das, was vor mir liegt, einfach nicht.

Da klingelt mein Handy. Cara ruft an.

„Hey Süße“, gehe ich ran. „Was ist los? Wir sehen uns doch gleich zur Laufrunde.“

„Hey corazón“, sagt sie. „Ich hab gestern Finn in der Bar getroffen.“

Ich halte kurz die Luft an.

„Und? Noch immer ein wandelndes Ego mit Sixpack?“

„Shit, Vivi, er ist wirklich so doof wie eine Kreidetafel.“

Ich kichere. „Ach komm, so schlimm ist er nicht. Nur ... sagen wir mal: ein bisschen ...“

„Selbstsüchtig, egoistisch, dämlich?“, unterbricht Cara mich. „Er hat sich verhalten, als wärt ihr ein Paar! Hat mich gefragt, was sein Babe so macht. Als hätte er dich nicht ghosten wollen.“

Ich zucke innerlich zusammen. „Na ja, geghostet hat er mich eigentlich nicht“, murmele ich. „Er wollte sich ein paar Mal mit seiner Gang treffen, aber ich hatte keine Lust auf Fallschirmsprünge und Base-Jumping bei Nacht.“

„Also, keine Funkstille, nur du hattest keinen Bock auf Tod durch Adrenalin. Verstanden. Aber mal ehrlich – nach eurer Nacht wollte er kein weiteres Date mehr. Das stimmt doch, oder?“

Ich seufze. „Ja, schon. Aber ehrlich gesagt? Es stört mich nicht mehr. Ich denke kaum noch an ihn. Mittlerweile bin ich irgendwie ... komplett bei Picasso.“

„Aha ...“ Cara lässt sich Zeit. Dann: „Da läuft doch was. Ich sehe das doch. Er mag dich – das sieht jeder.“

„Ja. Vermutlich wie eine kleine Schwester.“ Ich presse die Lippen zusammen. „Zumindest ist er nicht an mehr interessiert. Dafür ist er zu kaputt, meint er."

Cara sagt erst einmal nichts.

„Aber egal! Wir sind Freunde, basta. Und jetzt hör bitte auf, das Thema Noah in einen romantischen Hallmarkfilm zu verwandeln."

„Ah, okay ... Alles gut bei dir? Du klingst etwas gereizt. Willst du das Laufen heute lieber lassen?"

„Nein, nein. Ich hab nur etwas Zumba mit der Switch gemacht – na ja, und übertrieben. Jetzt tun meine Brüste weh."

„Okaaay ...", sagt Cara gedehnt.

„Nur das monatliche Übel. Nichts Dramatisches."

Sie klingt skeptisch. „Vielleicht solltest du das trotzdem mal vom Frauenarzt ..."

Ich winke ab. „Ich lebe noch. Wir sehen uns gleich." Ich lege auf.

Trotzdem bringen mich ihre Worte zum Nachdenken. Ja, vermutlich ist meine Periode im Anflug. Aber ... irgendwie fühlt sich das alles anders an. Das Brustspannen ist neu. Und jetzt, wo ich drüber nachdenke: Ich bin überfällig. Und letzten und vorletzten Monat war meine Blutung auch schon schwach. Das ist zwar durch meine Endometriose nichts Ungewöhnliches, da die Blutungen einmal stark, dann wiederum sehr schwach und meist unregelmäßig kommen, aber dennoch ... ich sollte das wirklich mal abklären lassen.

Vielleicht ist es der Stress. Ich hatte vier Bewerbungsgespräche, alle auf Wunsch meiner Eltern – alles Absagen. Außer dem bei dieser nachhaltigen Modefirma. Die haben sich einfach nie wieder gemeldet. Ghosting scheint gerade voll im Trend zu sein.

Ich werfe einen Blick auf meine Smartwatch. Noch über eine Stunde Zeit. Spontane Idee: Ich könnte mal wieder bei Mum und Dad vorbeischauen. Mein schlechtes Gewissen bettelt ohnehin schon wieder seit Tagen. Also schnappe ich mir meine Laufjacke, rufe ein Taxi – und fahre in voller Sportmontur zu Mom und Dad.

Moms Augen werden schon nicht platzen, nur weil ich Turnschuhe trage. Hoffe ich.

„Kind, wie siehst du denn aus?" Kaum die Tür auf, schon rollt die erste Stil-Kritik wie ein Modetornado über mich hinweg.

„Diese klobigen ... Dinger da an deinen Füßen ... Und diese Hose! Das sieht aus, als hättest du zwei Würste anstatt Beine. So kann man doch nicht rausgehen!"

Ich lache. „Mom, ich gehe laufen. Nicht zur Oscar-Verleihung. Und falls doch, trage ich eben sportlich-funktional. So wie Beyoncé beim Spinning."

Ihre Miene sagt: Wer ist Beyoncé?

„Wieso trainierst du nicht wie eine vernünftige Frau mit Personal Trainer zu Hause? Ich kann dir auch etwas Geld dafür geben – falls du knapp bei Kasse bist."

Ich reiße die Augen auf. „Wow, danke. Nichts motiviert so sehr wie implizite Armutsvorwürfe."

Sie ignoriert das. „Und, was ist mit diesem Bewerbungsgespräch bei ... wie hieß das ... Nature Clothing?"

„Sie haben sich nicht gemeldet."

„Unverschämt. Wissen die nicht, wer du bist? Du hast doch von Dads Filmpreisen erzählt? Und meiner Modelkarriere?"

Ehemaligen Modelkarriere, will ich sagen, beiße mir aber auf die Zunge. „Ich komme klar, Mom. Ehrlich."

„Du kommst doch zur Charity-Gala morgen, oder? Dein Vater hat dir die Einladung geschickt. Und du liebst ja wohltätige Zwecke."

„Ich liebe Tiere, Kinder und gute Menschen. Galas ... na ja. Aber ich komme. Vielleicht bringe ich jemanden mit."

Sie erstarrt. Ihre Augen fangen an zu leuchten wie ein überambitionierter Weihnachtsbaum. „Finn?"

Ich stöhne. „Nein. Nicht Finn. Wir haben keinen Kontakt mehr. Es ist ein Freund. Rein platonisch. Kein Grund, schon mal die Babystrampler rauszuholen."

„Aha. Und ... aus welcher Familie stammt er? Also ... in New York?"

Ich verdrehe die Augen. Und da ist sie wieder – Lady Mom von und zu Upper East Side.

„Mom, wir führen kein Adelsregister. Er ist ein Mensch. Reicht das erst mal?"

„Ich mag deinen Ton mir gegenüber nicht, Vivienne. Aber falls er zusagt, dann werde ich ihn morgen sowieso selbst unter die Lupe nehmen können."

Himmel, daran habe ich überhaupt gar nicht gedacht. Der arme Noah. Vielleicht sollte ich ihn besser doch nicht fragen, mich zu begleiten. Nicht, dass Mom noch Hackfleisch (das angesagte Vegane, natürlich) aus ihm macht.

Trotzdem kreist mein Kopf unaufhörlich um die Idee. Ich kann mir niemanden vorstellen, der mich bei dieser elitären, champagnergeschwängerten Charity-Veranstaltung besser erden würde als Noah. Und gleichzeitig fühlt es sich an, als würde ich ihn in ein Haifischbecken ohne Käfig werfen.

Als ich kurze Zeit später mit Cara und ihm an der Bay entlanglaufe, bin ich so nervös, dass ich fast über einen besonders aggressiv gelaunten Stein stolpere. Cara quasselt munter vor sich hin – irgendwas über ein neues Cupcake-Rezept mit Pistazien – und ich versuche, meine innere Katastrophenmeldung zu ignorieren: Achtung! Gespräch mit potenziell peinlichem Ausgang in 3 ... 2 ... 1 ...

Cara bleibt schließlich ein paar Schritte zurück, weil sie eine Sprachnachricht abhören will (oder einfach, weil sie merkt, dass ich gleich platze). Ich werfe Noah einen flüchtigen Seitenblick zu. Jetzt oder nie.

„Hey, Picasso", beginne ich so lässig wie möglich. „Also ... ich hätte da mal eine etwas ungewöhnliche Frage."

Er verlangsamt ein wenig. „Ungewöhnlich klingt gefährlich."

„Keine Sorge, es ist nichts Illegales. Es geht nur um eine, äh ... Abendveranstaltung."

Er zieht die Brauen hoch. „Wie bitte?"

Ich atme tief durch. Elegant klingt anders. „Also ... morgen ist diese Charity-Gala. Ich wurde mit meinen Eltern eingeladen. Und irgendwie dachte ich ... vielleicht willst du mich begleiten? So als mein Plus Eins. Rein platonisch natürlich!"

Wow. Raus ist es. Nicht gerade eine filmreife Szene, aber hey – ich habe es immerhin geschafft, den Satz zu beenden, ohne mich zu verschlucken oder in einen panischen Hustenanfall zu verfallen. Kleine Siege zählen auch.

Er schaut mich so lange an, dass ich kurz überlege, einfach in den nächsten Busch zu hechten. „Vee“, sagt er langsam, „du willst mich mitnehmen zu einer Gala der Upperclass?“

Ich zucke die Schultern. „Ich weiß, klingt wie der Beginn eines schlechten Films. Aber ich dachte, du bist cool genug, das durchzustehen. Du bist immun gegen Etikette-Schock, oder?“

Noah lacht leise, aber es klingt nicht ganz überzeugt. „Weißt du, ich bin eher der Typ Jeans und Malerpinsel. Nicht gerade die Sorte, die auf rotem Teppich strahlt. Jedenfalls nicht mehr.“

„Du musst ja nicht strahlen“, sage ich schnell. „Nur ... nicht davonlaufen.“ Mein Herz schlägt mir bis zur Brust. „Bitte sag ja, Picasso! Ohne dich überstehe ich das nicht.“

Er bleibt kurz stehen, atmet durch. Ich spüre seine Unsicherheit fast wie einen leichten Schubs gegen mein eigenes Herz. Dann hebt er den Blick und nickt. „Okay. Ich komme mit. Aber wenn deine Mutter Smalltalk über Herkunft betreibt, sage ich einfach, ich wurde von Wölfen im Central Park großgezogen.“

Ich kichere erleichtert. „Deal.“

Eigentlich wollten wir noch ein gutes Stück laufen, aber nach ein paar weiteren Minuten merke ich, wie meine Brüste sich beschweren, als hätten sie sich zu einem kleinen Aufstand verabredet. Ich breche die Runde früher ab als sonst – sage aber nichts. Ich will nicht wirken wie eine jammernörgelnde Klischeefrau mit PMS, obwohl genau das vielleicht gerade zutrifft.

Ich verabschiede mich von Cara und Noah mit einer Ausrede, dass ich noch etwas erledigen müsse. In Wahrheit will ich nur in meine Jogginghose mit Wärmflasche kriechen und in Ruhe über morgen nachdenken. Und über Noah. Und über das seltsame Ziehen in meinem Körper, das nichts mit Glamour, aber vielleicht sehr viel mit meinem Leben zu tun hat.

Nervös betrachte ich mich im Spiegel. Sehe ich wirklich vorzeigbar aus? Oder eher wie ein glitzerndes Salatbesteck in Menschengestalt? Sitzt das Kleid so, dass es meine Vorzüge betont, ohne dabei zu schreien: „Ich bin verzweifelt, aber wenigstens gut ausgeleuchtet"? Ein wenig kneift es an manchen Stellen, aber ansonsten passt es mir wirklich gut. Ich habe vielleicht ein paar Kilos zugenommen, was jedoch für meine Figur eher von Vorteil ist. Vorher war ich eher etwas zu dünn.

Ich streiche über meine Brust – vorsichtig, weil: autsch. Die fühlen sich immer noch an, als hätten sie einen Boxkampf gegen zwei Backsteine verloren. Und meine Periode? Fehlanzeige. Ich bin im Wartezimmer der roten Welle – aber Madame lässt sich nicht blicken. Langsam frage ich mich, ob da vielleicht ein Minimenschenprojekt in mir in Planung ist … und allein bei dem Gedanken gerate ich in Panik.

Ding-Dong.

Ich zucke zusammen, fast stoße ich mir den Kopf am Spiegel. Noah. Natürlich. Ich eile zur Sprechanlage, drücke den Knopf und sage: „Hey, ich bin gleich unten!"

Seine Stimme knistert durch den Lautsprecher: „Wenn du jetzt noch absagst, weil dein Kleid einen Nervenzusammenbruch hat, fahre ich allein zur Gala."

Ich muss lachen. „Ich trage es. Ob's freiwillig ist, ist eine andere Geschichte."

Drei Minuten später stehe ich bei ihm am Auto. Er steigt aus, mustert mich. Kein Wort. Nur ein Blick. Ein Langer.

„Sag was", fordere ich und drehe mich einmal um die eigene Achse.

Er grinst schief. „Du siehst aus wie … jemand, der weiß, dass alle anderen gleich Schnappatmung bekommen."

„Also gut?"

„Verboten gut."

Meine Knie schmelzen. Meine Eierstöcke applaudieren. Mein Hirn ruft: Falscher Zeitpunkt, Vivi, konzentrier dich!

Als ich die Beifahrertür öffnen will, platzt es aus mir heraus: „Stopp! Halt! Könnten wir … kurz beim Supermarkt anhalten? Ich brauch … äh … was gegen Kopfschmerzen."

„Kopfschmerzen?" Er zieht die Augenbraue hoch.

Ich nicke hektisch. „Ja, in meinem Kopf pocht und pulsiert es. Ganz schlimm.“ Das mit den Schmerzen ist noch nicht einmal gelogen, allerdings ist es die Panik, die das verursacht, was ich verschweige. Und natürlich will ich keine Tabletten kaufen, sondern etwas völlig anderes.

Er mustert mich einen Moment lang, dann zuckt er mit den Schultern. „Okay. Aber wehe, du holst dir heimlich eine Schachtel Pralinen, nennst sie Medizin und zwingst mich dann, sie mit dir zu teilen.“

Ich kichere gequält, während mein innerer Alarm in Dauerschleife brüllt: Du holst dir gleich einen verdammten Schwangerschaftstest in einem öffentlichen Supermarkt mit deinem Traummann wartend im Auto!

Zehn Minuten später eile ich mit gesenktem Blick aus dem Supermarkt, den Test tief in meiner Clutch vergraben – zwischen Kaugummis, einem Notfall-Tampon und meinem Portemonnaie. Ich bete und hoffe, dass der Tampon in den nächsten Tagen zum Einsatz kommt. Meine Würde verabschiedet sich gerade, als Noah mich mit besorgtem Blick im Auto empfängt.

„Hast du die Tabletten gefunden?“

„Ja, zum Glück“, sage ich theatralisch und übertreibe wohl etwas im Ton. Hoffentlich merkt er nichts.

„Willst du gleich eine nehmen?“ Er kramt im Ablagefach des Wagens herum. „Irgendwo hier muss doch noch eine Wasserflasche sein.“

Verflixt, wie komme ich aus der Nummer wieder raus? „Nee, lass mal, danke. Ich habe sie schon genommen.“

Stirnrunzelnd sieht er mich an. „Du hast sie trocken runtergeschluckt? Das ist nicht gut, Vee.“

„Nein, nein“, sage ich hastig. „Ich habe mir noch ein kleines Wasser dazu gekauft. Und … äh … die Flasche gleich in einen Mülleimer geworfen, nachdem ich sie ausgetrunken hatte.“

Er mustert mich eindringlich. Ich wette, er glaubt mir kein Wort. Wie auch? Ich bin die mieseste Lügnerin überhaupt. Meine schuldbewusste Miene verrät mich jedes Mal. Aber er nickt nur und sagt:

„Sag Bescheid, wenn du reden willst, Rainbow. Ich bin für dich da, das weißt du.“

Ich nicke und blicke zu Boden, damit er weder die Panik noch die Tränen in meinen Augen sieht. Shit, jetzt habe ich richtig Angst. Ich darf nicht schwanger sein. Das geht einfach nicht. Vielleicht kann ich mich gleich zu den Waschräumen schleichen, um den Test zu machen.

Dummerweise stehen meine Eltern in der Nähe des Eingangs – wie immer so platziert, dass auch wirklich jeder ihre Anwesenheit bemerkt und sie gebührend bewundert. Mom fängt uns prompt ab und kann sich ein paar negative Kommentare über mein ihrer Meinung nach viel zu gewöhnliches Kleid nicht verkneifen. Dann fragt sie mich, ob ich zugenommen hätte. Ehrlich, das ist echt frech. Aber ich bleibe gelassen, sage nichts und lasse alles über mich ergehen.

Schließlich wird es ihr wohl zu langweilig, und sie lässt ihren Blick so indiskret über Noah wandern, dass ich mich nicht wundern würde, wenn sie gleich ein winziges, nicht vorhandenes Fusselchen von seinem Anzug entfernt.

Noah steht plötzlich stocksteif da, als würde er eine Strafpredigt erwarten. Ich kann es ihm nicht verübeln – Mom hat diese dominante Oberlehrer-Art, die echt furchteinflößend sein kann. In ihrem Blick liegt jetzt schon Verachtung, dabei sieht Noah in seinem – offenbar brandneuen – Anzug höllisch gut aus.

„Mom, das ist Noah", stelle ich ihn vor. „Noah, das ist meine Mom. Sie wirkt zwar wie ein Bullterrier, aber sie beißt nicht. Jedenfalls nicht immer."

„Vivienne, wo sind deine Manieren geblieben?", tadelt sie mich prompt. Dann wendet sie sich an ihn. „Und Sie sind also der Freund meiner Tochter?" Sie spricht das Wort Freund aus, als müsste sie daran ersticken.

Noah blinzelt nur einmal, antwortet dann mit ruhiger Stimme: „Ja, Ms. Sinclair. Ich bin Noah Bennett, ein guter Freund von Vivienne. Es freut mich sehr, Sie kennenzulernen. Vivienne hat nur Gutes von Ihnen erzählt."

Mom blinzelt. „Ach ja? Wie schön. Leider ist sie ja momentan arbeitslos und bemüht sich viel zu wenig um eine neue Stelle. Und von Ihnen hat sie mir kaum etwas erzählt." Ihr Röntgenblick taxiert ihn regelrecht, aber Noah bleibt äußerlich ruhig.

„Aus welcher Familie stammen Sie?“

„Ich komme aus Mahopac, in Putnam County. Mein Vater ist Schreiner, meine Mutter Buchhändlerin“, sagt er höflich.

Mom lächelt – oder versucht es zumindest. Das Botox in Stirn und Wangen hat den Großteil ihrer Mimik längst ausgeschaltet. Aber hey, Hauptsache, sie sieht aus wie eine ewig junge Wachsfigur.

„Wie bodenständig“, sagt sie süffisant. „Und was machen Sie beruflich, Noah?“

Ich schalte mich ein, bevor sie nach Ausweis, Führungszeugnis oder Impfpass fragt – zutrauen würde ich ihr alles.

„Noah ist Künstler und sehr begabt. Aber wenn du uns jetzt bitte entschuldigen würdest – wir möchten uns etwas zu trinken und Fingerfood holen.“

Bevor sie protestieren kann, ziehe ich Noah mit einem gemurmelten „Bis später“ hinter mir her und danke innerlich meinem Schutzengel, dass Dad in ein Gespräch vertieft war und Noah zumindest von ihm verschont geblieben ist.

Kaum außer Reichweite stößt Picasso zischend die Luft aus und grinst mich an.

„Wow, das war ja ein strenges Vorstellungsgespräch. Wofür habe ich mich eigentlich beworben?“

Ich bin erleichtert, dass er das Ganze mit Humor nimmt, und spiele mit. „Hm, bin mir nicht sicher. Vielleicht als mein Fake Date, Bodyguard oder ähnlich Wichtiges?“

Er nickt. „Dann nehme ich den Bodyguard-Job. Irgendjemand muss dich ja vor deiner Mom beschützen. Ist sie immer so?“

Ich verziehe das Gesicht und lade meinen Teller mit Snacks voll. „Nein. Sonst ist sie schlimmer. Du hast sie quasi von ihrer Schokoladenseite kennengelernt.“

Er lacht nicht, grinst nicht mal. Nicht einmal ein Zucken in den Mundwinkeln. „Vee, das tut mir echt leid. Warum lässt du dir das alles gefallen? Und warum glaubt sie, du wärst arbeitslos? Du arbeitest doch bei der Harbor Haven Foundation – das ist doch ein fantastischer, wichtiger Job. Wissen sie das nicht?“

Ich schlucke und versuche, es locker abzutun. „Ach, das zählt für sie nicht. Für Mom ist das eher ein Hobby. Aber lass uns nicht über sie reden. Sag mir lieber, warum die Snack-Auswahl hier so dürftig ist."

Noah sieht mich grinsend an und deutet auf das meterlange Fingerfood-Buffet.

„Das nennst du dürftig? Wie sieht denn dann ein richtiges Buffet für dich aus – ein mehrstöckiges Essensgebirge? Nenn mir eine Sache, die hier fehlt."

„Mini Prezel Dogs", platzt es aus mir heraus.

Er starrt mich ungläubig an. „Die ... gibt es hier bestimmt. Du hast sie nur übersehen."

„Gut, die Wette gilt." Ich strecke ihm meine Hand hin. „Was bekommt der Gewinner?"

„Eine Einladung zum Essen. Aber es muss was Besonderes sein, nichts Alltägliches."

„Perfekt. Mein Magen knurrt sowieso ständig – ich kann eine Essenseinladung gut gebrauchen."

„Noch hast du nicht gewonnen", warnt er und durchsucht systematisch das Buffet. Am Ende angekommen, stöhnt er: „Das gibt's doch nicht. Keine einzige Pretzel weit und breit. Keine Burger, keine Pommes. Ein kulinarisches Desaster. Wir sollten die Cateringfirma verklagen."

Ich lache. „Mach dich ruhig über meine Essgewohnheiten lustig. Für ein Mädchen, das bis neun nur Delikatessen-Restaurants kannte, sind bodenständige Snacks der Himmel auf Erden."

„Dann hab ich ja Glück gehabt – mit der Essenseinladung ruiniere ich mich also nicht. Du hast gewonnen." Er schüttelt mir die Hand. „Herzlichen Glückwunsch, Ms. Sinclair."

Ich versuche, das wohlig warme Gefühl bei seiner Berührung zu ignorieren. „Danke, Mr. Bennett. Es war mir wie immer eine Ehre, gegen dich zu gewinnen."

Er macht ein paar seltsame Ts-Geräusche mit der Zunge, als würde er gleich kontern. Stattdessen sagt er ruhig: „Manchmal muss man auch verlieren, um zu gewinnen."

„Bitte? Was soll denn dein Gewinn sein?"

Er grinst jetzt so breit, dass er wie ein kleiner, frecher Junge aussieht.

„Na ja, ich konnte mir ausrechnen, dass es hier keine Mini Prezel Dogs gibt. Aber ich wollte dich wirklich mal zum Essen einladen – rein freundschaftlich. Als Dank für alles, was du in den letzten Wochen für mich getan hast. Ehrlich, Rainbow, du hast mich aus meinem dunklen Loch geholt und ans Licht gebracht. Das werde ich dir nie vergessen. Wenn du irgendwann mal Hilfe brauchst – egal wann, wo oder wobei – ich bin für dich da."

Ich schlucke. Die Tränen drängen sich wieder nach oben. Und mit ihnen die Panik, die ich den ganzen Abend mühsam verdrängt habe. Jetzt schaffe ich es nicht mehr. Nicht nach Noahs Worten. Denn ja – vielleicht brauche ich tatsächlich verdammt dringend Hilfe.

„Noah", sage ich leise. Er sieht mich sofort ernst an – vielleicht, weil ich ihn sonst nie so nenne. Vielleicht auch wegen meines Tons.

„Was ist? Geht's dir nicht gut? Ich hab doch geahnt, dass dich etwas bedrückt. Wie kann ich helfen, Vee? Willst du an die frische Luft?"

Ich schüttele den Kopf. Meine Stimme klingt fremd, als ich spreche. „Nein. Aber ich müsste dringend zu den Waschräumen. Kannst du mich begleiten ... und bitte ohne Fragen draußen warten?"

„Klar. Was immer du willst, Rainbow."

Ich stürme los, die Clutch so fest umklammert, dass meine Fingerknöchel weiß hervortreten. Ich muss es jetzt wissen. Jetzt sofort. Keine Sekunde länger.

Hektisch nicke ich Noah vor den Waschräumen zu, schließe mich in die nächste Kabine ein, öffne die Clutch, hole den Test hervor ... und warte.

KAPITEL 11

Noah: Erdbeben

Es dauert mindestens fünfzehn Minuten, bis sie wieder herauskommt. Die ganze Zeit über frage ich mich, was mit ihr los ist. Ich mache mir ernsthaft Sorgen.

Meine sonst so fröhliche Vee wirkt plötzlich bedrückt – beinahe panisch. Wovor hat sie solche Angst? Die Geschichte mit den Kopfschmerztabletten habe ich ihr ohnehin nicht geglaubt. Aber warum hat sie gelogen?

Als sie endlich zurückkommt, ist sie kreidebleich. Sie bleibt nur kurz vor mir stehen, ihre Stimme kaum mehr als ein Flüstern:

„Ich will nach Hause. Bitte bring mich heim, Noah."

Noah. Verdammt – schon wieder. Sie nennt mich sonst nie so. Der Name klingt fremd aus ihrem Mund. Falsch. Ein stummes Alarmsignal. In diesem Moment weiß ich, dass etwas wirklich Schlimmes passiert sein muss. Etwas, das sie tief erschüttert.

Ich zögere keine Sekunde. Greife nach ihrem Arm, halte sie sanft, weil sie wirkt, als könnte sie jeden Moment das Gleichgewicht verlieren. Eilig bringe ich sie zu meinem schwarzen Volvo und öffne ihr die Tür.

Sie sinkt förmlich auf den Sitz, zieht die Beine an, sagt kein Wort. Auch nicht während der gesamten Fahrt.

Als wir ankommen, wird meine Sorge immer größer. Ich halte an, atme tief durch und lege eine Hand auf ihre Schulter – eine Geste, die beruhigend oder tröstend wirken sollte. Stattdessen versteift sie sich. Was zum Geier ist nur los mit ihr? „Vee, ich weiß, dass ich versprochen habe, keine Fragen zu stellen. Aber ich sehe doch, dass dich etwas bedrückt. Was immer es ist – du kannst mit mir reden. Ich bin für dich da."

Tränen rollen ihr über die Wangen, und ich würde sie liebend gerne einfach in den Arm nehmen und fest an mich drücken. Aber nachdem sie gerade so abwehrend auf meine Berührung reagiert hat, lasse ich es lieber. Also steige ich aus und halte ihr die Wagentür auf. „Ich bringe dich nach oben, keine Widerrede. Vee, ich muss wissen, dass du sicher in deiner Wohnung bist, bevor ich gehe."

Sie zuckt kurz zusammen, geht dann aber weiter, als hätte ich nichts gesagt. Vee schließt die Tür des Wohnblocks auf, steigt in den Aufzug, drückt auf den Knopf mit der Aufschrift 7. Etage – und beachtet mich nicht weiter. Ganz so, als wäre ich gar nicht da.

Verwirrt folge ich ihr, wie ein Schatten. Oder ein unsichtbarer Schutzengel. Plötzlich wird mir bewusst, dass ich genau das gern die nächste Zeit für sie wäre: jemand, der Tag und Nacht an ihrer Seite ist. Jemand, der sie beschützt – vor allem, was ihr Angst macht. Ich will nicht, dass Vee so leidet. Und dennoch kann ich nichts dagegen tun.

Sie wird mich garantiert nicht bei sich übernachten lassen – oder mir erzählen, was sie so sehr belastet. Also folge ich ihr in die Wohnung. Sie sieht aus wie aus einem Hochglanzmagazin – makellos, teuer, durch und durch inszeniert. Alles wirkt glatt und perfekt: weiße Hochglanzmöbel, Designerstücke, aufeinander abgestimmte Farben in Beige, Taupe und einem Hauch von Gold. Keine persönlichen Fotos, keine Spuren von Alltag, nicht einmal ein zerknittertes Kissen auf dem makellos drapierten Sofa. Selbst die Pflanzen wirken wie Accessoires, exakt positioniert, um Symmetrie zu erzeugen. Es ist der Inbegriff von Stil und Geschmack – wenn man darunter sterile Kühle versteht. Vee setzt sich auf das edle Ledersofa, das so gar nicht zu ihrem Stil passt.

Ich sehe mich kurz um und nicke. „Schön eingerichtet", sage ich leise. Es klingt höflicher, als ich es meine. Denn nichts hier erinnert an Vee.

Doch sie reagiert nicht. Sitzt nur kerzengerade da. Plötzlich merke ich, wie sich ihr Brustkorb immer schneller hebt und senkt. Ihre Finger zittern. Dann beginnt sie zu keuchen.

Shit. Ich kenne das. Das sind die ersten Anzeichen einer Panikattacke. „Vee." Ich gehe sofort auf sie zu, bewege mich langsam, nicht zu hastig. „Hey, alles okay. Du bist in Sicherheit. Ich bin bei dir, hörst du?" Meine Stimme bleibt leise, warm, ruhig – auch wenn mein Herz rast. Ich knie mich vor sie, achte darauf, sie nicht ohne ihre Zustimmung zu berühren.

„Versuch, auf meine Stimme zu hören, ja? Atme mit mir. Ein … und aus." Ich mache es ihr vor. Tief durch die Nase ein, langsam durch den Mund aus.

„Schau mich an, Vee. Nur mich. Ich bin hier. Du musst da nicht allein durch."

Ihre Augen sind glasig, Panik spiegelt sich darin. Doch sie blinzelt. Ein Zeichen, dass sie mich hört. Dass ich zu ihr durchdringe.

„Zähl mit mir", flüstere ich. „Eins … zwei … drei … und aus … Noch mal. Du machst das großartig."

Langsam, ganz langsam, verlangsamt sich ihr Atem. Tränen laufen weiter über ihr Gesicht, aber das Zittern lässt nach. Irgendwann – nach gefühlt endlosen Minuten – senkt sie die Stirn gegen meine Schulter.

Ich warte.

Keine Ahnung, wie lange wir einfach nur dasitzen. Sie an mich gelehnt, ich ganz still, damit sie sich nicht noch kleiner fühlt, als sie es ohnehin schon tut.

Irgendwann flüstert sie: „Es tut mir leid."

„Was denn?", frage ich leise.

„Dass ich so …" – sie bricht ab, schüttelt kaum merklich den Kopf – „… dass ich nicht okay bin."

Ich lege ganz vorsichtig eine Hand auf ihren Rücken. „Du musst nicht okay sein, Vee. Nicht vor mir."

Sie antwortet nicht, aber ihr Körper entspannt sich ein wenig. Ein paar Minuten später steht sie auf, immer noch etwas wacklig auf den

Beinen, und setzt sich auf den Boden vor dem Fenster, zwischen zwei Plastikgrünpflanzen, die fast wie echt aussehen. Dorthin, wo das Licht der Straßenlaternen durch das Glas fällt.

Ich beobachte sie einen Moment, dann gehe ich in die kleine Küchennische. Alles ist blitzsauber, aufgeräumt bis ins letzte Detail. Edelstahl, Glas, glatte Fronten. Die Gewürze sind in identischen Behältern mit gedruckten Etiketten verstaut, nichts davon wirkt benutzt.

Nichts hier schreit Vee. Im Gegenteil – es schreit Kontrolle. Stil. Distanz.

Ich mache ihr einen Tee – Kamille mit einem Hauch Zitrone – und finde in ihrem Kühlschrank ein paar Sachen für einen schnellen Snack. Etwas Joghurt mit frischen Beeren, ein paar Nüsse, Honig. Leicht, gesund, nichts Überforderndes.

Als ich zurückkomme, setze ich mich neben sie auf den Boden. Sage nichts, reiche ihr nur die Tasse.

Sie nimmt sie zögerlich. „Danke."

Ich nicke. Und bleibe einfach sitzen. Nähe ohne Druck. Zeit ohne Erwartung. Es ist beinahe friedlich, so nebeneinanderzusitzen, mitten in der Stille ihrer Wohnung. Nur die Geräusche der Stadt, ganz gedämpft durch die Fenster. Dann – plötzlich – vibriert der Boden unter uns leicht. Kaum merklich, aber spürbar.

Ein leichtes Beben.

Ich registriere es sofort. Es ist nur ein kurzer Moment, kaum ein paar Sekunden. Doch Vee friert ein. Ihre Augen weiten sich, der Griff um ihre Teetasse verkrampft sich.

„Hey", sage ich sanft. „Ist gleich vorbei. Nur ein kleiner Erdstoß. Du bist sicher." Aber ich sehe ihre Angst. Dieses tiefe, instinktive Erschrecken. Ihr Körper erinnert sich offenbar an mehr als das, was hier gerade passiert.

Ich zögere keine Sekunde und teile ihr dann meine Entscheidung mit. „Heute Nacht bleibe ich hier."

Sie blickt mich an, verwundert. „Was?"

„Ich schlafe auf deiner Couch. Nur zur Sicherheit. Ich will einfach wissen, dass du nicht allein bist."

„Aber–"

„Kein aber." Ich lächle. „Übrigens schnarche ich nicht. Meistens jedenfalls."

Ein müdes Lächeln huscht über ihr Gesicht. Fast hätte ich es verpasst. Geduldig warte ich, bis sie aufsteht. Sie wirkt erschöpft, als würde sie jeden Moment umkippen. Sanft leite ich sie in Richtung Schlafzimmer. Sie sagt kein Wort, lässt es einfach zu.

Ich ziehe vorsichtig die Decke zurück, helfe ihr, sich hinzulegen. Dann decke ich sie zu – mit einer Sanftheit, von der ich nicht wusste, dass ich sie beherrsche. „Ich bin gleich nebenan", sage ich leise. „Wenn du mich brauchst – weck mich einfach. Egal wann, okay?"

Sie nickt schwach. Bevor ich das Licht lösche, höre ich sie noch flüstern: „Danke, Noah."

Ich schließe die Tür nur halb, damit ein wenig Licht hereinfällt. Dann lege ich mich auf ihre Ledercouch, ziehe mir eine Decke über und starre die Wand an. Ich bin müde, aber an Schlaf ist nicht zu denken. Denn ich weiß: Etwas in ihr ist heute zerbrochen – und ich will alles tun, um es wieder heil zu machen.

Der Duft von Kaffee füllt den kleinen Raum. Ich stelle die Tasse ab, drehe die Hitze unter der Pfanne herunter. Die Küche ist makellos – wie aus einem Hochglanzmagazin. Glatte Oberflächen, kalte Farben, alles wirkt durchdacht und bis ins letzte Detail geplant. Kein Platz für Spontaneität, für Ecken und Kanten.

Wie sie? Nein. Wie jemand, der versucht, perfekt zu wirken oder zu gefallen – und dabei alles Persönliche herausfiltert. Ich frage mich, wie lange sie in diesem sterilen Bild schon lebt, ohne sich selbst darin zu verlieren. Das hier trägt jedenfalls nicht ihre Handschrift. Jede Wette, dass ihre Mom die Wohnung eingerichtet hat und Vee dabei nichts zu sagen hatte.

Ich höre Schritte. Langsam, zögerlich. Als ich mich umdrehe, steht sie im Türrahmen – barfuß, in einen viel zu großen, kuschelig aussehenden Pullover gehüllt, in den sie sich Schutz suchend eingekuschelt hat. Sie wirkt so zart und zerbrechlich darin, dass sofort mein Beschützerinstinkt anspringt.

„Guten Morgen“, sagt sie leise, mit dieser kratzigen Stimme, die verrät, was sie gerade durchmacht.

„Hey“, erwidere ich. „Hast du geschlafen?“

Sie nickt nur und setzt sich, vorsichtig, als würde jeder Stuhl unter ihr zerbrechen können.

Ich schiebe ihr einen Teller hin. „Du musst nichts essen. Aber ich hab einfach ... was gemacht.“

„Danke“, murmelt sie. Ihre Finger zittern, als sie nach einem Stück Apfel greift. „Du hast dir so viel Mühe gegeben.“

Ich zucke die Schultern. „Ich wollte mich nützlich fühlen.“

Es ist still. Die Art von Stille, die man nicht sofort füllen muss. Ich lasse ihr Raum, rühre in der Pfanne herum, obwohl das Rührei längst fertig ist.

Dann höre ich ihre Stimme wieder – diesmal brüchiger. „Noah ... ich muss dir was sagen.“

Ich drehe mich zu ihr um. Ihre Augen sind glasig, ihr Blick geht durch mich hindurch. Für einen Moment bleibt alles stehen.

Dann sagt sie leise, kaum hörbar: „Ich bin schwanger. Es war nur dieses eine Mal ... aber trotzdem. Ich erwarte ein Kind.“

Ein Satz – und doch fühlt es sich an, als würde mir der Boden unter den Füßen weggzogen.

Ich sage nichts. Kann nichts sagen. Der Kloß in meinem Hals ist zu groß, die Gedanken zu laut. Ich sehe sie nur an, als könnte ich die Wahrheit zwischen den Zeilen noch umschreiben.

Sie redet einfach weiter, schnell, als müsste sie es loswerden, bevor der Mut sie verlässt. „Ich hab’s gestern erfahren. Der Test ... Er war positiv. Aber ich kann es nicht glauben. Ich hab Endometriose. Mein Arzt meinte immer, es sei unwahrscheinlich. Ich hab die OP immer aufgeschoben, aus Angst. Und weil ich keinen Kinderwunsch hatte. Und jetzt ...“

Sie sieht mich an, als würde sie gleich in sich zusammensinken. „Ich war betrunken. Wir haben nicht aufgepasst. Ich hab nicht nachgedacht. Ich bin selbst schuld.“

Ich gehe zu ihr, langsam. Hocke mich neben sie. Mein Körper ist ruhig – äußerlich. Innen ist alles in Bewegung. Gedanken, Erinnerungen, Stimmen, die ich seit Monaten versuche zu übertönen.

Ich nehme ihre Hand. Sie fühlt sich kalt an. Zerbrechlich. „Du hast nicht versagt“, sage ich ruhig. „Das ist keine Strafe. Es ist passiert. Das heißt nicht, dass du irgendwas falsch gemacht hast.“

Sie schüttelt den Kopf, ein verzweifeltes Lächeln auf den Lippen. „Ich weiß nicht, ob ich das kann.“

Ich spüre, wie sich etwas in mir zusammenzieht. Ich halte das Gefühl nieder. So wie ich alles niederhalte.

„Du musst das nicht allein schaffen. Und wahrscheinlich ... solltest du dem Vater sagen, was los ist. Er wird überrascht sein, ja. Aber er wird reagieren. Vielleicht nicht perfekt, doch ... er wird helfen. Würde ich jedenfalls.“

Sie sagt nichts. Nur ein leises Nicken.

Ich lasse ihre Hand los. Stehe langsam auf. Nicht weil ich wegwill. Sondern weil ich gerade nicht weiß, wie ich bleiben kann, ohne dass etwas in mir Risse bekommt.

Ich räume das Geschirr weg, ein Teller nach dem anderen. Länger als nötig.

„Danke, dass du geblieben bist“, sagt sie hinter mir.

Ich drehe mich nicht zu ihr um, lächle schwach. „Natürlich bin ich geblieben.“

Verkrampft schlucke ich all die aufkommenden Emotionen herunter. Jetzt geht es nicht um mich. Es geht um Vee. Nur sie zählt. „Für alle Fälle solltest du bei deinem Frauenarzt einen Termin machen. Die Tests dort sind vermutlich genauer als die aus der Apotheke. Vielleicht ist es ja auch nur ein Fehlalarm. Ein Hormonchaos oder so – hört man ja öfter.“

„Hm, das glaube ich kaum. Ich hab gestern ein Dreierset gekauft und alle auf einmal gemacht.“ Sie hebt eine Augenbraue. „Drei auf einen Streich – wie die Musketiere. Nur weniger glamourös.“

Ich schnaube leise, bin dankbar für ihren kleinen Versuch, die Schwere abzumildern.

„Aber ja, ich habe übermorgen sowieso einen Termin bei meiner Gynäkologin. Ich rufe gleich an, vielleicht können sie mich vorziehen.“

„Das klappt bestimmt“, sage ich, bemüht aufmunternd. „Sie kann dir helfen und dir auch erklären, wie es weitergeht.“

Ich fühle mich unwohl. Der Gedanke, dass in ihr ein Baby heranwächst, schnürt mir die Luft ab. Am liebsten würde ich fragen, ob sie es behalten möchte – aber dann besinne ich mich. Ich kenne Vee. Adoption oder gar Abtreibung? Niemals. Das passt nicht zu ihr. Trotzdem muss erst einmal geklärt werden, ob sie wirklich schwanger ist. Auch wenn drei positive Tests eine recht eindeutige Sprache sprechen.

„Ich habe Angst, wie Finn darauf reagiert“, sagt sie plötzlich.

„Finn?“ Ich schlucke. Also ist er der potenzielle Vater? Der Typ, mit dem sie bei einem unserer ersten Treffen telefoniert hat. Der, der sie offensichtlich zurückgewiesen hat. Na toll. Warum muss ausgerechnet jemand, der ihr wehgetan hat, nun der Vater ihres Kindes sein? „Soll ich mitkommen, wenn du mit ihm redest? Ich kann im Auto auf dich warten oder so.“

Sie lächelt matt. „Ja, das klingt gut. Aber das Gespräch muss ich allein führen.“ Einen Moment später wirkt sie fast entschlossen. „Ich gehe kurz nebenan und rufe ihn an, damit wir was vereinbaren können. Bin gleich wieder zurück. Oder musst du los?“

Ich blicke auf die Uhr, zögere. „Eigentlich habe ich heute Nachmittag das Treffen mit Mia und meinem früheren Künstlerkollegen. Aber ... das kann ich verschieben.“

Vee reißt die Augen auf. „Nein, bloß nicht! Ich will Mia das auf keinen Fall vermiesen. Sie freut sich bestimmt schon riesig. Wie wär’s, wenn wir uns danach wiedersehen? Ruf mich einfach an, wenn ihr fertig seid, okay? Finn hat heute sicher schon einen Adrenalinkick geplant. Vielleicht zähmt er Krokodile mit bloßen Händen oder fährt Jetski bei Hagel.“

Ich grinse, obwohl mir überhaupt nicht danach ist. Doch es ist schön zu sehen, dass Vee zu ihrem ironisch-trockenen Humor zurückfindet. Sie ist wieder ein kleines Stück mehr sie selbst – zum Glück.

Nur ihre Augen ... ihre Augen haben immer noch dieses Gewittersturm-Grau. Kein Hauch von Türkis heute, kein Aufblitzen, kein Funkeln. Sie sind dunkler als sonst, schwerer.

Ich hoffe – nein, ich bete –, dass alles gut ausgeht.

Dass meine Vee ihre Regenbogenfarben nicht verliert.

Nachdem sie mit Finn telefoniert hat, kommt sie ziemlich angespannt zurück – was ja kein Wunder ist.

„Wie war's?", will ich wissen.

Vee fährt sich mit den Fingern durch die zerzausten Haare – ein hilfloser Versuch, sie zu bändigen. Doch es bringt nichts, sie stehen in alle Richtungen ab. Ich finde ja, dass es süß aussieht. Aber Vee kann einfach nichts entstellen. Sie ist immer wunderschön.

Sie seufzt. „Ach, er hat meine Bitte um ein Treffen gleich als Ego-Schub benutzt und mich gefragt, ob ich ihn sehr vermisst habe. Und dann wollte er mich kurzerhand zum Jetski-Fahren mitnehmen – obwohl ich ihm extra gesagt hatte, dass ich in Ruhe mit ihm reden will. Ich sag's dir, das kann echt heiter werden. Die ganze Sache wächst mir über den Kopf. Ich hab Angst."

Langsam gehe ich zu ihr und breite meine Arme aus.

„Umarmung gefällig? Die gibt's heute gratis – aber nur für dich." Das klang aufgesetzt, ich weiß. Künstlich. Aber mir geht der Gedanke an das Baby in ihrem Bauch nicht mehr aus dem Kopf. Wie soll ich damit nur umgehen? Vielleicht ist es ja auch nur ein Fehlalarm ...

Sie lächelt matt, drückt sich sekundenlang an mich, wirkt dabei aber merkwürdig steif. Dann sagt sie leise: „Ist es okay, wenn du jetzt gehst? Ich will noch mit Cara reden ... und dann einfach mal allein sein. Verstehst du das?"

„Klar", antworte ich schnell.

„Ruf mich an, falls was ist, ja? Ich melde mich spätestens nach Mias Kunststunde, versprochen."

„Ja, aber mach dir keinen Stress. Du wirkst selbst ein bisschen durch den Wind. Ist alles in Ordnung?"

Gespielt fröhlich nicke ich. „Selbstverständlich. Was soll denn sein? Mir geht's gut."

Lüge!, schreit mein Innerstes, das ich kaum noch ignorieren kann. Ich platze gleich. Muss raus. Muss weg. Jetzt.

Also trällere ich noch ein betont lockeres „Bis später dann, Vivienne“, und mache mich aus dem Staub.

Erst als ich – nach einem wahnsinnigen Sprint durch den Regen – klatschnass zu Hause ankomme, fällt es mir auf: Auch ich habe sie bei ihrem Klarnamen genannt. Vivienne. Irgendwie fühlt es sich falsch an. Und doch kann ich nichts dagegen tun.

Ich stürme in mein Atelier. Und male. Male Schwarz auf Schwarz, so lange, bis mir die Farbe ausgeht und ich erschöpft auf dem Boden zusammenbreche.

Meine Vergangenheit hat mich eingeholt. Ich kann das nicht. So gern ich für Vee da sein will – es zerreißt mich.

Aber sie braucht dich jetzt!, mahne ich mich. Also beschließe ich, alles zu tun, was ich kann, um ihr zu helfen. Ohne mich selbst dabei zu verlieren.

Nach der Kunststunde mit Mia – in der ich mehr Zuschauer als aktiver Lehrer war – blickt mich sogar mein Ex-Kollege Damian Meyers seltsam an.

„Hör mal ... ist alles okay mit dir? Ich weiß ja, dass du viel durchgemacht hast, aber heute wirkst du richtig abwesend. Bei unserem Telefonat hast du vor Ideen geradezu gesprüht. Was hat sich verändert? Und steht die Sache überhaupt noch? Soll ich mich dazu mal ein bisschen kundig machen?“

Ich weiß, worauf er anspielt, und nicke kraftlos. „Ja, kannst du machen. Wer weiß ... vielleicht kannst du ja mehr in Erfahrung bringen.“

Er kneift die Augen zusammen, mustert mich mit diesem scharfen Blick, der mir früher schon manchmal auf die Nerven ging – einfach, weil er fast immer recht hatte. „Noah, das klingt aber nicht gerade begeistert. Du wolltest doch was bewegen, was verändern. Ich fand die Idee super. Also mach was draus, hörst du?“

„Ja.“

Etwas verhalten antworte ich. „Es bleibt dabei. Ich bin heute nur ein bisschen abgelenkt.“

„Bist du traurig?“ Mia steht plötzlich vor mir, hält ihren rotgetünchten Pinsel wie ein Zepter in die Luft und bedeutet mir mit einem Nicken, mich zu ihr zu beugen.

„Ja, ich glaube schon. Vermutlich habe ich heute einen schlechten Tag erwischt, aber mach dir keine Sorgen. Das vergeht. Kann ich etwas für dich tun?“, frage ich und gehe in die Knie, wie sie es von mir verlangt.

Ohne zu zögern, tupft sie mit dem Pinsel auf meine Nasenspitze. „Jetzt siehst du wie ein Clown aus. Dann kannst du auch wieder fröhlich sein.“ Sie grinst breit, mit der Überzeugung einer Fünfjährigen, die weiß, dass Kunst heilen kann. „Damian hat gesagt, dass man alles zur Leinwand machen kann. Jetzt male ich einfach auf dir ein Bild.“

Irgendetwas in mir löst sich. Für einen Moment verschwindet der Kloß in meiner Kehle. Ich grinse. „Richtig, Mia. Tob dich ruhig an mir aus und male mir ins Gesicht, was immer du willst.“ In diesem Moment bin ich Damian unglaublich dankbar, dass er ihr ausgerechnet die abwaschbaren Wasserfarben gegeben hat.

Rund zehn Minuten später halte ich mir mit einer Mischung aus Fassungslosigkeit und Belustigung den Bauch, während ich in den Spiegel blicke, den Damian mir hinhält.

Ich sehe wirklich wie ein Clown aus. Mia hat sich ausgetobt – mit Herzblut und Hingabe. Und ich … ich fühle mich zum ersten Mal seit Stunden wieder lebendig.

Ein plötzlicher Impuls lässt mich mein Handy zücken. Vielleicht könnte das Vee ein Lächeln schenken. Ich verziehe mein Gesicht so albern wie möglich, strecke die Zunge raus, und winke Mia zu mir. „Komm, große Künstlerin. Zeit für ein Selfie mit deinem neuesten Werk.“

Sie stellt sich stolz neben mich und ich schieße ein Foto von uns. Mit den Worten

„Eine große Künstlerin und ihr neuestes Werk“,

sende ich es an Vee.

Über eine Stunde vergeht, bis endlich eine Antwort kommt – ein einziges Zeichen. Ein Daumen nach oben. Inzwischen habe ich Mia nach Hause gebracht und sitze nun allein im Wohnzimmer, den Blick auf die Terrasse gerichtet. Draußen liegt Dunkelheit über allem – schwer, drückend, lautlos. Ich erinnere mich, wie Vee mal sagte, sie finde diesen Ort irgendwie schön. Für mich ist er einfach nur düster. Wie meine Bilder. Wie meine Gedanken.

Dann vibriert das Handy.

„Hey, sei mir bitte nicht böse, aber ich möchte heute gern den Abend mit Cara verbringen und ihr alles erzählen. Morgen würde ich gerne ein bisschen chillen und mich erholen. Ist das in Ordnung für dich?"

Ich tippe schnell:

„Klar."

Doch in mir macht sich ein seltsames Gefühl breit. Ein schlechtes Gewissen. Und gleichzeitig ... Erleichterung. Ich kann ihr nicht gegenübertreten. Nicht mit dem Wissen, dass da ein Kind in ihr heranwächst.

Es erinnert mich zu sehr an damals. Und der Gedanke daran, was ich alles verloren habe, zerreißt mich. Die alten Wunden brechen wieder auf – so tief, dass ich das Gefühl habe, meine Seele blutet.

Aber ich will für Vee da sein. Ich muss für sie da sein. Also schreibe ich ihr. Immer wieder. Schicke Nachrichten, versuche, sie abzulenken, sie zum Lachen zu bringen. Ich will ihr zeigen, dass sie nicht allein ist. Auch wenn ich mich selbst manchmal nicht wiedererkenne.

Wir chatten den halben Abend. Vee bleibt freundlich, reagiert schnell – aber sie bleibt auch seltsam sachlich. Fast ... mechanisch. Kein Wort über Finn. Kein Wort über die Schwangerschaft. Ich spreche es einmal an. Sie weicht aus.

Kaum bin ich am nächsten Morgen aufgewacht, denke ich wieder an sie. Ich schieße ein völlig albernes Selfie mit Zahnbürste im Mund und wünsche ihr einen wundervollen Tag.

Kurz darauf bekomme ich eine Sprachnachricht. Ihre Stimme klingt gefasst – zu gefasst – und etwas in mir zieht sich zusammen. Entschlossen tippe ich:

„Wie hat Cara eigentlich reagiert? Und wann sagst du es deinen Eltern?“

Es vergeht fast eine Stunde, bis ihre Antwort kommt.

„Sorry, war gerade unter der Dusche. Cara war wie immer toll. Meinen Eltern sage ich es nachher. Alles gut bei mir, das bekomme ich schon hin. Mach dir keine Sorgen.“

Es klingt ... okay. Aber irgendwie auch nicht. Ich will ihr glauben. Muss es sogar. Und trotzdem – etwas stimmt nicht.

Die Tage vergehen und wir schreiben uns täglich, tauschen Sprachnachrichten aus. Meine sind humorvoll, überspielt, voller kleiner Gags. Ihre Antworten sind freundlich, aber zurückhaltend. Oberflächlich. Unkonkret.

Einmal telefonieren wir und es ist schön, ihre Stimme zu hören. Aber irgendwie klingt sie seltsam fremd und kühl.

Ich erfahre, dass Finn sich noch nicht mit ihr getroffen hat aufgrund von Zeitmangel. Und laut Vee haben ihre Eltern überraschend cool reagiert. Außerdem erzählt sie mir, dass Cara jeden Tag für sie da ist.

Es klingt ... perfekt.

Bis zu dem Abend, an dem ich Cara zufällig sehe. Joggend. Allein. Ich nutze die Gelegenheit und laufe zu ihr.

„Hey Noah. Alles gut?“ Sie klingt überrascht, aber freundlich. Ich will sofort fragen, wie es Vee geht, aber da sagt sie: „Schade, dass Vivi gerade kaum Zeit hat. Sonst könnten wir alle zusammen laufen."

Ich runzle die Stirn. „Wie meinst du das?"

„Na ja, sie hat diesen neuen Job bei dieser Modefirma angenommen. Seitdem ist sie kaum noch zu erreichen. Oder schreibt sie dir etwa öfter? Ich stand sogar vorhin bei ihr vor der Tür – aber sie hat nicht aufgemacht. Robin, ihr Nachbar, kam gerade vorbei und meinte, er hätte sie die ganze Woche nicht gesehen. Muss echt stressig sein, dieser neue Job."

Sie seufzt und schüttelt den Kopf. „Ich hätte nie gedacht, dass sie die Stelle annimmt. Sie liebt doch ihre Charity-Arbeit. Und jetzt ... keine Zeit mehr für irgendwas. Weißt du mehr?"

Ich kann nicht glauben, was ich da höre. Eine Gänsehaut überzieht meine Arme. Langsam fließt die Erkenntnis wie Eis durch meine Adern und zurück bleibt völliges Entsetzen. „Und sonst ... hat sie dir nichts erzählt?", frage ich und bemühe mich, völlig normal zu klingen.

Cara zuckt mit den Schultern. „Nein. Sie ist irgendwie wortkarg in letzter Zeit. Ich mache mir ehrlich gesagt Sorgen. Vielleicht ist sie überlastet. Aber sie meldet sich bestimmt oft bei dir, oder?"

Ich nicke. „Klar. Wir schreiben jeden Tag." Mein Herz hämmert wie wild, rast durch meine Brust, bis es sich plötzlich verkrampft, als würde jemand von innen die Luft abschnüren. Ich kämpfe darum, ruhig zu bleiben. Normal zu wirken.

Cara hat keine Ahnung. Nicht mal im Ansatz. Sie weiß nichts von der Schwangerschaft. Von Finn. Von dem ganzen Scherbenhaufen. Sie hat Vee nicht einmal gesehen.

Warum ... warum belügt Vee uns beide?

Die Geschichte mit dem angeblichen Jobwechsel – die ist doch auch erstunken und erlogen. Eine billige Ausrede, um sich Zeit zu verschaffen. Aber wofür?

Was, um Himmels willen, geht in ihr vor?

Warum zieht sie sich zurück? Warum stößt sie ausgerechnet die weg, die sie am besten kennen?

Ich presse die Lippen aufeinander, doch die Unruhe in mir wächst. Ich kann das Cara nicht sagen. Das muss Vee selbst tun. Die beiden sind so eng miteinander – ich darf da nichts zerstören. Also lächle ich, als wäre alles in bester Ordnung. „Hör mal, ich muss los", sage ich und bemühe mich, ruhig zu klingen. „Aber bleib bitte an ihr dran, ja? Schreib ihr weiter." Den letzten Satz hätte ich vielleicht für mich behalten sollen. Aber ich konnte nicht anders.

Cara nickt und lächelt nichtsahnend. „Na klar. Ich schau in den nächsten Tagen noch mal bei ihr vorbei und warte einfach, bis sie auftaucht – irgendwann muss sie ja nach Hause kommen." Dann winkt sie mir zu und joggt weiter, leichtfüßig, als wäre alles ganz normal. Kein Wunder – sie ahnt ja nicht, dass hier längst etwas gewaltig aus dem Ruder läuft.

Ich halte es keine Sekunde länger aus. Greife nach dem Autoschlüssel, springe ins Auto und fahre los. New Yorker Stau? Soll er doch toben. Ich muss zu Vee. Jetzt. Irgendetwas stimmt nicht. Und das Gefühl sitzt mir wie ein Gewicht im Nacken.

Als ich bei ihr ankomme, hämmere ich auf die Klingel. Wieder und wieder. Zuerst bleibt alles still. Dann – endlich – ein Geräusch hinter der Tür. Sie öffnet langsam.

Und sofort sehe ich es: Ihre Haut ist fahl, unter den Augen dunkle Schatten, die Hände zittern. „Noah ...", flüstert sie – und ihre Stimme bricht mitten im Wort.

„Vee, ich habe gerade Cara getroffen. Sie weiß von nichts, gar nichts. Was ist los?"

Sie schüttelt nur den Kopf, Tränen laufen über ihre Wangen. „Bitte geh. Ich kann das gerade nicht."

„Du kannst mir alles sagen. Und Cara auch."

„Nein!", Ihre Stimme wird laut. „Genau das ist das Problem!", ruft sie. „Wenn ich's ausspreche, wird es real. Und das darf nicht sein."

„Aber es ist real. Und du bist nicht allein." Ich sehe ihre abgrundtiefe Verzweiflung, würde sie gerne in die Arme schließen. Doch ich tue es nicht, weil ich instinktiv fühle, dass sie Abstand braucht.

Sie schließt für einen Moment die Augen, als müsste sie gegen sich selbst kämpfen. Dann flüstert sie: „Geh jetzt. Ich möchte allein sein." Und dann ... schließt sie einfach die Tür.

Unschlüssig bleibe ich stehen, überlege, dann lehne ich mich mit dem Rücken an die Wand und lasse mich langsam nach unten gleiten. Ich kann spüren, dass sie noch da ist – auf der anderen Seite der Tür. So nah und doch unendlich weit weg von mir. Die Tür zwischen uns ist nicht besonders dick – älteres Holz, rissige Dichtung. Ich weiß nicht, ob sie mich hören will. Aber sie könnte.

Minutenlang sage ich nichts. Atme einfach nur, bleibe hier. „Vee, kannst du mich hören? Ich werde nicht gehen, ich bleibe hier – bei dir."

KAPITEL 12

Vivi: Er ist immer noch hier

Ich stehe immer noch hinter der Tür.

Kein Schritt. Kein Wort. Nur sein Atem, gedämpft durch das morsche Holz, das uns trennt. Ich presse die Hand gegen meinen Mund, damit er nicht hört, wie mir ein Schluchzer entgleitet. Mein Herz hämmert so laut, dass ich sicher bin, er muss es hören – oder fühlen, dort draußen, wo er sitzt, mit dem Rücken an meiner Wand.

Warum geht er nicht? Warum bleibt er?

Ich habe ihn fortgeschickt, habe die Tür geschlossen, weil ich nicht wollte, dass er mich so sieht. Weil ich es selbst kaum aushalte, mich so zu fühlen: leer, zerbrochen, verzweifelt und voller Zukunftsängste sowie Selbstzweifeln.

Und jetzt ist da Noah. Der Einzige, der all das sehen könnte – der es vielleicht schon sieht, obwohl ich mich so sehr bemüht habe, es zu verbergen. Ich lehne die Stirn gegen das kühle Holz, schließe die Augen.

Seine Stimme ist leise, rau. „Vee, kannst du mich hören? Ich werde nicht gehen, ich bleibe hier – bei dir."

Etwas in mir will antworten. Etwas anderes in mir schreit: Nicht. Öffnen.

Ich habe Angst, was passiert, wenn ich ihn reinlasse. Ich könnte zusammenbrechen – und nie wieder aufhören zu weinen. Wenn Noah mich so sieht, wird er jeden Respekt verlieren. Jede Zuneigung, die vielleicht da war, wird verschwinden. Wie oft haben meine Eltern mir eingebläut, Haltung zu bewahren – in jeder Situation. Nie zeigen, wie es einem wirklich geht. „Reiß dich zusammen, Vivi. Stärke zeigt sich in Kontrolle." Doch all ihre Ansprachen haben nichts gebracht. Ich habe versagt, bin ein jämmerlicher Haufen Nichts und unfähig, mich der Realität zu stellen. Ich bin keine Mutter, dafür bin ich zu schwach, habe mein Leben nicht im Griff, bin viel zu chaotisch. Ein Kind braucht feste Strukturen. Und garantiert keine Wohnung, die meinen Eltern gehört, weil ich sonst nicht genügend Miete aufbringen könnte.

„Vee?", höre ich seine Stimme gedämpft, aber dennoch klar verständlich zu mir durchdringen. „Ich weiß, dass du mich nicht reinlassen willst. Und das ist okay."

Er klingt ruhig. Keine Spur von Drängen. Kein Vorwurf. „Aber ich bleibe trotzdem hier. Nicht, weil ich glaube, dass ich irgendwas besser machen kann. Sondern weil ich weiß, wie es sich anfühlt. Wenn man nicht mehr weiß, wohin mit sich."

Ich schlucke hart. Die Tränen brennen in meinen Augen, aber ich zwinge mich, sie nicht zuzulassen. Nicht mal, wenn er mich gar nicht sehen kann.

Noah spricht einfach weiter. Er scheint nicht zu erwarten, dass ich antworte oder irgendwie reagiere.

„Ich habe bisher kaum jemandem davon erzählt. Nicht wirklich. Vielleicht, weil ich Angst hatte, dass es dann wieder real wird. Oder weil ich dachte, ich müsste stark sein. Aber weißt du … ich hatte mal eine Familie."

Er macht eine Pause. So lang, dass ich schon denke, er sei gegangen. Doch dann fährt er leise fort: „Meine Frau, Rosy – von ihr habe ich dir ja schon erzählt. Aber da war noch jemand: unser Kind. Rosy war im achten Monat, als ihr Wagen von der Straße abgekommen ist und sie frontal gegen einen Baum crashte. Sie war sofort tot. Unser Sohn hätte noch eine minimale Chance gehabt. Aber die Ärzte sagten … er hatte zu lange keinen Sauerstoff. Ich durfte ihn einmal halten, bevor sie ihn gehen ließen. Bevor ich mich für immer von ihm verabschieden musste."

Mein Herz zieht sich schmerzhaft zusammen. Ich rutsche langsam an der Tür hinunter, bis ich auf dem Boden sitze. Leise. Ungesehen. Ich höre meinen eigenen Atem, viel zu flach.

„Seitdem hab ich gelernt zu funktionieren. Ich hab gelächelt, genickt, geantwortet, wenn Leute gefragt haben, wie's mir geht. Aber innen ... war es leer. Still. Kalt." Ein dumpfer, leiser Schlag ertönt. Wahrscheinlich hat er den Kopf gegen die Tür gelehnt.

Ich stelle mir vor, wie er da sitzt. Die Schultern schwer. Die Stimme fast zu ruhig. Ich wusste, dass er seine Frau verloren hat. Aber auch sein ungeborenes Kind? Seinen Sohn? Plötzlich ergibt alles Sinn. Deshalb hat er so seltsam auf meine Schwangerschaft reagiert. Weil sie ihn an die Familie erinnert, die er verloren hat.

Und ich? Ich sitze hier – voller Verzweiflung, voller Angst – obwohl in mir neues Leben heranwächst. Noah muss denken, ich sei ein schlechter Mensch. Dass ich das Baby nicht verdient habe, weil ich es nicht zu schätzen weiß.

Leise spricht er weiter, seine Stimme rau und brüchig. „Ich erzähle dir das nicht, um Mitleid zu bekommen. Sondern damit du weißt, dass ich das verstehe. Diesen Wunsch, sich zu verstecken. Dieses Gefühl, nicht genug zu sein. Nicht stark genug. Nicht gewollt."

Ja. Genau so fühle ich mich. Als wäre ich nicht genug und könnte es nie sein. Eine Träne läuft über meine Wange. Ich wische sie unbeholfen weg. Aber da, wo sie herkommt, folgen ihr viele weitere hinterher.

„Ich weiß ja nicht, wie Finn auf die Nachricht reagiert hat oder ob er es überhaupt schon weiß. Aber er ist ein verdammter Idiot, wenn er das Kind nicht will. Ich möchte, dass du eines weißt, Rainbow: Ich werde da sein. Nicht, weil ich mich als Held aufspielen möchte. Sondern weil ich einfach ... da sein will. Für dich. Und für das Baby. Für euch beide. Du bist inzwischen der wichtigste Mensch in meinem Leben. Ohne dich hätte ich noch weitere Jahre in Dunkelheit verbracht. Du bist es, die mich wieder hoffen gelehrt hat. Mit dir kann ich lachen, kann ich atmen. Mit dir fühle ich mich wieder wie ein Mensch – nicht wie ein Tier, das sich verkrochen hat und nur noch auf sein Ende wartet."

Meine Kehle schnürt sich zu. Ich presse die Hand an meinen Bauch. Mein Kind und ich sind nicht mehr allein. Nicht mehr ganz.

„Ich geh nicht, Vee. Ich bleib hier sitzen. So lange, wie du willst. Wenn du mich rausschmeißt – okay. Aber ich möchte, dass du weißt: Du musst das nicht allein durchstehen. Und jede Wette, dass Cara dir jegliche Unterstützung gibt, die sie geben kann. Sie würde sich ein Bein für dich herausreißen – und für das Kind auch. Du kannst es ihr erzählen. Sie ahnt sowieso schon, dass etwas nicht stimmt."

Cara ... ja. Sie hat schon mehrmals vor meiner Tür gestanden. Aber ich konnte sie nicht hereinlassen. Dann hätte ich darüber reden müssen – und das wollte ich nicht. Ich hatte solche Angst, dass es dadurch erst real wird.

Eine Weile sitzen wir schweigend da. Seine Worte haben etwas mit mir gemacht. Sie haben etwas in Bewegung gesetzt. Hoffnung. Und Scham: Noah trauert um sein Kind, während ich am Boden zerstört bin, weil ich eines bekomme.

„Es ist nicht so, dass ich das Kind nicht haben möchte, Noah", flüstere ich schließlich. „Ich werde mich darum kümmern. Alles dafür tun, dass es ein gutes Leben hat – und sich geliebt fühlt. Aber ich habe so furchtbare Angst, es nicht zu schaffen, eine schlechte Mom zu sein. Ich glaube, ich bin unfähig. Irgendwie fehlen mir wohl die Muttergene. Mein Kind soll nicht unter meinen Fehlern leiden."

Noah räuspert sich. „Vee, bei allem Respekt – aber da täuschst du dich. Dein Baby kann sich glücklich schätzen, so eine wundervolle Mom zu bekommen. Du bist liebevoll, humorvoll, hast ein riesiges Herz und so viel Einfühlungsvermögen. Du bist engagiert, hilfsbereit – und wirst dein Kind zu einem fantastischen Menschen erziehen. Genau wie du einer bist."

Einige Sekunden vergehen. Ich halte den Atem an. Dann spricht er leise – kaum hörbar: „Du bedeutest alles für mich, Vee, das hätte ich dir schon längst sagen sollen. Aber ich war ein verdammter Feigling. Du jedoch bist mutig und der beste Mensch, den ich je getroffen habe. Und ich weiß jetzt schon, dass dein Kind dich anbeten wird. So wie ich es tue."

Die Stille danach ist wie ein Dammbruch. Ich weine. Lautlos. Schluchzend. Und doch ... fühle ich mich nicht mehr ganz so allein. Langsam stehe ich auf, auf zittrigen Beinen. Vorsichtig öffne ich die Tür – und sehe ihn an.

Noah.

Er lächelt. „Wir schaffen das, Vee. Du bist nicht allein. Das verspreche ich dir."

Ich kann gar nicht anders, als ihm zu glauben. Alles an ihm – sein Blick, seine Stimme, seine Haltung – ist so ehrlich, so aufrichtig, dass seine Zuversicht sich in mir ausbreitet.

Und plötzlich ist Noah derjenige, der mich rettet. Mich – und mein Kind.

Ich starre ihn einen Moment lang einfach nur an. Mein Herz klopft laut und unsicher. Dann trete ich einen Schritt zurück, um ihn hereinzulassen – kaum merklich, aber genug, damit er es versteht.

Noah zögert nicht. Er steht auf, geht langsam durch die geöffnete Tür und bleibt ganz nah vor mir stehen. Wir sagen kein Wort. Es ist nicht nötig. Stattdessen streckt er die Arme aus – zögerlich, vorsichtig –, als wolle er fragen, ob er darf. Ich nicke kaum sichtbar, und in der nächsten Sekunde schließt er mich in seine Arme.

Er hält mich fest, so fest, als wolle er mich zusammensetzen, Stück für Stück, so als könnte seine Umarmung das zerbrochene Gefühl in mir wieder ganz machen.

Ich vergrabe mein Gesicht an seiner Brust. Atme ihn ein. Und plötzlich lösen sich die letzten Reste meiner Zurückhaltung. Ich klammere mich an ihn, presse mich an seinen warmen Körper und lasse mich für einen Moment einfach nur halten.

Minutenlang stehen wir so da. Oder vielleicht länger. Es fühlt sich jedenfalls an wie eine kleine, wunderbare Ewigkeit.

Als er sich leicht von mir löst, um mir ins Gesicht zu sehen, weiß ich, dass ich ihn wirklich hereingelassen habe. Nicht nur in meine Wohnung – sondern auch in mein Leben.

Noah streicht mir sacht eine Haarsträhne aus dem Gesicht. „Komm“, sagt er nur leise und ich nicke.

Gemeinsam gehen wir zur Couch, ich ziehe die Decke über uns, kuschle mich an ihn, so nah, wie es nur geht. Seine Arme liegen schützend um mich. Mein Kopf ruht an seiner Schulter.

Zum ersten Mal seit dem Augenblick, in dem sich der leise Verdacht in mir regte, dass ich schwanger sein könnte, kann ich wirklich loslassen. Mein Körper entspannt sich, und meine Gedanken werden stiller, sanfter – als würde jemand endlich den Lärm in mir leiser drehen.

Ich spüre seinen Atem, gleichmäßig und ruhig. Und irgendwann, ganz von selbst, gleiten auch meine Augen zu.

Ich schlafe ein. Bei ihm. Mit ihm.

Als ich aufwache, ist das Zimmer in weiches Morgenlicht getaucht. Für einen Moment bin ich verwirrt – doch dann spüre ich seine Wärme neben mir.

Noah liegt noch da, halb auf die Seite gedreht, und sieht mich an. Er lächelt. Zärtlich, liebevoll, mit diesem Ausdruck in den Augen, der mir das Herz schwer und leicht zugleich macht.

„Guten Morgen“, murmelt er.

Ich bringe nur ein leises „Hi“ hervor, aber das reicht. Er streicht mit dem Daumen über meine Wange, bevor er sich aufsetzt.

„Frühstück?“, fragt er.

Wenig später stehen wir gemeinsam in der kleinen Küche. Ich finde noch ein paar Bagels, Noah toastet sie, schneidet Tomaten, streicht Frischkäse drauf, brät Eier. Es ist nichts Besonderes – und gerade deshalb fühlt es sich so richtig an. Als hätten wir das schon hundertmal getan und als dürften wir es noch hundertmal tun.

Wir setzen uns an den Tisch, essen langsam. Er reicht mir die Butter, ich ihm den Saft. Und dann, als der erste Hunger gestillt ist, rutsche ich unruhig auf meinem Stuhl hin und her. Jetzt möchte ich, dass er alles erfährt, über alles Bescheid weiß. Auch wenn es mir schwerfällt, darüber zu reden. „Ich habe Finn getroffen und es ihm erzählt“, beginne ich. Meine Stimme klingt dünn. „Hab ihm gesagt, dass ich schwanger von ihm bin."

Noah sieht mich aufmerksam an. Er sagt nichts, wartet einfach.

„Zuerst gab er sich verständnisvoll. Er meinte, er stehe zu seiner Verantwortung und würde mich nicht hängen lassen. Einen Moment lang dachte ich wirklich, dass er für das Kind da sein will. Und dann …" Ich schlucke. „Dann hat er mir einen Scheck hingestreckt. Hat gesagt, das sollte alle nötigen Kosten abdecken – um das Problem loszuwerden."

Ich atme tief ein, sammle mich. Die nächsten Worte tun weh, aber sie müssen raus. „Ich konnte nicht glauben, was ich da hörte. Habe ihn nur fassungslos angestarrt. Und er – er hat einfach weitergeredet. Ohne Pause. Wie ein Wasserfall. Hat gesagt, ich könne doch nicht ernsthaft in Erwägung ziehen, das Kind zu behalten. Dass ich nicht nur mein eigenes Leben ruiniere, sondern auch seines. Ich wurde wütend, Noah. Richtig wütend. Ich habe ihm gesagt, dass ich das Baby will. Dass es keine Diskussion gibt. Und weißt du, was er dann gesagt hat?" Meine Stimme bricht. Tränen steigen in meine Augen, brennen heiß und ungefiltert.

Noah schüttelt wortlos den Kopf, sein Kiefer angespannt, sein Blick voller Zorn. Er rutscht unruhig auf dem Stuhl hin und her, als müsste er sich zusammenreißen, nicht aufzuspringen und loszurennen.

„Er meinte wortwörtlich, dass er mit dem Scheiß nichts zu tun haben will. Dass ich alleine dastehe, wenn ich das wirklich durchziehe … und dass ich auf ihn in keiner Weise zählen kann." Ich presse die Lippen zusammen. „Dann ist er aufgestanden, hat den Scheck zerrissen und mir die Fetzen vor die Füße geworfen. *Ich will davon nichts mehr hören – und nichts mehr von dir.* Das waren seine letzten Worte." Ich starre auf meinen halb gegessenen Bagel. „Ich weiß nicht, was ich erwartet habe. Sicher nicht viel. Aber nicht das."

Die Stille, die danach entsteht, ist schwer. Sie legt sich über den Raum wie ein dichter Nebel. Ich kann Noahs Atem hören, tief und gepresst, als würde er jeden Impuls unterdrücken, irgendetwas zu zerschlagen. Doch er tut nichts davon. Stattdessen steht er auf. Langsam, ohne Hast, kommt er zu mir.

Ich spüre seine Nähe, fühle seine Wärme. „Du stehst nicht allein da,

Vee“, sagt er leise, rau. „Außerdem: Du und das Baby ... ihr habt Rechte. Und ich werde dir helfen, sie durchzusetzen. Finn ist ein unglaublicher Idiot.“

Noah legt seine Hand über meine. „Er ist blind, Vee. Blind für das, was er verlieren wird. Aber du ... du bist nicht allein, okay?“

Ich nicke. Es ist nicht einmal mehr die große Enttäuschung, die wehtut – eher dieses leere Echo in mir. „Aber die Wohnung ...“ Mein Blick schweift durch den Raum: die enge, wenn auch moderne Küchenzeile, das schicke Ledersofa meiner Eltern ... Nirgendwo hätte ein Babybett Platz. „Sie ist viel zu klein. Ich weiß nicht, wie das gehen soll. Und meine Eltern – ich kann und will sie nicht um Geld anflehen. Es wäre nur eine weitere Bestätigung für sie, dass ich versagt habe. In ihren Augen bin ich sowieso die größte Enttäuschung ihres Lebens. Meine Mom wird ausrasten, wenn sie erfährt, dass ich schwanger bin. Sie wird mir das Leben zur Hölle machen.“

Noah zieht die Brauen zusammen, sieht mich ernst an. Seine Stimme bleibt ruhig. „So etwas habe ich mir gedacht. Ich hab geahnt, dass du es ihnen noch nicht gesagt hast. Aber ... ich habe eine andere Idee.“

Er zögert kurz, dann spricht er weiter: „Wie wäre es, wenn du zu mir kommst – nur, wenn du magst. Kein Druck, keine sofortige Entscheidung. Aber ich wohne in einem großen, leeren Haus. Platz wäre genug da. Und ihr wärt nie allein. Ich glaube sogar, dass es mir genauso guttun würde wie dir. Du würdest mir einen Gefallen tun. Ein Baby im Haus ... das würde Leben in die alten Mauern bringen. Und die Stille vertreiben.“

Seine Stimme wird weicher. „Du und das Baby, ihr könntet das obere Stockwerk ganz für euch haben. Rückzug, Privatsphäre – ohne Einsamkeit. Wir könnten es so gestalten, wie du willst. Renovieren, einrichten – Sam hilft bestimmt, Cara auch. Ein bisschen Farbe, freundliche Stoffe, ein paar Möbel ... So teuer wird das nicht. Glaub mir. Wir schaffen das, zusammen.“

„Das würdest du für mich tun?“ Gerührt sehe ich ihn an. Wie kann ein Mensch so ... gut sein? Nach allem, was er durchgemacht hat, öffnet er mir sein Zuhause – und sein Herz. Wieder kullert mir eine Träne über die Wange.

Noah beugt sich vor, küsst sie sanft fort. „Vee“, flüstert er, „wir schaffen das. Zusammen. Willst du das?“ Er sieht mich an, ehrlich, offen, ohne Eile.

Ich zögere. Nicht, weil ich es nicht will – sondern weil ich Angst habe, dass dieser Moment zu schön ist, um wahr zu sein. Doch dann greife ich nach seiner Hand. Nur eine leichte Berührung. Aber sie bedeutet die Welt für mich. Und plötzlich merke ich, wie meine Schultern sich senken. Wie ich loslasse.

„Noah?“ Ich sehe ihn an, ringe mit den Worten. „Ich will keine Belastung für dich sein. Ein Neugeborenes ist laut, schreit viel, weint viel – oft auch nachts. Ich möchte dir das nicht aufbürden.“

Er sieht mich ernst an, aber liebevoll. „Vee, das ist keine Zumutung. Das ist ein Neuanfang. Für uns beide. Egal, wie es mit uns weitergeht – jetzt zählt, dass du nicht allein bist. Dass das Baby nicht allein ist. Und auch ich nicht mehr. Dank dir sehe ich wieder Licht. Und jetzt will ich dir etwas davon zurückgeben.“

Seine Hand schließt sich fester um meine. „Wir tun uns gut, Vee. Wir gleichen uns aus. Vielleicht ... retten wir uns gerade gegenseitig.“

Ich glaube ihm.

Und zum ersten Mal ertappe ich mich dabei, wie ich mich auf das freue, was kommt – auf die kommenden Monate, auf die ersten zaghaften Tritte, das erste Ultraschallbild, auf kleine Socken und schlaflose Nächte. Auf das kleine Wesen in meinem Bauch.

Die Angst ist noch da. Aber sie hat sich in die hintersten Winkel meines Herzens zurückgezogen – um der Zuversicht Platz zu machen.

Ich lehne mich an ihn, einfach so. Atme tief ein und spüre, wie mein Herz ruhiger schlägt.

Noah und ich. Wir werden das Kind schon schaukeln.

„Welche Farbe davon ist für das Kinderzimmer gedacht?“, fragt Cara und deutet auf die Parade von Farbeimern, die sich wie eine schlecht organisierte Kunstausstellung in Noahs Eingangsbereich stapeln.

„Hm, lass mal sehen." Ich mustere die Eimer und ziehe schließlich den mit dem sanften Mintgrün heraus. „Voilà. Das hier ist Krümelchens zukünftiges Reich. Zweite Tür rechts oben, gleich neben meinem Schlafzimmer."

Cara grinst. „Ah, clever. Der Farbton funktioniert für Mädchen genauso gut wie für Jungs, was?"

Ich zwinkere. „Exakt. Genderneutrale Nestbaukompetenz 2.0."

Sie nimmt mir den Eimer aus der Hand. „Gib her. Schwangere dürfen nicht schwer tragen – das weiß doch jedes Kind mit Grundschulabschluss."

Ich will gerade kontern, doch als ich sie genauer ansehe, stutze ich. Ihre Augen sind leicht gerötet und ein bisschen geschwollen. Moment mal … hat sie etwa geweint?

Oben angekommen, lasse ich mich direkt auf den Boden sinken und klopfe auf den Platz neben mir. „Okay, raus mit der Sprache. Was ist los, Cara? Ich seh doch, dass dich was belastet."

Zuerst weicht sie meinem Blick aus, spielt mit dem Reißverschluss ihrer Jacke, als hätte sie meine Frage gar nicht gehört. Doch dann, ganz leise: „Ja … da ist tatsächlich was. Aber ich wollte dich nicht noch zusätzlich stressen. Du hast ja schon genug um die Ohren."

Ich schnaube leise. „Entschuldigung – BFFs, ja?" Ich ziehe die Augenbrauen hoch. „Best friends forever. Erinnerst du dich? Das bedeutet: Egal, was ist – wir reden miteinander. Immer."

„Jaaaha …" Sie zieht das Wort lang, zögert noch einen Moment – doch dann bricht es förmlich aus ihr heraus. „Und warum, Frau Forever-BFF, hab ich dann erst nach Noah von deiner Schwangerschaft erfahren? Du warst in einer echten Ausnahmesituation – und hast mich außen vor gelassen. Vivi … ich hab mich gefühlt wie eine Statistin in deinem Leben."

Autsch.

Treffer. Und zwar mitten ins Herz. Ich hab's kommen sehen – nur halt nicht heute. Doch sie hat recht. Mehr als recht. „Es tut mir wirklich leid, Cara.“ Ich senke den Blick, kämpfe gegen das unangenehme Stechen in der Brust an.

„Ich hätte es dir sagen sollen. Von Anfang an. Aber ich ... ich war völlig überfordert. Alles war plötzlich so surreal, so groß. Und ich hab mir eingeredet: Wenn ich’s nicht ausspreche, dann ist es vielleicht auch nicht real. Total bescheuert, ich weiß. Aber in dem Moment ... hat sich das wie der einzige Weg angefühlt.“

Cara schweigt einige Sekunden lang, doch ich merke, dass sie nicht locker lassen wird. „Und Noah?“, fragt sie schließlich. „Ihm hast du’s erzählt. Warum ausgerechnet ihm? Ich mein ... du kennst ihn erst seit einigen Wochen. Wir hingegen sind seit Jahren befreundet.“ In ihrer Stimme liegt keine Wut. Kein Vorwurf, der laut werden will. Nur leiser Schmerz. Gekränkte Nähe. Und das macht es irgendwie noch schlimmer.

Ich atme tief durch, ringe um eine ehrliche Antwort, die nicht klingt wie eine Ausrede. Cara ist meine Familie, auch wenn wir nicht miteinander verwandt sind. Es ist mir wichtig, dass sie versteht, weshalb ich so gehandelt habe. „Ich glaube ... es war eine Mischung aus vielem. Noah hat nicht locker gelassen, das stimmt. Aber ohne zu drängen. Er war einfach da. Still, aber präsent. Und ... er hat sich geöffnet. Hat mir erzählt, dass er selbst mal ... ein Kind verloren hat. Noch ungeboren. Seine Frau damals hat das Baby verloren. Als er mir das erzählt hat, da war plötzlich ... etwas da. Ein Verständnis. So eine Verbindung, die ich nicht erklären konnte. Ich habe mich gesehen gefühlt. Und ... sicher.“

Cara blinzelt und sagt eine Weile nichts. Dann legt sie langsam den Arm um mich. „Oh Mann ... das wusste ich gar nicht. Das ist furchtbar. Kein Wunder, dass du dich ihm anvertraut hast.“ Sie drückt mich leicht an sich. „Ich wünschte nur, du hättest mir das auch zugetraut.“

„Hab ich“, sage ich sofort, ehrlich. „Ich hatte nur so Angst, dass alles noch echter wird, wenn ich es dir sage. Und davor hatte ich am meisten Angst.“

Cara legt einen Arm um mich. „Das kann ich verstehen. Und das mit seinem Baby ist ja schrecklich. Er hat also alles verloren, Frau und Kind.“

„Ja, ich hatte bis dahin auch keine Ahnung. Das hat etwas mit mir gemacht." Ich verknote meine Finger ineinander. „Und dann war da noch die Scham. Vor meinen Eltern, vor dir. Du hast mich oft genug vor Finn gewarnt – und was mache ich? Schlafe ohne Verhütung mit ihm. Wie bescheuert kann man sein?"

„Hey!" Cara sieht mich ernst an. „Du dachtest doch, du könntest keine Kinder bekommen. Okay, da wäre noch die Sache mit den Geschlechtskrankheiten. Also ja, das war dämlich. Aber ganz ehrlich – wer von uns hat nie einen Fehler gemacht? Deiner wird zumindest richtig süß." Sie grinst und sieht auf meinen Bauch. „Krümelchen ist jetzt schon ein kleiner Star."

Ich lächle und lege die Hand auf meinen Bauch. „Ich kann es kaum erwarten, ihn zum ersten Mal im Arm zu halten."

Cara hebt die Augenbrauen. „Ihn?"

Ich zucke mit den Schultern. „Heute fühlt es sich wie ein Junge an. Gestern war's noch ein Mädchen. Ich bin wandelbar."

„Aber bald wisst ihr mehr, oder?"

„Ja, bin jetzt in der 16. Woche. Meine Frauenärztin meint, beim nächsten Termin könnte man was sehen – je nachdem, wie schüchtern Krümelchen sich gibt."

Cara schüttelt den Kopf. „Unfassbar, dass du's so spät gemerkt hast."

„Tja, die Blutungen haben mich auf's Glatteis geführt. Sie waren schwächer als sonst, aber da. Ich dachte, es sei meine Periode. War aber wohl eine sogenannte Schmierblutung – wegen der hormonellen Umstellungen. Hätt' mir ja mal jemand sagen können, dass so was geht."

„Hast du Krümelchen denn schon gespürt?"

Ich runzle die Stirn. „Keine Ahnung. Heute Morgen hat's im Bauch geblubbert. Aber vielleicht war's auch nur der Tomatensalat von gestern Abend. Oder die zwei Becher Joghurt, die ich mir seit Kurzem täglich reinpfeife."

„Ich wette, bald wirst du wissen, was was ist."

„Klingt, als redest du von einem Alien, das mir Morsezeichen schickt."

„Hast recht. Sorry, E.T." Sie lacht kurz, dann wird ihr Blick wieder ernster. „Und, was ist mit Finn? Reißt der sich jetzt endlich mal zusammen?“

Ich schüttle den Kopf. „Nope. Null Einsicht. Aber Noah kümmert sich. Er hat mir einen tollen Familienanwalt organisiert – wir treffen ihn nächste Woche zur Vorbesprechung. Aber zuerst warten wir die Geburt ab. Dann kann man einen DNA-Test machen.“

„Geht das nicht vorher?“

„Theoretisch ja, aber das birgt Risiken fürs Baby. Und ich will kein Risiko. Ich weiß ja, dass Finn der Vater ist – es geht nur noch ums Beweisen, damit er Unterhalt zahlt. Aber jetzt lass uns nicht mehr über ihn reden. Ich kleb die rechte Wand ab, du die linke?“

Cara grinst. „Cool – dann hast du die ganzen Fenster und ich weniger zu tun. Deal! Ich helf dir später aber auf deiner Seite mit, versprochen.“

Mit jeweils einer Rolle Klebeband bewaffnet, machen wir uns an die Arbeit. Das blöde Zeug klebt übrigens zuverlässig überall – außer dort, wo es soll. Während ich fluchend an einem besonders widerspenstigen Stück hänge, kommt mir ein Gedanke. „Moment mal! Du hast vorhin erfolgreich vom Thema abgelenkt. Jetzt aber raus mit der Sprache: Was ist mit Ben. Gab’s Ärger?“

Cara zuckt mit den Schultern. „Na ja. Ich hab vorgestern Schluss gemacht.“

„Wow. Okay. Das kam ... nicht überraschend, aber trotzdem: Was war der Auslöser?“

„Er hat die Katze überhaupt nicht mehr ins Haus gelassen. Und nicht mehr gefüttert. Angeblich wegen meiner Allergie – aber in Wahrheit doch nur, damit ich wieder öfter zu ihm komme. Als sie miaute und vor dem Fenster saß, hat er sie einfach ignoriert! Und dann hat er heimlich meine Sachen eingepackt und zu sich gebracht, damit ich mich da wohler fühle. Als wäre ich ein Ikea-Regal, das man einfach umzieht. Die Katze ... hat er im Tierheim abgeliefert.“

Ich ziehe scharf die Luft ein. „Boah, ist das mies. Und deshalb hast du’s beendet?“

Ich überlege kurz – und plötzlich macht alles Sinn. „Und ... du hast die Kleine wieder aus dem Tierheim geholt, stimmt's? Die roten Augen kommen gar nicht vom Weinen – sondern von deiner Allergie."

Cara seufzt. „Erwischt. Ich konnte sie einfach nicht dort lassen. Jetzt nehme ich Allergietabletten – die leider eher so mittel wirken."

Ich schüttle den Kopf. „Cara, das geht so nicht. Über Ben reden wir später, aber jetzt brauchen wir einen Notfall-Plan. Und ich habe da vielleicht eine Idee. Bleib hier – ich bin gleich zurück."

Bei der Tür zwei Zimmer weiter bleibe ich stehen, lehne mich mit der Schulter an den Rahmen und beobachte Noah. Er kniet auf dem Boden, eine der Schrauben im Mund, während er versucht, die Seitenteile eines schneeweißen Babybetts zusammenzustecken. Sanftes Morgenlicht taucht das Zimmer in goldene, warme Farben. Bis auf Noah und das, was er gerade aufbaut, ist es leer. Und jetzt fällt es mir wie Schuppen von den Augen: Es ist *das* Zimmer.

Der Raum, den keiner betreten durfte. Das Babyzimmer seines ungeborenen, viel zu früh gestorbenen Sohnes.

Ich weiß, welch großer Schritt das für Noah ist, und muss erst einmal schlucken.

„Brauchst du eine dritte Hand?", frage ich schließlich leise.

Noah zuckt zusammen, die Schraube fällt ihm aus dem Mund und rollt über den Boden. „Verdammt", murmelt er, dreht sich halb zu mir um – und als er mich sieht, huscht ein schiefes Grinsen über sein Gesicht. „Ich wollte dich eigentlich überraschen."

„Das hast du." Ich trete langsam näher, jeder Schritt fühlt sich an wie auf ungewohntem Terrain – zu heilig, zu verletzlich, zu neu. „Ich hätte nicht gedacht, dass du …" Ich deute auf das Bettgestell, meine Stimme bleibt irgendwo zwischen Bewunderung und Rührung stecken.

„Ich auch nicht", sagt er schlicht. „Aber ich dachte, wenn dieser Raum jemals wieder atmen darf, dann mit etwas, das Leben bringt. Hoffnung. Kein Schatten mehr. Das Bett ist natürlich fürs Babyzimmer gedacht. Ich habe mich nur hierher verzogen, um es heimlich aufbauen zu können."

Ich schlucke ein weiteres Mal und gehe in die Hocke, direkt gegenüber von ihm. Unsere Knie berühren sich fast, als ich die zweite Seitenteilstrebe festhalte, damit er weiterarbeiten kann.

„Und der Raum hier ... ist der für dich? Oder... für ...?“, frage ich vorsichtig.

Er hält kurz inne, schaut mich an – seine Augen ruhig, ehrlich. „Vielleicht ist es einfach nur für uns. Damit es nicht mehr nur der Raum ist, in dem alles stehen geblieben ist.“

Ein warmes Kribbeln breitet sich in meiner Brust aus. Ich weiß nicht, ob es seine Worte sind oder die Art, wie er sie sagt – so offen, so nah. Ich grinse, ein wenig, um die Stimmung leichter zu machen. „Weißt du, was diesem Zimmer jetzt noch fehlt?“

„Sag’s mir“, sagt er vorsichtig optimistisch.

„Eine Katze.“

Sein Blick verzieht sich zu einem amüsierten Stirnrunzeln. „Eine Katze?“

„Mhm“, sage ich mit ernster Miene. „So ein dickes, faules, flauschiges Fellmonster, das überall Haare verteilt und sich einkuschelt.“

Er lacht leise – dieses raue, warme Lachen, das so selten durchbricht und mich jedes Mal mitten ins Herz trifft. „Ich bin eigentlich eher der Typ Hund.“

„Du hast aber keinen Hund“, kontere ich und ziehe eine Augenbraue hoch.

„Und du hast keine Katze.“

„Noch nicht“, erwidere ich mit einem schelmischen Zwinkern. „Aber Cara hat Bens Katze gerettet. Und obwohl sie allergisch auf Tierhaare reagiert, lebt die Kleine jetzt bei ihr. Auf Dauer geht das nicht – und bei uns hätte sie es richtig gut.“

Ich rücke ein Stück näher, meine Stimme wird weich. „Stell dir das mal vor: Abends nicht mehr allein einschlafen, sondern mit einem kleinen, schnurrenden Fellknäuel an deiner Seite. Das wäre doch gar nicht so schlimm, oder?“ Breit lächele ich ihn an.

Er erwidert mein Lächeln – weich, ehrlich, ohne jede Maske. „Stell dir mal vor, wie begeistert du bist, wenn sich das Vieh ausschließlich in dein Bett legt und sich dort quer über das Kissen ausbreitet.“

„Ich teile gern“, necke ich leise. „Vielleicht wird dieses Zimmer hier ja unser kleiner geheimer Treffpunkt. Ein Raum nur für dich und mich – und die Katze. Während das Baby friedlich schläft, könnten wir uns hier wiederfinden. Ein bisschen heimliches Dating in den eigenen vier Wänden."

Er lächelt, aber diesmal bleibt es nicht nur bei einem amüsierten Blinzeln. Da ist etwas Tieferes in seinem Blick, etwas, das mich unmittelbar trifft. „Ja …" Seine Stimme wird ganz leise, beinahe ein Flüstern. „Aber du kannst auch einfach jederzeit zu mir runterkommen. Ich warte auf dich. Immer."

Kein Scherz. Kein ironischer Unterton. Nur Ehrlichkeit. So roh und klar, dass mir für einen Moment der Atem stockt.

Ich will etwas sagen, irgendetwas – aber in meiner Kehle sitzt ein Kloß, der sich nicht auflösen will. Also nicke ich nur. Langsam. Und lächle. Ein kleines, echtes Lächeln, das ich nicht mehr zurückhalten kann.

Zwischen uns breitet sich Stille aus. Aber sie ist nicht leer. Sie ist weich, vertrauensvoll und voller Dinge, die keiner von uns aussprechen muss, weil sie längst da sind. Noah lehnt sich zurück, stützt sich mit den Händen hinter sich ab, und sieht zur Decke hoch. „Ich habe gedacht, es würde wehtun, hier wieder etwas aufzubauen", sagt er leise. „Aber jetzt, mit dir hier … fühlt es sich irgendwie … richtig an. Leichter."

Ich ziehe die Knie an und umarme sie locker. „Vielleicht, weil du nicht mehr alles allein tragen musst."

Er dreht den Kopf zu mir, und unsere Blicke treffen sich. „Ich weiß nicht, was das hier ist", sagt er schließlich. „Aber es tut verdammt gut."

Ich will ihn berühren. Seine Hand nehmen, ihm zeigen, dass ich genauso fühle. Stattdessen strecke ich langsam ein Bein aus und stupse sanft mit den Zehenspitzen gegen seinen Oberschenkel. „Ich würde sagen, das ist der Moment, in dem du ja zur Katze sagst."

Er schnaubt, hebt eine Augenbraue. „Und wenn ich doch lieber einen Hund will?"

„Dann holen wir den in ein paar Monaten dazu."

„Und wenn die Katze mich hasst? Oder mich kratzt und gemein zu mir ist?"

„Das wird sie nicht. Keiner darf dich hassen, Noah. Und Kratzen und fies sein darf nur ich."

Er lacht wieder, und ich liebe es, dieses Geräusch aus seinem Mund zu hören – weil es selten ist. Weil ich weiß, was dahinter liegt. Und weil ich ahne, dass ich einer der Gründe bin, warum er es wieder kann. So wie er der Grund ist, dass ich wieder lachen kann.

„Na schön", sagt er schließlich und hebt die Hände wie zur Kapitulation, ein kaum sichtbares Lächeln um die Lippen. „Aber solange hier noch gebohrt, gehämmert und gestrichen wird, kann die Kleine erst mal zu meinen Eltern und Sam. Ich denke nicht, dass Baulärm und Farbgeruch ihr helfen, sich hier einzuleben. Und sie soll ja einen guten Start haben. Einen richtigen."

Er sieht mich ernst an, doch seine Stimme ist weich. „Und nur, damit wir uns verstehen: Kein alberner Prinzessinnennamen. Und auf gar keinen Fall ein eigener Instagram-Account."

Ich lache, kann mir das breite Grinsen nicht verkneifen. „Versprochen. Kein Glitzer, kein Social-Media-Zirkus. Nur wir."

Wir bleiben noch einen Moment so sitzen. Seite an Seite. Unsere Schultern berühren sich nicht, aber ich spüre seine Wärme. Und da ist dieses Knistern in der Luft – nicht drängend, nicht laut, aber echt. Ich lehne mich etwas zurück und sehe zu dem fast fertig aufgebauten Bett. Mein Herz zieht sich zusammen – aus so vielen Gründen. „Du wirst ein großartiger Dad für Krümelchen sein, Noah", sage ich plötzlich, ohne vorher darüber nachzudenken.

Er blinzelt, überrascht. Dann wird sein Blick weich. „Das hoffe ich."

Ich drehe den Kopf zu ihm, unsere Gesichter sind jetzt nah. Vielleicht nur eine Handbreit entfernt. „Ich weiß es."

Er sagt nichts, doch seine Augen erzählen mir alles.

Danke. Bleib. Vielleicht sogar: *Ich brauche dich.*

Aber er sagt es nicht. Und ich frage nicht nach.

Noch nicht.

KAPITEL 13

Noah: Rainbow und ich

Ich sitze neben ihr, halte Vees Hand – und könnte schwören, mein Herz schlägt doppelt so schnell wie sonst. Vee hat einen neuen Ultraschalltermin und ich darf dabei sein.

Ihr Bauch wölbt sich bisher nur ganz leicht, kaum sichtbar unter dem T-Shirt. Für die Welt da draußen ist noch nichts zu erkennen – aber ich weiß, was darin heranwächst. Und dass es unser Leben für immer verändern wird.

Vees Haut glänzt vom Gel, das die Ärztin aufgetragen hat, und ich spüre, wie ihre Finger sich fester um meine schließen, als das kalte Gerät über ihren Bauch gleitet. Dann erscheint auf dem Monitor dieses flimmernde, unfassbar kleine Wunder.

Krümelchen.

Mein Herz macht einen Satz. Vor Aufregung, vor Liebe und vor etwas, das ich nicht in Worte fassen kann.

„Da ist sie", sagt Dr. Stephanie Lorenz mit einem warmen Lächeln. „Und – wie's aussieht, wird es ein Mädchen."

Ein Mädchen. Ich blinzle. Noch mal. Und noch mal.

„Ein Mädchen?", wiederhole ich leise – und meine Stimme bricht beinahe vor Rührung und Freude.

Ich drehe mich zu Vee. Ihre Augen sind glasig, sie kämpft mit den Tränen, beißt sich auf die Lippe, um nicht loszuweinen. Ich beuge mich vor und küsse sie auf die Wange. Ganz sanft. So, wie ich alles mit ihr machen möchte. Sanft, bedacht und liebevoll.

„Also gut", sage ich schließlich mit einem kleinen Lächeln. „Ich muss Zöpfe flechten lernen. Und irgendwie mit Unmengen von Glitzer klarkommen."

Vee lacht – ein wackliges, wunderschönes Lachen. „Und rosa. Überall rosa, fürchte ich."

„Kompromiss", murmle ich. „Ich übernehme das Wickeln – du die möglichst klischeefreie Erziehung."

Sie schmunzelt. „Das gilt aber nur, wenn du ihr keine Einhorn-Windeln kaufst."

„Deal." Ich drücke ihre Hand fester und sehe wieder zum Bildschirm. Zu ihr. Zu unserem Mädchen. Krümelchen.

Und plötzlich passiert es.

Etwas in mir klickt. Laut und klar, wie ein Schalter, der umgelegt wird. Nicht mehr: Ich helfe Vee mit dem Baby. Sondern: Ich werde Dad. Punkt.

Wir haben nie ausführlich darüber gesprochen. Es stand immer irgendwie zwischen uns, wortlos, unausgesprochen. Aber neulich hat sie es gesagt – ganz nebenbei. Dass ich ein besserer Dad sein werde, als ihrer es je war. Vielleicht sogar besser als jeder andere. Und sie meinte, sie wüsste ganz genau, wie sehr ich Krümelchen lieben werde.

Ich wollte damals sagen: Genauso sehr, wie ich dich liebe. Aber ich habe geschwiegen. Nicht, weil ich es nicht gefühlt hätte – sondern weil der Moment noch nicht der richtige war.

Vielleicht ist er es immer noch nicht, aber das Gefühl ist es. Groß. Echt. Unvermeidlich.

Und vielleicht weiß sie es sowieso längst und wir müssen es gar nicht aussprechen. Nicht jetzt und nicht sofort.

Denn eines ist sicher: Ich liebe sie, sie liebt mich, und wir lieben beide dieses kleine Wesen da auf dem Bildschirm, das alles verändert hat. Krümelchen. Unsere Tochter.

Draußen ist es frisch, aber die Sonne hat sich einen Weg durch die Wolken gekämpft. Vee läuft schweigend neben mir her, die Hände in den Taschen vergraben. Ich weiß, sie denkt nach. Ich spüre es.

„Alles okay?“, frage ich.

Sie zuckt mit den Schultern. „Ich hab mit meinen Eltern gesprochen.“ Allein die Art, wie sie das sagt, bringt mein Herz auf Abwehrhaltung. „Und?“

„Meine Mutter hat gesagt, ich hätte mein Leben ruiniert. Und dass … dass ich wohl selbst schuld sei, wenn ich irgendwann ganz allein ende.“ Ihre Stimme zittert. „Mein Vater hat nichts gesagt. Nicht wirklich. Aber er hat sie auch nicht gestoppt.“

Ich bleibe stehen. Drehe sie zu mir. „Vee“, sage ich leise, aber bestimmt. „Hör mir zu: Du bist nicht allein. Du hast Cara, sogar Sam, der sich bei der Renovierung ein Bein rausgerissen hat. Meine Eltern können es kaum erwarten, das Baby im Arm zu halten. Sie waren bei eurem Kennenlernen hin und weg von dir. Du wirst nie allein sein. Ich bin hier. Für dich. Für sie.“ Ich lege eine Hand auf ihren Bauch. „Egal, was passiert.“

Sie sieht mich an, und in diesem Blick liegt so viel – Traurigkeit, Erschöpfung, aber auch Vertrauen. Und das macht mich stolz wie Bolle.

Ich streiche ihr eine Haarsträhne hinters Ohr. Ganz vorsichtig. Wie ein Typ, der schon mal von einem Schwangerschaftshormon-Stimmungsumschwung frontal erwischt wurde. „Weißt du, was wir brauchen?“

Sie zieht die Stirn kraus. „Eine riesige Wasserpistole, so ’ne richtige Pump-Gun, mit der ich Mom beim nächsten Gespräch die hochtoupierten Haare und Designerklamotten ruinieren kann? Oder gleich neue Eltern? Oder ein Gespräch mit meiner Mutter, bei dem ich nicht zerbreche?“

Ich nicke bedächtig. „Alles valide Punkte. Vor allem die Pump-Gun. Ich würde sie sogar tragen. In Regenbogenfarben. Mit Glitzermunition.“ Dann lächle ich schief. „Aber ich dachte … an Urlaub. Nur du, ich,

Krümelchen – und so viel Ruhe, wie in einen Koffer passt. Ohne dass der Reißverschluss platzt."

„Urlaub?" Sie sieht mich an, als hätte ich gerade einen Zauberdrachen heraufbeschworen.

„Nichts Wildes. Ein kleines Häuschen. Ein See vielleicht. Oder Berge. Kamin, ein gutes Buch. Ich koche – du chillst. Ich massiere – du tust so, als wäre ich gut darin. Keine Eltern, keine Erwartungen. Nur atmen, schlafen, lachen – und das Baby mit Keksen und Kakao vollstopfen ... über die Nabelschnur, versteht sich."

Sie lacht – endlich. Dieses warme, ungebremste Lachen, das sich in meinem Brustkorb festsetzt wie ein Lieblingslied. „Du weißt, dass das medizinisch völliger Unsinn ist?"

Ich hebe die Hand. „Natürlich. Ich habe sogar recherchiert. Offenbar funktioniert Kekszufuhr über die Plazenta nur mit exakt abgestimmten Kakaomengen."

Sie sieht mich an, als sei ich verrückt – was ich wahrscheinlich auch bin – jedenfalls in ihrer Nähe. „Aber die Katze sollte doch diese Woche bei uns einziehen. Was ist mit ihr?"

Ich grinse. „Glaub mir, ihr geht es bei Sam bestens. Sie heißt jetzt übrigens *MyGirl*, also als ein Wort. So hat er sie jedenfalls getauft. Es wird sowieso schwierig, die beiden wieder voneinander zu trennen. Ein wenig mehr gemeinsame Zeit schadet bestimmt nicht. Bald muss Sam eh weiterziehen und mit seinem Wohnmobil weiter die Welt bereisen."

Daraufhin nickt sie langsam. „Okay. Wenn das so ist: Lass uns wegfahren."

Ich lehne mich vor, berühre sacht ihre Stirn mit meiner. „Ich finde was Schönes für uns. Und vorher absolviere ich noch einen Online-Massagekurs. Vielleicht auch zwei. Oder ich schau mir fünf YouTube-Videos an und tu so, als wäre ich zertifiziert."

„Das hoffe ich. Ich bin nämlich Massage-Meisterin. Aber das hast du dir ja sicher schon gedacht. Weil ich in allem gut bin. Und immer gewinne." Sie grinst, als hätte sie gerade zum achten Mal in Folge bei UNO gewonnen.

Ich lache leise, ziehe sie an mich und halte sie einfach nur fest. Als wäre ich ihr sicherer Ort. Vielleicht bin ich das ja irgendwann wirklich.

„Können wir an einen See fahren?“, fragt sie, ihr Blick weich, verträumt, weit weg. „Ich liebe Wasser. Schwimmen. Rudern. Abends mit dir auf der Veranda sitzen, den Sonnenuntergang über dem Wasser beobachten – das wäre herrlich. Wandern eher weniger ... da werden meine Füße zu dicken Kartoffeln.“

„See, klar. See ist super. Ich meine, wer braucht schon Höhenmeter, wenn man auch flaches Wasser und dich im Bikini haben kann?“ Ich überlege kurz. „Aber nicht zu einsam. Vielleicht so ’ne charmante kleine Hütte. Und ein Ort in der Nähe mit dem weltbesten Frauenarzt. Nur für alle Fälle. Falls Krümelchen plötzlich Lust auf Action hat oder du Lust auf Mini Pretzel Dogs mit Nugatcreme.“

Sie sieht mich an – und es ist, als könnte sie durch mich hindurchsehen. Als würde sie genau spüren, dass ich’s ernst meine. Mit allem. „Weißt du, jetzt wo du es erwähnst: Mini Pretzel Dogs wären wirklich toll. Allerdings lieber ohne Nugatcreme.“ Ich will schon erleichtert aufatmen, als sie hinzufügt: „Mit Marmelade würden sie bestimmt besser schmecken.“

Holy Moly, ich bin geliefert.

„Ich verstehe, weshalb du dich für Lake George entschieden hast“, sagt Vee und lässt ihren Blick über die grünen Büsche und Bäume bis hin zum tiefblauen Wasser schweifen. „Es ist unglaublich schön hier. Die Landschaft ist ein Traum. Und die Schifffahrt mit dem historischen Dampfer heute Nachmittag war echt ein Erlebnis. Ich habe mich wie in einem anderen Jahrhundert gefühlt.“

„Tja, Zeitreisen sind nur eine meiner vielen Spezialitäten“, töne ich los. „Neben der perfekten Wahl unserer Unterkunft und meinen unfassbar begabten Massagehänden.“

„Angeber!“, lacht sie und dreht das Glas in ihrer Hand. „Aber gib es zu: Die Schifffahrt hat für dich den Ausschlag gegeben. Dein verträumtes Gesicht dabei hat mir alles erzählt. Nur deshalb hast du die Reise gebucht.“

Wir sitzen auf der Veranda unserer Lodge, trinken alkoholfreie

Fruchtcocktails mit kleinen Schirmchen, die aussehen wie Deko aus einem James Bond Film, und lassen uns die Sonne ins Gesicht scheinen.

„Ja", sage ich. „Das – und die unzähligen Minigolfplätze, damit du deinen gnadenlosen Siegeswillen füttern kannst."

Vee grinst mich an. „Ach komm schon, so schlimm bin ich wirklich nicht. Aber jede Wette, dass ich dich morgen Abend beim Bowling locker besiege."

Ich blicke demonstrativ auf ihren Bauch. „Krümelchen, ich baue auf deine Hilfe. Ein gezielter Tritt gegen die Bauchdecke im richtigen Moment – und ich hab vielleicht eine Chance gegen deine Champion-Mom. Na, wie sieht's aus? Sind wir ein Team?"

„Niemals!", ruft Vee empört. „Mich hast du vielleicht mit deinem Grummelcharme und deiner heißblütigen Latino-Lover-Optik beeindruckt, aber unser Krümelchen ist immun dagegen. Hoffe ich jedenfalls. Wo kämen wir denn hin, wenn du sie schon vor der Geburt zur Papa-Prinzessin machst?"

„Ach ja?" Ich bemühe mich um einen besonders lasziven Blick, der vermutlich eher an ein Eichhörnchen mit Sonnenstich erinnert. „Du hast ja keine Ahnung. Sie und ich sind uns in vielem einig."

„Und das wäre zum Beispiel?" Vee gluckst leise, schiebt sich ihre Sonnenbrille ins Haar und sieht mich herausfordernd an.

„Na ja ... ich hab's mit ihr abgesprochen – telepathisch, natürlich – und wir sind uns einig, dass wir dich beide ..." Ich stocke. Mein Mund ist schneller als mein Verstand, und der macht gerade Pause im Schatten.

Lieben, will ich sagen. Stattdessen: „... ganz akzeptabel finden."

„Akzeptabel?!" Vee schießt von ihrer Liege hoch wie ein Schweizer Taschenmesser in Kampfmodus.

Ich erkenne diesen Blick – halb Racheengel, halb Zirkusakrobatin – und bin in exakt null Komma zwei Sekunden auf den Beinen. Fluchtmodus aktiviert. Lachend renne ich den hölzernen Steg hinunter, der direkt zum Wasser führt.

Ich bin schnell. Zu meinem Glück ist Vee schwanger – und trotzdem fast genauso schnell. Was entweder für ihre Fitness spricht oder gegen meine. Wahrscheinlich beides. Als ich am Ende des Stegs ankomme, bleiben mir genau zwei Optionen:

Entweder ich stelle mich kampflos und lasse das verbale Donnerwetter über mich ergehen. Oder ich wähle den Heldentod im See. Ich entscheide mich für Letzteres – mit Würde, Stil und komplett angezogen.

„Ach du mächtiger Poseidon, steh mir bei!“, rufe ich dramatisch – und springe. Ein sauberer Kopfsprung. Die Wasseroberfläche schließt sich über mir, überraschend kühl für 23 Grad, laut Thermometer, aber auszuhalten. Ich bin mir sicher, dass meine Schuhe es mir später heimzahlen werden.

Als ich auftauche, steht Vee am Steg, die Arme in die Hüften gestemmt, ihr Lächeln eine Mischung aus Belustigung und Fassungslosigkeit.

„Du bist ja völlig verrückt“, ruft sie.

„Ach was, ich bin vorausschauend! Ich wollte testen, ob der See auch für schwangere Rachegöttinnen geeignet ist.“

Sie lacht. Laut, glockenhell, frei. Und ich? Ich starre sie an. Weil sie mit ihrem zerzausten Sommerkleid, dem sonnenwarmen Lächeln und den zarten Sommersprossen auf der Nase aussieht, als hätte irgendjemand den Begriff Schönheit gemalt.

Ich paddle näher an den Steg heran. Tropfend. Komplett durchgenässt und völlig verzückt. „Vee?“, sage ich leise.

„Ja?“

„Komm runter. Oder ich zieh dich mit rein.“

Sie rollt mit den Augen. „Das würdest du nicht wagen, Picasso.“

„Womöglich würde ich es nicht überleben. Aber ich würde es dennoch tun.“

Sie lacht erneut, leise und ehrlich, beugt sich zu mir herunter – ein winziger Moment, ein Hauch von Nähe – und ich nutze die Gelegenheit. Ganz beiläufig, wie zufällig, lege ich meine Hand auf ihren Arm. Sacht. Kaum spürbar.

Aber sie merkt es. So wie ich merke, dass alles in mir innehält.

Unsere Blicke treffen sich und jetzt ist es still. Keine Neckerei, kein Spruch, nur wir. In diesem Augenblick.

„Du weißt schon, dass ich dich noch nie so gesehen habe wie in diesem Moment, oder?“, sage ich schließlich – und meine Stimme klingt rau, viel zu ehrlich, viel zu nah.

Sie zieht eine Augenbraue hoch, schmunzelt leicht. „Wie denn?“

Ich sehe in ihre außergewöhnlichen Augen, mit türkisen Sprenkeln, wie zerplatzte Sterne. Oder wie das Universum, eingefangen in einem Blick.

„Als das schönste Chaos meines Lebens“, antworte ich. Und ich meine es auch so, mit jeder Faser meines Körpers und meiner Seele.

Sie sagt nichts, rührt sich nicht. Ein Windhauch fährt durch ihr Haar, lässt eine einzelne Strähne über ihre Wange tanzen. Ich könnte sie wegstreichen, tue es aber nicht. Weil alles, was gerade geschieht, perfekt ist – genau so, wie es ist. Also bin ich einfach da, sehe sie an und frage mich, wie lange ein einziger Augenblick dauern kann, bevor man daran zerbricht – oder für immer darin bleibt. Vielleicht ist das einer dieser Momente, die alles entscheiden. Und die man nie wieder vergisst.

Ich stütze mich auf die Planken und hieve mich – mehr oder weniger sportlich – aus dem Wasser, direkt neben sie. Tropfend, klatschnass, lachend, atemlos. Vee streckt wie selbstverständlich ihre Hand nach mir aus. Und ich nehme sie sofort – weil ich gar nicht anders kann.

Vee starrt mich an. In ihrem Blick liegt etwas, das ich bisher noch nie darin gesehen habe – und doch seit Wochen, nein, Monaten, spüre. Eine leise Sehnsucht. Zart und unausgesprochen. Wie ein Lied, das in der Stille nur für uns spielt.

„Rainbow“, sage ich. Ihre Hand liegt warm und leicht in meiner. Sie passt perfekt. Als hätte das Leben selbst sie mir in die Hand gelegt. „Wie soll ich dich jemals wieder loslassen?“ Meine Stimme ist rau vom Wasser, vom Lachen, vielleicht auch von der Angst, dass es eine Antwort darauf geben könnte, die ich nicht hören will.

„Gar nicht“, flüstert sie, kaum hörbar. Ihre Augen glänzen, ihre Finger drücken meine. „Du hältst mich einfach für immer fest. So wie ich dich.“

Mein Herz stolpert. Ein Schlag. Noch einer. Ich sehe sie an – fragend, vorsichtig, ein kleines bisschen fassungslos, dass das hier gerade wirklich geschieht. Ich will sie küssen. Ich will all das fühlen, was ich die ganze Zeit nicht sagen konnte. Nicht durfte. Nicht wagte.

Vee hebt einen Finger und legt ihn ganz sachte auf meine Lippen. Ihre Berührung ist kaum mehr als ein Hauch – und doch bringt sie alles in mir zum Beben. So zart, so sanft, als hätte sie Angst, ich könnte zerbrechen. Oder sie.

Ich neige den Kopf, langsam, um ihr Zeit zu geben, auszuweichen. Doch sie bleibt.

Und dann küsse ich sie. Vorsichtig zuerst. Eine Berührung wie ein Versprechen. Unsere Lippen finden sich, zögernd, suchend, fast ehrfürchtig. Doch mit jedem Atemzug, mit jedem sanften Druck wächst da etwas zwischen uns, das sich nicht länger zurückhalten lässt. Wochen voller unausgesprochener Gedanken, Nächte voller Fragen, Tage voller Blicke, die zu lang dauerten, um noch zufällig zu sein – alles fließt in diesen Kuss.

Sie erwidert ihn, beinahe zaghaft, dann mutiger. Ihre Hände gleiten über meine nasse Haut, finden Halt an meinem Nacken, während ich sie noch immer bei der Taille halte, als könnte ich sie so festhalten. Für immer. Für jetzt. Für uns.

Als wir uns langsam voneinander lösen, bleibt ihre Stirn an meiner. Unsere Nasenspitzen berühren sich, ihre Augen sind geschlossen, ihre Lippen gerötet vom Kuss. Alles an ihr ist nah. Echt. Und wunderschön.

Plötzlich verändert sich etwas in ihrer Miene. Ihre Stirn legt sich leicht in Falten, ein Hauch Unsicherheit schleicht sich in ihren Blick. Beinahe ängstlich sieht sie mich an. „Bist du sicher …“, sie schluckt, „dass du das wirklich willst? Es ist nicht wie bei dem Kuss auf der Fähre, den du hinterher bereut hast?“

Ich beuge mich zu ihr herunter, schiebe mein nasses Haar aus dem Gesicht, lege meine Hand an ihre Wange. „Ich will das – mehr als alles andere“, flüstere ich. Und es zerreißt mir das Herz, dass sie daran zweifelt – an mir, an dem, was gerade zwischen uns passiert ist. Aber ich verstehe sie. Natürlich verstehe ich sie. War ich nicht derjenige, der sie nach dem Kuss auf der Fähre in die *Friendzone* geschickt hat? Der, der überfordert war, weil plötzlich alles zu viel wurde – zu nah, zu intensiv? Der, der Angst hatte, wieder jemanden zu verlieren, den er liebt?

Kein Wunder, dass sie mir nicht traut. Nicht ganz. „Ich glaube, es ist Zeit, dass wir einmal in Ruhe über uns reden“, sage ich leise.

Sie sieht mich lange an. Ihre Augen suchen in meinen, als wolle sie prüfen, ob es mir dieses Mal ernst ist. Dann nickt sie. „Immer. Und du?“

Ich zögere nur einen Wimpernschlag, dann: „Jetzt ja. Endlich. Es tut mir leid, dass ich so lange dafür gebraucht habe.“

Hand in Hand gehen wir zurück zur Lodge. Ich will nichts mehr aufschieben. Mich sofort, tropfnass wie ich bin, aufs Sofa setzen und ihr alles erzählen. Alles. Was war und alles, was ich gefühlt habe. Was ich immer noch fühle.

Doch sie bleibt stehen, zieht leise eine Braue hoch und sieht mich mit einem Blick an, der irgendwo zwischen Ernst und belustigtem Tadel liegt. „Noah, wir haben beide so lange auf diesen Moment gewartet – da kommt’s auf eine halbe Stunde mehr oder weniger nicht an. Soll heißen: Geh dich heiß abduschen. Und zieh dir bitte was Trockenes an. Mit Lungenentzündung macht das Reden vermutlich weniger Spaß.“

Ich lache auf. Ein echtes, warmes Lachen, das mich selbst überrascht. „Okay. Aber lauf nicht weg.“

„Keine Sorge“, sagt sie. „Ich bleibe. Versprochen.“

Ich bin nervös. Unter der Dusche sind mir die feinfühligsten Formulierungen eingefallen und die klügsten Fragen. In meiner Fantasie haben wir uns endlich ausgesprochen. Ich habe ihr alles erzählt – von meiner kleinen Familie, von der Trauer, die mir wie ein Schatten folgt. Und sie hat mir alles über Finn gesagt. Was damals wirklich passiert ist. Ob sie ihn je geliebt hat. Ob sie sich für ihn entscheiden würde, wenn er heute zurückkäme und zu ihr und dem Baby stünde.

All diese Gedanken wirbeln in meinem Kopf herum – doch als ich frisch geduscht vor ihr stehe, ist mein Hirn plötzlich wie leer gefegt.

Sie steht barfuß da, nur in ein weiches Hemd gehüllt, das ihr gerade bis zu den Oberschenkeln reicht – und verflixt sexy aussieht. Vor allem, weil es mein Hemd ist. Sie hat es sich einfach geschnappt, mit einer Selbstverständlichkeit, die irgendwo zwischen Frechheit und Vertrautheit liegt.

Genau so kenne ich meine Vee. Genau so mag ich sie.

Das warme Abendlicht fällt durch die Fenster, lässt ihre Haut in goldenem Schimmer leuchten, ihr Haar wirkt wie flüssiges Gold. Für einen Moment ist sie mehr als nur schön – sie ist ein Bild von etwas, das man nur einmal im Leben sieht und nie wieder vergisst.

Und dann denke ich an Helena von Troja. Nicht, weil sie eine Göttin war, sondern weil sie mit ihrer bloßen Anwesenheit einen Krieg entfacht hat. Weil jemand bereit war, alles zu riskieren – nur um sie bei sich zu haben. Jetzt verstehe ich es. Ich bin Vee ebenso hilflos verfallen. Und vielleicht würde auch ich alles aufs Spiel setzen, wenn sie es wollte.

Sie dreht sich zu mir um. Hält inne, als sie meinen Blick bemerkt. Und dann – kommt sie auf mich zu. Keine Worte, kein Zögern. Nur ein ganz leiser Moment, in dem unsere Blicke ineinander sinken. Da ist so viel zwischen uns, unausgesprochen. Sehnsucht, Schmerz, Angst. Hoffnung.

Ich breite meine Arme aus, zögerlich, ein stilles Angebot. Und sie schmiegt sich hinein, als wäre es das Natürlichste der Welt.

„Lass uns nachher reden“, flüstert sie. Ihre Wange liegt an meiner Brust. „Jetzt will ich einfach nur bei dir sein. Halt mich fest, Noah.“

Ich antworte nicht mit Worten, sondern mit einem Nicken. Die klug formulierten Fragen von eben haben sich in Luft aufgelöst. Alles, was bleibt, ist dieses Gefühl und Rainbow in meinen Armen. Ich spüre es – dieses magnetische Ziehen zwischen uns, das uns schon so lange begleitet. Nicht nur Verlangen. Es ist tiefer. Wärmer. Mehr.

„Schlaf heute Nacht bei mir“, flüstere ich heiser. „Ich möchte neben dir einschlafen und mit dir aufwachen. Vee, ich brauche dich.“

Und dann reden wir nicht mehr. Sie nimmt meine Hand, führt mich durch das dämmrige Haus, durch einen Moment, der sich schwerelos anfühlt. Draußen rauscht der Wind durch die Bäume. Drinnen ist nur unser Atem, der sich langsam angleicht.

Ich ziehe sie vorsichtig zu mir, mit einer Zärtlichkeit, als könnte sie unter meinen Händen verschwinden. Sie sieht mich an, und dieser Blick trifft mich mit einer Wärme, die fast schmerzt. „Ich will das“, haucht sie. „Dich. Jetzt.“

Und ich küsse sie. Endlich. Richtig. Ohne Zurückhaltung. Kein tastendes Suchen mehr, kein Zögern. Nur wir. Unsere Lippen, die sich finden, als hätten sie nie zu anderen gehört. Unsere Körper, die sich an etwas erinnern, das nie da gewesen ist, aber schon immer so sein sollte. Vorbestimmt.

Alles ist langsam. Zärtlich. Voller Nähe.

Kein Drängen, kein Zögern, kein Verstecken mehr.

Wir entdecken einander neu – die Narben auf unserer Haut, die Wunden in unseren Herzen. Und doch halten wir uns fest. Vielleicht sogar gerade deswegen. Als wüssten wir instinktiv, dass es genau jetzt kein Zurück mehr gibt. Dass wir dieses Miteinander brauchen wie die Luft zum Atmen.

Sie küsst mich, als wolle sie jeden Zentimeter meiner Haut mit Liebe versiegeln. Ihre Berührungen sind vorsichtig und doch entschlossen. Sie kostet mich, erforscht mich, weckt in mir ein Begehren, das sich anfühlt, als würde ich zum ersten Mal lieben – so roh, so rein, so unfassbar tief. Ich komme mir vor wie ein Teenager, der zum ersten Mal erlebt, was Nähe wirklich bedeutet. Und dabei bin ich doch längst ein Mann. Aber keiner, der das hier schon kennt. Nicht so.

Dann bin ich an der Reihe. Ich schenke ihr alles, was ich zu geben habe. Mit Händen, Lippen und Worten versuche ich, ihr zu zeigen, wie lange dieses Feuerwerk in mir gebrannt hat. Seit unserer ersten Begegnung lodert es – heiß, ungeduldig, leidenschaftlich. Ich bin verrückt nach ihr. Nach ihrer zarten, weichen Haut. Nach ihren ungewöhnlichen, dramatisch schönen Augen. Nach diesem feingliedrigen Körper, der sich so vollkommen an meinen schmiegt, dass ich vergesse, wo ich aufhöre und sie beginnt.

Und nach ihrem Haar – das in jedem Licht eine andere Farbe zu tragen scheint. Vee ist für mich nicht nur schön. Sie ist eine lebendige Farbpalette, ein wandelndes Gedicht. Ich denke an unsere erste Begegnung und sehe es plötzlich ganz deutlich vor mir: Ein Bild, ein Moment, der festgehalten werden muss. Ich speichere ihn tief in meinem Innersten ab – um ihn eines Tages auf Leinwand zu bannen. Aber nicht jetzt. Nicht, solange in mir nur Schwarz und Grau existieren. Ich werde erst wieder malen, wenn ich zu den Farben zurückfinde. Denn Rainbow in Schatten zu malen, wäre Verrat.

Und dann … als ich glaube, es nicht mehr aushalten zu können, zerfließt sie unter meinen Händen – ein Rausch aus Lust, Hingabe und vollkommenem Vertrauen.

Sie gibt dabei diese wundervollen Laute von sich – mal ein kehliges, tiefes Schnurren wie eine Katze, dann ein leises, fast kindliches Quieken und schließlich ein rauchiges, verführerisches Stöhnen, das mich bis ins Mark trifft. Ich verliere mich in ihr. In uns. Und frage mich, wie ich je einen einzigen Tag ohne sie überleben konnte.

Ohne meine Rainbow ist das Leben still, grau, schwer. Mit ihr aber wird alles zu Licht. Zu Farben. Ein Kaleidoskop, das sich in meinem Inneren dreht, bis mir schwindelig wird. Und auch dann hört es nicht auf.

Wir liegen nebeneinander, außer Atem, die Körper noch nachzitternd von allem, was gerade war. Ihre Stirn ruht an meinem Hals, ihr Atem streift meine Haut wie warmer Sommerwind. Ich streiche ihr eine Haarsträhne aus dem Gesicht, lege meine Hand an ihre Wange.

Sie sieht mich an – und in ihrem Blick liegt dieses Ja, dieses wortlose, unausweichliche, unausgesprochene Einverständnis.

Ich küsse sie. Noch einmal. Dieses Mal nicht hastig oder gierig, sondern mit allem, was ich bin. Und während sich unsere Körper erneut zueinander neigen, ist es kein Suchen mehr, kein Tasten. Es ist ein Finden. Ein Heimkommen.

Ich greife nach dem kleinen Päckchen, das ich in der Schublade verstaut habe – und sie sieht mich dabei an, ohne ein Wort zu sagen. Nur ein leichtes, kaum wahrnehmbares Nicken, das so viel mehr bedeutet: Ja. So, wie wir sind. Bewusst. Sicher. Anders. Nicht leichtsinnig. Nicht wie damals.

Dann gleite ich langsam in sie – vorsichtig, liebevoll – und sie schließt die Augen, zieht mich enger an sich, als wollte sie mich nie wieder gehen lassen. Ein leiser Laut entweicht ihren Lippen. Kein Wort, nur Gefühl.

Ich halte still, nur einen Moment, weil mir der Atem stockt. Dann beginne ich mich zu bewegen – mit der ganzen Zärtlichkeit, die sie verdient. Ihre Hände wandern über meinen Rücken, ihre Beine schmiegen sich um mich. Wir verlieren uns im Rhythmus, der sich fast von selbst ergibt – wie zwei Wellen, die sich treffen. Es gibt keine Eile. Keine Unsicherheit.

Nur Nähe. Nur uns.

Jeder Stoß ein Versprechen, jedes Seufzen ein Geständnis. Sie flüstert meinen Namen. Erst leise, dann fordernder – und in ihrer Stimme liegt alles, was ich je wissen muss. Ich halte sie fest, als könnte ich sie damit vor der ganzen Welt beschützen. Als sie sich schließlich unter mir wölbt, sich auflöst in Licht und Lust, verliere auch ich die Kontrolle – stürze mit ihr gemeinsam, lautlos und ganz. Kein Gedanke mehr. Keine Zweifel, nur sie, nur wir beide.

Irgendwann, in den frühen Morgenstunden, liegen wir einfach nur da. Sie auf meiner Brust, ihre Finger leicht auf meinem Herzen. Ich streiche ihr durchs Haar, spiele mit einer goldenen Strähne, als wäre sie ein Schatz, den ich mit bloßen Händen festhalte.

Ihr Atem ist ruhig, gleichmäßig. Bald ist sie eingeschlafen. Und obwohl ich kaum schlafe, ist diese Nacht erholsamer als jeder tiefe Schlaf der letzten Jahre.

Weil sie bei mir ist. Weil sich alles richtig anfühlt. Weil ich beginne zu glauben, dass wir beide heil werden dürfen.

Und zum ersten Mal denke ich: Vielleicht darf ich dieses Mal lieben, ohne alles zu verlieren. Möglicherweise ist unsere Geschichte eine von den wenigen, die gut enden.

Oder, wie sie es sagen würde:

> Wenn es nicht gut ist, dann ist es eben noch nicht das Ende.

KAPITEL 14

Vivi: Lake George Lodge

Der erste Gedanke, der mir durch den Kopf schießt, als ich die Augen öffne, ist: *Bitte, lass das kein Traum gewesen sein.*

Es ist warm. Still. Und da ist ein Herzschlag, der nicht meiner ist – regelmäßig, beruhigend, so nah, dass ich mich wieder tiefer in die Decke kuscheln will. In ihn. In Noah.

Mein Bein liegt über seinem, meine Hand ruht auf seiner Brust, während sein ruhiger Atem meine Stirn streift. Ich wage kaum, mich zu bewegen – aus Angst, diesen perfekten Moment zu vertreiben. Was passiert ist ... war kein Zufall. Es war nicht impulsiv, nicht bedeutungslos.

Es war nicht wie nach dem Kuss auf der Staten Island Ferry, als er sich zurückgezogen hat und alles wieder auf Anfang war ... nur schmerzhafter. Nein, dieses Mal fühlt es sich anders an. Ehrlich. Echt. Noah will mich. Mag mich. Hat vielleicht sogar ähnlich starke Gefühle für mich wie ich für ihn.

Oder?

Ich öffne die Augen ganz und sehe ihn an.

Er blinzelt verschlafen, dann lächelt er. Dieses weiche, zärtliche Lächeln, das ich noch nie zuvor bei ihm gesehen habe. Nicht so.

„Guten Morgen“, flüstere ich.

Er antwortet nicht sofort, sondern streicht mir sacht über die Wange. Seine Berührung ist kaum mehr als ein Hauch – aber sie trifft mich tief. So vorsichtig und so wundervoll vertraut.

Eine Weile sagen wir nichts, doch es ist keine unangenehme Stille. Eher so, als würden wir in einer zauberhaften, aber zerbrechlichen Blase sein, die keiner von uns zum Platzen bringen will, indem wir sie zerreden.

Irgendwann kriechen wir dann doch aus dem Bett. Noah schlüpft in seine schwarze Jogginghose, während ich mir sein Hemd überziehe – es ist groß, weich und warm. Ich liebe es, wie er mich darin ansieht: halb schüchtern, halb bewundernd.

Verlegen mache ich Kaffee, weil ich sonst nicht weiß, was ich sagen soll ... oder tun soll ... oder wohin ich mit meinen Händen soll.

Kaffee ist neutral, Kaffee ist sicher. Und ich kann ein wenig Zeit schinden, um mich zu sammeln. Unsicher lehne ich mich an die Küchenzeile, als er zu mir tritt. Sanft legt er beide Hände auf meine Taille, sein Blick ist dabei so intensiv, dass ich spüre, wie die Hitze in meine Wangen schießt.

Er beugt sich vor, küsst mich. Nur wenige Sekunden lang, eine federleichte, kurze Liebkosung. Aber dennoch genug, um mein Herz wieder einmal völlig aus dem Takt zu bringen. Noah schafft das immer spielend leicht. Ein Blick von ihm, eine Berührung und ich schmelze dahin.

Und dann ... passiert es. Ein leichter, kaum spürbarer Flügelschlag. Ein winziger Hauch von Bewegung tief in meinem Inneren. Augenblicklich friere ich ein, halte den Atem an.

„Was ist?“, fragt Noah sofort, wachsam, seine Augen mustern mich besorgt.

Ich lege erst eine Hand auf meinen Bauch, dann die andere. Habe ich es mir nur eingebildet? Nein, denn augenblicklich kann ich es erneut spüren – dieses zarte, fast federleichte Stupsen.

„Oh mein Gott", flüstere ich und einfach so steigen mir Tränen in die Augen.

„Vee?" Er klingt plötzlich ernst, unruhig. „Geht's dir nicht gut?"

Ich schüttle den Kopf. Ein Lächeln, das sich nicht zurückhalten lässt, breitet sich über mein Gesicht aus. „Nein. Ich meine ja. Es geht mir sogar sehr gut. Krümelchen ... sie hat sich bewegt. Ich kann sie spüren. Zum ersten Mal."

Für einen Moment schaut Noah mich nur an. Dann wandern seine Augen zu meinem Bauch, als könne er dort etwas sehen.

„Jetzt immer noch?", fragt er leise.

Ich nicke. „Willst du ...?" Ich nehme seine Hand, führe sie vorsichtig dorthin, wo ich die Bewegung gespürt habe.

Behutsam legt er sie auf meinen Bauch, als hätte er Angst, etwas kaputtzumachen. Dann warten wir und ich wage kaum, zu atmen. So sehr wünsche ich mir, dass Krümelchen sich bemerkbar macht und Noah sie fühlen kann. Eine Sekunde. Zwei. Drei. Dann ist es wieder da. Das sanfte, fast schüchterne Klopfen von innen. „Sie möchte dir Hallo sagen", wispere ich.

Noah atmet scharf ein. Sein Blick trifft meinen. Und plötzlich sehe ich alles: Staunen, Rührung, Freude – und dieses kleine, unausgesprochene *wir*. Er sagt nichts und das muss er auch nicht. Ich sehe alles in seinen Augen. Noch nie bin ich ihm derart nahe gewesen wie in diesem Moment.

Noah sieht mich an, als hätte sich gerade das ganze Universum für einen Augenblick geöffnet. Und ich? Ich kann kaum atmen vor Glück.

„Das war es wert", flüstert er.

„Was?"

„Jeder einzelne Tag, an dem ich nicht wusste, wie es weitergeht. All die Tage voller Angst, Hoffnungslosigkeit und Trauer."

Seine Stirn lehnt sich an meine. „Wenn ich gewusst hätte, dass du und das hier auf mich warten ... dann hätte ich für keine Sekunde mehr die Hoffnung auf das große Glück verloren."

Ich muss schlucken und in meiner Brust drängt sich ein Kloß aus Rührung, Hoffnung und der vagen Angst, dass dieser Moment zu schön ist, um von Dauer zu sein.

Doch dann ... so wertvoll dieser Moment auch war, so schnell ist er vorbei. Ein Geräusch von draußen. Schritte auf der Veranda und eine Stimme, die die Idylle wie ein scharfes Messer durchschneidet: „Vivi? Bist du hier? Ich bin's."

Ich zucke zusammen.

Noah versteift sich urplötzlich. Die Stimme klingt wie ein Donnerschlag inmitten der Stille.

Hektisch atme ich ein, stoße die Luft geräuschvoll wieder aus. Ich brauche einen Moment, um zu begreifen, was ich da gerade gehört habe. Aber mein Körper reagiert schneller als mein Verstand: Kälte breitet sich in mir aus, ersetzt mit einem Schlag all die Wärme von eben.

Noah zieht rasch die Hand von meinem Bauch zurück. Sein Blick sucht meinen – vorsichtig, abwartend, als müsste er in meinem Gesicht die Bestätigung lesen, dass er sich nicht verhört hat. Dass da draußen tatsächlich derjenige steht, den er längst vermutet.

Noch bevor ich etwas sagen kann, klopft es erneut. Ich will einfach nur verharren, die Tür nicht öffnen, die Kälte nicht hereinlassen – aber ich tue es trotzdem. Weil ich es Krümelchen schuldig bin.

Ein kalter Luftzug. Ein breites Grinsen. Und dann steht er da: Finn.

Lebendig. Real. Hier. In unserer Lodge. Er kommt mir vor wie ein Schatten aus einem anderen Leben. Oder wie der Anfang eines Buchkapitels, das ich nicht lesen will – weil ich genau weiß, wie sehr es mich verstören wird.

Sein Blick fällt auf Noah – und sein Grinsen entgleitet ihm. Dann mustert er mich: zerzauste Haare, gerötete Wangen, Noahs viel zu weites Hemd, das ich immer noch trage.

Eine Sekunde vergeht. Vielleicht zwei. Der Ausdruck in seinem Gesicht versteinert, wird durch eine Maske aus Gleichgültigkeit ersetzt. Doch in seinen Augen lodert es: Wut. Besitzdenken. „Interessant", sagt er leise. Ein einziges Wort. Kein Schreien. Kein Drama. Und doch so zerstörerisch wie ein Erdbeben.

Ich bringe kein Wort heraus, schnappe nur stumm nach Luft, bin kurz vorm Umkippen.

Noah bleibt an meiner Seite, aber er ist still. Viel zu still. Die Luft zwischen uns ist dünn geworden und die Schwere erdrückend.

Und Krümelchen? Sie rührt sich nicht mehr. Als hätte selbst dieses kleine Wesen gespürt, dass in diesem Moment etwas zerbricht.

Finn deutet auf meinen Bauch, dann auf mich. „Wir müssen reden. Aber ohne ihn."

Ich will laut *Nein* schreien – aber dann besinne ich mich. Finn ist und bleibt der leibliche Vater. Egal, wie bescheuert oder verletzend er sich verhalten hat. Ich sollte mir zumindest anhören, was er zu sagen hat. Das bin ich Krümelchen schuldig.

Ich werde keine dieser Mütter sein, die ihrem Kind den Vater verweigert – auch wenn ich selbst beinahe daran zerbreche. Jetzt darf ich nicht rachsüchtig oder egoistisch sein. Hier geht es nicht um mich. Es geht um mein Kind.

Also nicke ich langsam, blicke entschuldigend zu Noah. „Sorry, ich ... muss mit Finn reden. Bin gleich zurück."

„Nein", sagt Noah. Seine Stimme klingt hart, seine Augen wütend. Aber dann atmet er tief durch, und sein Gesicht wird wieder neutral. „Ich gehe. Unterhalte dich in Ruhe mit ihm. Wenn du mich brauchst, ruf mich an, ja?"

Ich nicke wieder und flüstere ein leises *Danke*. Dann dreht er sich um – und geht. Am liebsten würde ich ihn zurückrufen, ihn festhalten, ihn bitten zu bleiben. Aber ich tue es nicht. Stattdessen bleibe ich allein zurück.

Mit Finn.

„Okay, komm rein", sage ich schließlich. Er betritt die Lodge, als gehöre sie ihm, und lässt sich mit einer Selbstverständlichkeit auf der Couch nieder, die mich erneut sprachlos macht. Ich nehme ihm gegenüber auf dem Sessel Platz. Um meine Nervosität zu überspielen, ergreife ich das Wort. „Was willst du, Finn?" Meine Stimme klingt schärfer, als beabsichtigt – aber ehrlich gesagt: Ich bin genervt. Von seiner plötzlichen Anwesenheit. Davon, dass eben noch alles mit Noah wie ein Wunder war – und jetzt dieser Albtraum. Und ich habe keine Ahnung, was Finn plötzlich von mir will.

Sein Outfit ist teuer, das Haar perfekt gegelt, das typische Siegerlächeln aufgesetzt. Ich kann ihn kaum ansehen. Was ich sehe, lässt mich innerlich kochen – denn dieser Mann wollte unser Baby loswerden.

Für mich ist das Mord. Für ihn offenbar nur eine bequeme Problemlösung.

„Ich habe nachgedacht“, sagt er schließlich. „Deshalb wollte ich dich unbedingt sehen. Vivi, ich möchte, dass du mir eine zweite Chance gibst.“

Ich blinzele. Habe ich mich verhört? „Stopp. Eins nach dem anderen. Woher weißt du überhaupt, wo ich bin?“

„Das war leicht. Meine Eltern haben mir die Nummer deiner Mom geschickt. Sie war begeistert, dass ich jetzt Verantwortung übernehmen will. Daher hat sie mir die Adresse gegeben und meinte, ich solle sofort herfahren. Jetzt weiß ich auch, warum. Was läuft hier? Ein romantischer Hüttenurlaub mit so einem alten Penner? Ernsthaft, Vivi? Der passt doch null zu dir. Wir hingegen ... wir wären ein Powerpaar. Du weißt, was ich dir bieten kann.“

Ich bin zu perplex, um zu antworten.

Er redet weiter, als sei alles längst beschlossen. „Die Firma meines Dads geht sowieso bald auf mich über. Dann kaufen wir ein schönes Häuschen auf Long Island, verbringen dort die Wochenenden. Und du? Du musst nie wieder arbeiten.“

„Du meinst das ernst?“, frage ich fassungslos. „Finn, ich liebe dich nicht. Wieso sollte ich mit dir zusammenziehen? Wegen des Babys?“

Er schaut überrascht. „Na ja, ja. Natürlich. Ich dachte, das ist es, was du willst. Einen Versorger. Du kümmerst dich um das Windelmonster, ich um den Rest. Und deine Mom meinte ...“

„Was meinte meine Mom?“ Ich unterbreche ihn scharf. Mein Herz schlägt schneller.

„Sie meinte, dass sie uns unterstützen wird – finanziell, sobald wir heiraten. Geld wäre also nie ein Problem, ich hab selbst auch genug. Und später, wenn das Kind älter ist, schicken wir es auf ein Top-Internat. Dann haben wir endlich wieder unser Leben. Klingt doch vernünftig, oder?“

Es rauscht in meinen Ohren. „Das ist dein Plan? Eine Zweckehe – und Krümelchen wird abgeschoben, sobald es laufen kann?“

Finn runzelt die Stirn. „Wer ist Krümelchen? Und was ist dein Problem, Vivi? Ich biete dir eine Lösung für all deine Sorgen. Du musst nicht mehr verzweifelt nach einem Typen suchen, der dich aushält. Ich bin jetzt da. Ich biete dir meine Hilfe an. Das ist doch großzügig von mir."

Großzügig? Ich fasse es nicht.

Ich sehe ihn an und frage kühl: „Und was springt für dich raus, Finn?"

Er zuckt mit den Schultern. „Nichts. Außer einer hübschen Frau und einem Kind. Echt jetzt, Vivi. Ich will mit dir zusammen sein." Er schluckt, dann sagt er den nächsten Satz, als würde er sich die Zunge verbrennen: „Ich liebe dich. Ich will mit dir ein neues Leben anfangen. Reisen, Spaß haben. Du bist meine Traumfrau. Das habe ich dir schon einmal gesagt."

Ich lache bitter. „War das bevor oder nachdem du mich abserviert hast? Für dich war ich doch nur ein Abenteuer. Eine heiße Nacht und Schluss. Wir sind total verschieden – das weißt du genauso gut wie ich."

Er schaut mich kurz an, als wolle er zustimmen – doch dann winkt er ab und seufzt. „Pass auf. Denk einfach drüber nach. Danach rufst du mich an. Oder komm gleich morgen in mein Hotel – ist nicht ganz mein Standard, aber recht passabel. Wir machen uns ein paar schöne Tage. Starten neu. Du und ich."

„Und das Baby?", frage ich. „Hast du das vergessen?"

Finn lacht. „Ach, das ist doch noch gar nicht da. Zum Glück dauert es noch einige Monate – die sollten wir genießen, bevor das Chaos losgeht. Also, bis morgen, Süße?"

Ich bin zu fassungslos, um zu antworten. Stattdessen schiebe ich ihn wortlos zur Tür – und knalle sie hinter ihm zu.

Dann lehne ich mich an die Wand, rutsche zu Boden. Und bleibe dort sitzen. Still. Erschöpft. Sprachlos.

Etwas, das langsam zur Gewohnheit wird.

Aber dieser Zustand hält nicht lange vor. Der Gedanke an meine Mom zündet einen Funken in mir – Wut. Und Wut ist gut. Wut ist kraftvoll. Sie lähmt mich nicht wie Trauer oder Angst, sie treibt mich an. Anstatt mich selbst und Krümelchen zu bemitleiden oder mir schon wieder den Kopf über Noah zu zerbrechen, greife ich zum Handy.

Es klingelt lange. Natürlich. Meine Mutter liebt es, andere warten zu lassen. „Das steigert den eigenen Wert“, sagt sie immer. Noch so ein nutzloser Leitsatz, mit dem ich aufgewachsen bin.

„Hallo, mein Liebes“, erklingt schließlich ihre Stimme – süß wie Honig, so übertrieben lieblich, dass mir fast schlecht wird.

Ich komm gleich zum Punkt. „Du hast Finn meine Adresse gegeben – und ihm nichts von Noah erzählt. Mom, ich habe dir diese Adresse ausschließlich für Notfälle gegeben. Was sollte das?“

„Vivienne, bitte! Dein Ton! Und ja, das war ein Notfall – jedenfalls aus meiner Sicht. Finn will endlich zu dir stehen. Das ist doch fantastisch. Er ist wirklich keine schlechte Partie. Wenn seine Eltern ihn etwas zur Vernunft bringen und du ihn ein bisschen zügelst – oder ihm großzügig Fehler verzeihst – dann steht dir ein angenehmes Leben im Luxus bevor. Damit wäre diese kleine … Schwangerschaftspanne wenigstens kein kompletter Ruin.“

Ich schnaube – beinahe platze ich.

„Mom, das kann nicht dein Ernst sein, oder? Ich liebe Finn nicht. Hast du das wirklich noch immer nicht verstanden? Und dein ganzes Gerede von Luxus – das ist mir völlig egal. Ich will Liebe für mein Kind. Keine Silberlöffel und goldverzierten Essteller. Und schon gar keinen Vater, der sein Kind am liebsten direkt umgebracht hätte, als er von dessen Existenz erfahren hat!“

„Ach, sei nicht naiv, Kind. Liebe ist etwas für Märchenerzähler. Was du jetzt brauchst – was das Kind braucht – ist Sicherheit. Finn kann dir das geben. Dieser Noah hingegen … Vater hat ein wenig recherchiert. Er ist Witwer, wusstest du das? Vermutlich trauert er seiner Frau immer noch nach. Keine andere wird je an sie heranreichen. Glaub mir, ich weiß, wie das ist – bei Grandpa war das ganz genauso. Außerdem hat dieser Noah doch schon ewig nicht mehr gearbeitet. Ein Möchtegern-Künstler mit einer Blockade – wie soll der dich ernähren? Finn kann das.“

Jetzt reicht’s. Wenn ich nicht augenblicklich den Mund aufmache, werde ich es nie tun. „Steht Dad neben dir?“ Ich weiß, dass er es tut. Er hört immer mit.

Ein empörtes Schnaufen, dann ein Räuspern. „Ich höre zu, Vivienne.“

„Gut.“ Ich hole tief Luft. Und dann ... lasse ich alles raus. „Ich werde keinen dieser lächerlichen Jobvorschläge annehmen, die ihr mir ständig macht. Ich habe euch das nur gesagt, damit ihr Ruhe gebt. Mein Traumjob? Den habe ich längst gefunden: Bei der Harbor Haven Foundation. Ich helfe obdachlosen Menschen – mit ganzem Herzen. Und ja, ich werde nach der Geburt wieder arbeiten. Erst in Teilzeit, um möglichst viel bei meiner Tochter zu sein. Später dann mehr.“

Der schrille Aufschrei meiner Mutter und der empörte Laut meines Vaters prallen an mir ab. „Ich will meiner Tochter Liebe schenken. Und Werte vermitteln – Ehrlichkeit, Mitgefühl, Menschlichkeit. Ich will, dass sie lernt, Menschen nicht nach Status oder Bankkonto zu beurteilen, sondern nach dem, was sie wirklich ausmacht. Und deshalb verzichte ich auch auf eure finanzielle Unterstützung. Ich bekomme das hin – mit Menschen an meiner Seite, die mich lieben. Echten Freunden. Nicht mit Bekanntschaften, die auf Galas ein höfliches Lächeln vortäuschen.“

Meine Stimme zittert nicht. Kein bisschen. „Von jetzt an bestimme ich selbst über mein Leben. Und ich werde mein Kind so erziehen, wie ich es für richtig halte. Wenn ihr Teil unseres Lebens sein wollt – und wenn ihr eure Enkelin aufwachsen sehen möchtet – dann müsst ihr das akzeptieren. Andernfalls werdet ihr sie nur auf Weihnachtskarten sehen.“

Ich atme tief durch. „Noch etwas: Ich bin ausgezogen. Ich wohne jetzt bei Noah.“ Es gäbe so viel, was ich noch über ihn sagen könnte. Über uns. Aber ich weiß selbst nicht, was wir sind. Ein Paar? Freunde mit Geschichte? Zukunft? Vielleicht hat meine Mutter recht und ich kann mit einer Erinnerung nicht konkurrieren.

Aber was ich fühle, weiß ich ganz genau. „Ich liebe ihn. Und entweder ihr akzeptiert das – oder ihr haltet euch raus. Ich brauche keine scheinheilige Hilfe mehr. Nicht von euch.“

Aufgewühlt lege ich auf. Keine Diskussion. Keine weitere Enttäuschung. Heute nicht. Ich kann jetzt nicht mehr, meine Kräfte sind aufgebraucht. Dann schreibe ich Noah:

Finn ist weg. Ich treffe mich morgen noch mal mit ihm, um alles zu klären. Bitte komm zurück. Mir geht's nicht gut.

Schließlich lege ich mich einfach ins Bett. Am hellichten Tag. Heute war ein ganzer Monat in einem einzigen Tag – und ich bin müde, so müde.

Als Noah die Tür zu meinem Schlafzimmer öffnet, steht er innerhalb einer halben Sekunde vor mir – aufgelöst, mit zerzausten Haaren und dem Blick voller panischer Sorge. „Was ist passiert?" Seine Stimme zittert. „Vee, geht es dir gut? Und dem Baby?"

Ich nicke, langsam, aber mehr aus Reflex. „Ja. Ich ... ich brauche dich einfach."

Seine Stirn bleibt gerunzelt. Er mustert mich, als würde er nach versteckten Wunden suchen. Dann zieht er mich ohne Worte in eine Umarmung, die irgendwie mehr Halt gibt, als ich verdient habe.

Ich schließe die Augen. Atme seinen vertrauten Duft ein. Für einen Moment denke ich, dass jetzt alles wieder gut wird. Und dann ... schlafe ich wieder ein.

Am nächsten Morgen ist alles anders. Das geschah nicht laut, nicht plötzlich – eher schleichend. Als würde sich abends Nebel über den See legen und nie wieder weichen.

Noah redet kaum. Er hilft mir beim Frühstück, macht mir Tee, fragt, ob ich gut geschlafen habe. Aber er sieht mich dabei kaum an. Und wenn doch, dann wirkt sein Blick abwesend. Als wäre er mit seinen Gedanken und Gefühlen nicht hier bei mir, sondern weit weg in einer anderen Welt. Daher reden wir auch nicht über den Vorfall von gestern.

Ich wüsste auch gar nicht, wie ich das alles erzählen sollte, ohne mich erneut aufzuregen. Und Noah vermutlich gleich mit.

Wir machen trotzdem Pläne, weil ich das brauche – etwas Struktur nach dem Sturm. Und als Ablenkung kann es auch nicht schaden. „Wie wär's mit Railbiken?", schlage ich vor. „Ein bisschen frische Luft, ein bisschen Bewegung."

Er lächelt. Kurz. „Klar, klingt gut."

Aber das Lächeln erreicht seine Augen nicht. Sie bleiben dunkel, das Leuchten darin scheint erloschen.

Die Tour führt über alte Schienen, vorbei an grünen Wäldern und von der Sonne ausgetrocknete, braun gefärbte Flächen. Es ist heiß im Juli, viel zu heiß für mich und Krümelchen. Doch ich kann von meiner neu erarbeiteten Kondition zehren und bin dankbar für all die Laufeinheiten mit Cara und Noah. Einmal lache ich sogar, weil ich das Gefühl habe, auf einem Tretboot auf Rädern zu sitzen. Noah tritt neben mir in die Pedale, schweigend, den Blick stur auf die Gleise gerichtet.

Nur einmal, als eine Familie an uns vorbeifährt – Eltern, zwei Kinder, ein Hund im Korb –, höre ich ihn leise stöhnen. Ich blicke zu ihm und sehe, wie er schluckt. Seine Finger umklammern so fest den Lenker, dass sie beinahe weiß wirken.

Am Abend sitzen wir auf der Terrasse der Lodge. Die Sonne versinkt langsam hinter dem See. Ich erzähle ihm sowohl von meinem gestrigen Gespräch mit Finn, als auch davon, wie das Treffen vor etwa einer Stunde gelaufen ist, als ich Finn nach unserem Bike-Trip in seinem Hotel besucht habe. Allein, ohne Noah, was ihm überhaupt nicht gefallen hat. Aber für mich war es wichtig, einige Dinge mit Finn zu klären. In Ruhe, ohne einen argwöhnischen Beobachter.

„Er will kein Vater sein. Nach einigem Hin und Her hat er es ganz klar gesagt. Die Idee, mich zurückzugewinnen, kam von seinem Dad – der sich unbedingt ein Enkelkind wünscht. Ich habe von Anfang an gespürt, dass das nicht von Finn selbst kam. Dass es nicht aus seinem Herzen kam. Aber das ist okay für mich. Damit habe ich gerechnet. Wir konnten uns jetzt einigen, und ich glaube, es ist eine akzeptable Regelung. Finn ist einfach kein Vatertyp. Er ist eher der Typ, der sich kopfüber von einem Skyscraper stürzt, nur um den nächsten Adrenalinkick zu spüren."

Ich warte kurz, ob Noah etwas dazu sagen möchte. Doch er schweigt. „Finn hat angeboten, mir monatlich einen festen Betrag zu zahlen, will dafür aber mit dem Kind nichts zu tun haben. Die einzige Bedingung: Ich soll alle zwei Wochen seine Eltern besuchen – ihnen erzählen, wie verantwortungsvoll er sich verhalten hat. Das war unsere Abmachung." Ich hoffe, er reagiert. Sagt etwas.

Aber er nickt nur. „Das klingt ... geregelt." Mehr nicht.

Ich lehne mich zurück. Spüre die Müdigkeit in meinen Gliedern. „Das ist nicht alles, was du sagen willst."

„Doch. Ich meine – es ist deine Entscheidung."

„Noah." Ich sehe ihn an. Er sieht weg.

„Ich will dich nicht unter Druck setzen", murmelt er. „Vielleicht ... brauchst du ja einfach noch Zeit. Und ... vielleicht willst du ja irgendwann doch, dass Finn ..."

„Ich liebe ihn nicht, Noah. Das hab ich dir doch gesagt."

„Ja. Ich weiß." Er fährt sich mit der Hand durchs Haar, vermeidet meinen Blick. „Aber Liebe ist manchmal nicht alles. Man kann jemanden lieben und trotzdem von ihm enttäuscht werden. Oder allein zurückbleiben. Und manchmal ... kann Liebe auch erst mit der Zeit wachsen. Finn könnte dir viel bieten. Eure Eltern wären erleichtert. Das Kind hätte alles, was es braucht. Sicherheit. Eine große Familie."

„Was ist mit Liebe?", werfe ich ein.

Doch er schweigt. Wieder.

Ich schlucke hart. Da ist es erneut – dieses Gefühl, dass er gar nicht hier bei mir ist. Er hängt mit seinen Gedanken bei Rosy, bei den Schatten seiner Vergangenheit. Ich ahne, dass Noah mit sich selbst kämpft. „Willst du mir sagen, was los ist?", frage ich leise.

Seine Finger umklammern die Kaffeetasse so fest, dass die Knöchel weiß hervortreten. „Es ist nichts ..."

„Noah ..." Er schließt kurz die Augen, dann kommt es heraus. Rau und kaum hörbar: „Ich kann dir nichts bieten, Vee. Kein stabiles

Leben. Kein Geld. Keine Gewissheit, dass ich dir wirklich guttue. Ich bin nicht mal sicher, ob ich ein guter Mensch bin. Ich hab's nicht mal geschafft, meine eigene Familie zu beschützen. Ich war nicht da. Ich war ... zu sehr mit mir selbst beschäftigt. Mit Farben. Leinwänden. Vernissagen. Ich hab mich feiern lassen, als wäre das alles von Bedeutung – während die Menschen, die wirklich zählten, einfach ... verschwunden sind."

Ich will etwas sagen. Will ihn halten, rütteln, widersprechen – aber er steht einfach auf.

„Geh schlafen. Ich räum das noch weg", sagt er tonlos und geht in Richtung Küche, bevor ich auch nur ein Wort herausbekomme. Bevor ich ihm sagen kann, dass er sich irrt. Dass ich niemanden brauche, der mich beschützt – sondern jemanden, der bei mir bleibt. Seite an Seite. Dass es nicht um das geht, was er verloren hat. Sondern um das, was wir noch gewinnen könnten.

Aber vielleicht ist das gerade zu viel verlangt von einem Mann, der gelernt hat, dass er alles, was er liebt, irgendwann verliert.

Ich bleibe noch einen Moment stehen, dann gehe ich langsam zum Schlafzimmer. An der Tür halte ich inne und kehre doch noch einmal um. Ich nehme seine Jacke vom Haken, die er heute bei der Railbike-Tour getragen hat – das einzige Stück, das nach Sonne, Wind und Lachen riecht – und lege sie über die Stuhllehne neben seinem Platz.

Ein stilles Zeichen: Ich sehe dich. Ich bin hier. Das mag nicht viel sein, aber vielleicht reicht es.

Im Schlafzimmer greife ich nach meinem Handy, rufe Cara an und erzähle ihr alles. Sie hört still zu. Erst als ich mit meinen Ausführungen fertig bin, meint sie:

„Corazón. Hast du ihm gesagt, was du für ihn fühlst? Dass du ihn ... liebst?"

Ich schlucke. Mehrmals. Liebe ist so ein großes Wort. Doch plötzlich trifft es mich wie ein Schwall eiskalten Wassers. Cara hat recht. Das ist mehr als bloße Zuneigung. Ich bin in Noah verliebt – von den Haarwurzeln bis in die Zehenspitzen, hoffnungslos und mit jeder Faser meines Körpers.

Nein, mehr noch: Ich liebe ihn.

Mir wird seltsam zumute. Die Luft scheint dünner zu werden, mein Atem geht flach und schnell.

„Ruhig, Vivi", sagt Cara sanft. „Noch ist Zeit. Aber so, wie ich Noah kennengelernt habe, hält er sich jetzt zurück – um nicht zwischen dir und Finn zu stehen. Vermutlich glaubt er, dass du tief in deinem Inneren immer noch Gefühle für Finn hast. Sag ihm, wie es wirklich ist."

„Ja", flüstere ich. „Aber ich glaube nicht, dass das allein reicht. Da ist noch etwas, das an ihm nagt. Und ich kann nicht herausfinden, was es ist."

„Dann dräng ihn nicht", sagt Cara ruhig. „Sei geduldig. Hör ihm zu – das kannst du doch sonst so gut. Warte, bis er bereit ist, sich dir zu öffnen. Noah ist kein Mann, der einfach zugreift. Wenn er liebt, dann mit allem, was er hat. Aber falls er denkt, dass er nur zweite Wahl ist ... oder dass Finn besser für dich und das Baby wäre, wird er sich zurückziehen."

In dieser Nacht schlafe ich kaum. Immer wieder kreisen meine Gedanken um Noah, um mich – und um das Baby. Ich weine viel. So hatte ich mir den Ausflug zum See nicht vorgestellt. Zumindest nicht mit diesem Ende.

Aber wir haben noch zwei Tage. Zwei Tage, in denen ich versuchen kann, Noah zu zeigen, wie viel er mir bedeutet – ohne zu aufdringlich zu sein, ohne ihn unter Druck zu setzen. Cara hat recht: Bei Noah muss man behutsam vorgehen.

Den ersten Versuch starte ich am nächsten Morgen beim Frühstück. Noah sieht genauso müde aus, wie ich mich fühle. Offenbar hat auch er kaum geschlafen. Langsam taste ich mich an das Thema heran. „Weißt du ... ich habe in den letzten Tagen viel nachgedacht."

Er schenkt mir schweigend koffeinfreien Kaffee ein und setzt sich. „Über Finn? Ja, ich auch."

Ich stutze. Seine Reaktion bringt mich völlig aus dem Konzept. „Nein", erwidere ich leise. „Über dich. Über uns."

Er antwortet nicht. Stattdessen lächelt er matt, sagt aber nichts und schaut mich nicht einmal an. Sein Blick wandert durch das Panoramafenster hinaus auf den See.

Ein leichter Morgennebel liegt wie ein Schleier über Lake George. Einige Wasservögel ziehen ihre Kreise, ihr tiefer Flug lässt kleine, ringförmige Wellen auf dem Wasser entstehen. Alles hat Konsequenzen – jede noch so kleine Bewegung.

Gerade als ich glaube, er würde etwas sagen, steht er auf und beginnt, das Geschirr abzuräumen. Wortlos. Ich überlege, ob ich ihm folgen soll. Ob ich mich neben ihn stellen und ihn fragen soll, was los ist. Aber seine Körperhaltung spricht eine deutliche Sprache:

Lass mich allein.

Also bleibe ich sitzen und starre hinaus auf den See. Mit einem Satz im Herzen, den ich nicht aussprechen kann – und einer Frage auf den Lippen, auf die er keine Antwort gibt.

Der Tag zieht sich. Noah ist wie immer zuvorkommend, aufmerksam – und gleichzeitig meilenweit entfernt. Wir unternehmen einen Spaziergang am See, besuchen einen kleinen Kunstmarkt im Ort, essen ein Eis auf einer Parkbank.

Und doch reden wir kaum.

Ich versuche es ein paar Mal, taste mich vorsichtig vor, doch jedes Mal lenkt er das Gespräch um – meist auf Finn, manchmal aufs Baby, nicht auf uns. Nie auf das, was zwischen uns steht. Er ist freundlich, aber er ist nicht wirklich bei mir, bloß neben mir.

Am Abend brennt im Kamin ein kleines Feuer, draußen ist es kühl geworden. Ich sitze auf dem Sofa, die Beine unter eine Decke geschlungen, während Noah in einem Buch liest. Wieder einmal ist er ruhig. Zu ruhig. Das Schweigen zwischen uns wiegt inzwischen schwerer als jedes Wort.

Als er schließlich das Buch zuklappt und aufblickt, nehme ich all meinen Mut zusammen. „Noah ... setz dich zu mir. Bitte."

Einen schrecklich langen Moment zögert er. Dann hält er das Buch wie ein Schutzschild vor die Brust, steht auf und setzt sich neben mich. „Hm?"

Ich zögere. „Ich wünschte, du würdest mir sagen, was wirklich in dir vorgeht."

Er heftet den Blick auf den Tisch vor uns, greift nach seinem Glas und nimmt einen Schluck Wasser. Wie immer trinkt er keinen Alkohol – meinetwegen. Weil ich es wegen Krümelchen auch nicht darf. „Ich will dich nicht verletzen, Vivi."

„Noah, siehst du das denn nicht? Du verletzt mich doch gerade. Indem du mich ausschließt." Ich lege meine Hand auf seinen Unterarm. Seine Haut ist warm, seine Muskeln angespannt. Für den Bruchteil einer Sekunde schließt er die Augen – als koste ihn allein diese kleine Berührung mehr Kraft, als er zugeben will. „Ich tue nur, was richtig ist", sagt er leise.

„Für wen?" Ich schaue ihn an. „Für dich? Für mich? Oder für das Baby?"

Endlich sieht er mich an. Und da ist wieder dieser Schmerz in seinen Augen – ein Schmerz, der so tief sitzt, dass ich ihn fast körperlich spüren kann.

„Für dich und das Baby. Ich möchte, dass ihr eine gute Zukunft habt."

„Und was ist mit dir, Noah? Wie soll deine Zukunft aussehen? Was willst du wirklich?"

Er antwortet nicht. Nur seine Hand schiebt sich zögerlich unter meine. Für einen Moment verweilen unsere Finger ineinander verschlungen, ehe er sie langsam wieder löst und sich erhebt. „Ich ... ich geh schon mal schlafen. Gute Nacht, Vee."

Er sagt es sanft. Doch als die Tür hinter ihm leise ins Schloss fällt, fühlt es sich an, als hätte jemand ein Kapitel geschlossen, das noch nicht zu Ende erzählt war.

Erneut bleibe ich zurück – mit all meinen Fragen, dem Knistern des Feuers und einem Herzen, das so dringend gehört werden möchte. Wie kann ich ihm sagen, dass ich ihn liebe, wenn er mir nicht zuhört?

KAPITEL 15

Noah: Alles verloren?

Wir sind auf der Heimfahrt. Ich fahre. Was sollte ich auch sonst machen? Reden tut ja keiner. Die Straße zieht sich dahin wie ein Kaugummi, den man versehentlich in der Waschmaschine hatte – lang, zäh, und irgendwie traurig. Bäume rauschen vorbei, Hügel schieben sich am Horizont entlang, als wüssten sie auch nicht, wohin mit sich. Ich starre auf den Asphalt, als wäre er mein bester Freund. Zumindest sagt er nichts. Passt ganz gut zu uns.

Wir schweigen. Seit ... tja, seit ich den Motor gestartet habe. Also seit exakt drei Stunden und vierzehn Minuten. Nicht dass ich mitgezählt hätte. Doch, habe ich. Natürlich habe ich das.

Vee sitzt neben mir, still wie selten. Keine Fragen, keine albernen Wortspiele, nicht mal ein genervtes „Du fährst zu schnell". Einfach nichts. Ihr Kopf lehnt gegen das Fenster, die Arme um ihren Bauch geschlungen, als müsste sie sich selbst festhalten, damit sie nicht auseinanderfällt. Ich sehe sie nur aus dem Augenwinkel – länger würde ich nicht durchhalten. Würde ich richtig hinschauen, würde ich vielleicht anhalten, aussteigen und in den Wald rennen, um mich nie wieder blicken zu lassen.

Oder ihr endlich alles sagen. Beides scheint mir momentan etwa gleich vernünftig.

Die Stimmung im Auto ist so gespannt, dass man sie in Scheiben schneiden könnte – und wahrscheinlich noch als Verpackungsmaterial verwenden, so dick liegt sie im Raum. Und ja, ich weiß, das liegt an mir. Ich habe dichtgemacht. Wie ein Igel, der auf der Autobahn liegt und hofft, dass das Leben einfach über ihn hinwegrollt, ohne ihn ganz zu zerquetschen. Mehrmals setze ich an, hole Luft – und sage dann ... nichts. Einmal beginne ich sogar mit „Vee, ich—", aber sie dreht sich nicht einmal zu mir um. Ich kaue den Satz wie ein zu weiches Toffeebonbon – und schlucke ihn runter, obwohl er mir in der Kehle stecken bleibt. Vermutlich wäre es sowieso nur eine weitere Ausrede geworden. Was soll ich auch sagen?

Sorry, dass ich mich verhalte wie ein emotional unterkühlter Stein mit Bindungsphobie, aber am Tag unserer Radtour war der Todestag meiner Frau und meines ungeborenen Sohnes – und irgendwie zerlegt mich das jedes Jahr wieder neu, obwohl ich nach außen so tue, als hätte ich das alles locker weginhaliert?

Ach, und übrigens: Ich habe panische Angst, dich und das Baby auch noch zu verlieren. Also verabschiede ich mich innerlich schon mal prophylaktisch, damit's später nicht so weh tut. Nur ein kleiner Selbstschutzversuch, keine große Sache. Kein Grund zur Sorge.

Klingt super, oder?

Nein. Eben. Darum schweige ich.

Weil ich nicht weiß, wie man die Wahrheit verpackt, ohne dass sie wie eine Abrissbirne mitten in ein Herz kracht.

„I came in like a wrecking ball", summe ich in Gedanken und verstehe plötzlich, wie Miley Cyrus wohl auf genau diese Songzeile gekommen ist.

Vielleicht saß sie auch mal in einem Auto, auf einer Rückbank aus Schweigen und zerplatzten Hoffnungen, mit einem Kloß im Hals und der viel zu großen Erkenntnis: Manchmal ist Liebe nicht das Problem. Sondern die Angst, sie zu verlieren.

Ich sehe Vee wieder an. Ihre Augen sind jetzt geschlossen. Vielleicht schläft sie. Möglicherweise tut sie auch nur so, damit sie sich nicht zwingen muss, irgendetwas zu sagen. Ich will sie berühren, ihre Hand nehmen, irgendein Lebenszeichen geben – aber ich tue es nicht. Denn was, wenn sie dann die Augen aufmacht und ich sehe, dass da nichts mehr ist? Dass ich das, was zwischen uns ist, endgültig verspielt habe?

Ich habe geglaubt, dass es klug wäre, sie loszulassen. Finn. Das Baby. Der Plan. Die Vernunft. Aber es fühlt sich nicht klug an. Es fühlt sich beschissen an.

Und noch immer kommt kein Wort über meine Lippen. Denn vielleicht ist Schweigen nicht nur Gold, sondern sogar das Einzige, was mir bleibt, weil ich ihr nicht sagen kann, was wirklich in mir tobt.

Endlich sagt sie etwas und ich spüre das Zittern in ihrer Stimme, als sie sagt: „Mir ist ein bisschen übel."

Danach schweigt sie wieder. Ich auch. Nur dass mein Schweigen nicht mehr aus Trotz besteht – sondern aus Angst.

Sie hat die Augen geschlossen, den Kopf an die Scheibe gelehnt, ihre Hände ruhen auf dem Bauch. Immer wieder blitzt der Blick zu ihr rüber, unauffällig, hoffend, dass sie schläft. Aber dann kommt dieser leise Laut – kaum hörbar – wie ein unterdrücktes Keuchen.

Sofort halte ich an. „Vee?" Mein Puls rast, als ich mich zu ihr beuge.

Sie öffnet die Augen, glasig vor Schmerz. „Noah, es zieht so … mein Bauch …"

Oh nein! Keine Sekunde überlege ich, setze den Blinker, und starte wieder durch. Mein Gehirn schaltet auf Autopilot und hat nur eine Aufgabe: Krankenhaus. Sofort.

Leise rede ich auf sie ein. „Hey … atme ruhig ein und aus, okay? Es wird alles gut. Wir sind gleich da."

Ich streiche über ihre Hand, die eiskalt ist. Sie drückt zu – fest. Zu fest. Verdammt. Ich tue alles, um Ruhe auszustrahlen – für sie. Aber in meinem Inneren schreit alles. Wieder eine Frau, die ich liebe, mit einem ungeborenen Kind im Bauch. Damals stand ich alleine vor meiner Leinwand, während beide direkt am Unfallort gestorben sind. Heute bin ich dabei.

Bitte nicht noch einmal. Nicht Vee. Nicht dieses Kind. Dieses Mal kann ich eingreifen und sie retten.

Das Krankenhauslicht ist grell. Viel zu grell. Ich hasse diese sterile Hektik, sie macht mir Angst. Dieses ständige Piepen, das Klacken von Schritten auf Linoleumboden, das leise Murmeln fremder Stimmen hinter Vorhängen – es ist ein Klangteppich aus Anspannung. Und ich stehe mittendrin. Aber ich halte ihre Hand. Bis sie sie mir entziehen. Bis sie Vee auf die Trage legen und in ein Untersuchungszimmer rollen.

Dann bin ich allein. Allein im weißen Neonlicht des Wartens. Und ich bete. Ich bete, obwohl ich längst nicht mehr glaube. Erst bete ich zu Gott, dann zu Rosy. *Bitte*, flüstert es in mir. *Bitte pass auf sie auf. Auf Vee. Auf Krümelchen.* Ich weiß, ich habe kein Recht mehr auf Bitten. Nicht nach allem. Aber ich bitte trotzdem. Denn ich spüre es: Wenn ich sie verliere, dann überlebe ich das nicht. Nicht noch einmal.

Die Minuten kriechen dahin wie kalte Schatten. Stunden – oder das, was sich wie Stunden anfühlt – zerreißen mich Stück für Stück. Meine Augen brennen. Mein Magen rebelliert. Mein Herz steht unter Schock, als wolle es den nächsten Schlag verweigern.

Und ich warte. Warte und halte mich nur noch mit Erinnerungen und Hoffnung zusammen. Als endlich jemand herauskommt, sagt, dass alles stabil sei – dass es Krämpfe waren, ja, aber das Baby in Ordnung ist, sie selbst auch – sacke ich auf die harte Bank im Flur. Ich atme tief ein und lasse bewusst Luft in meine Lungen strömen – zum ersten Mal seit Vee mir von den Schmerzen erzählt hat.

Wieder vergeht zu viel Zeit, dann darf ich endlich zu ihr. Sie liegt da mit geschlossenen Augen, schrecklich blass und erschöpft. Leise trete ich ein, senke die Stirn auf die Matratze neben ihrer und schließe ihre Hand in meine. Ich habe nicht einmal gemerkt, dass ich weine. Aber meine Wangen sind nass. Tropfen fallen auf das Laken und hinterlassen dunkle Flecken wie stille Beweise meines Versagens. Meine Kehle ist zugeschnürt.

Dann eine Bewegung. „Noah ...?“ Ihre Stimme ist schwach, brüchig, doch für mich ist sie wie ein Rettungsring, der mir im tosenden Sturm plötzlich Halt gibt. Hastig richte ich mich auf und sehe sie an.

Alles in mir zerbricht. „Himmel, Vee ... ich hatte solche Angst um euch."

Sie versucht zu lächeln, doch es gelingt ihr nicht wirklich. „Ich auch", haucht sie. „Aber uns geht es gut."

Vielleicht ist es der falsche Moment. Vermutlich mache ich damit nur noch mehr kaputt. Dennoch kann ich nicht mehr schweigen. Nicht, wenn ich will, dass sie mich wirklich kennt. Nicht, nachdem ich sie beinahe verloren habe. Und wieder bete ich: Dass es noch nicht zu spät ist und sie mir verzeiht, mich immer noch im Herzen hält, auch wenn sie die ganze Wahrheit weiß. Die ungeschönte Wahrheit über Rosy und ihren unnötigen, grausamen Tod.

„Der Tag am See ... das Railbiking ..." Ich senke den Blick. „Das war ihr Todestag. Von Rosy. Und dem Baby in ihrem Bauch. Meinem Sohn."

Sie zuckt kaum merklich zusammen. Ich sehe den Schock in ihren Augen, doch sie sagt nichts, unterbricht mich nicht, lässt mir Raum.

„Rosy war im achten Monat. Es ging ihr gut. Sie war voller Energie, strahlend, lebendig wie nie. Sie wollte ihre Eltern besuchen, raus aufs Land, ein paar Tage Luft holen. Aber ich ... ich war besessen. Ich wollte nicht weg vom Atelier. Konnte nicht loslassen. Musste malen. Immer weiter. Rosy war gelangweilt, sagte schließlich, sie fahre allein. Nur ein paar Tage. Ich küsste sie zum Abschied. Es war das letzte Mal."

Meine Stimme bricht. Ich ringe nach Luft, nach Worten. „Zwei Stunden später war sie tot. Eine seltene Komplikation. Innere Blutungen, sagten sie. Sie verlor das Bewusstsein. Kam von der Straße ab. Ist frontal gegen einen Baum gefahren. Auf der Stelle tot. Und mein Sohn auch. Jeremy. So wollten wir ihn nennen. Aber es kam nie dazu. Er hat keinen einzigen Tag gelebt. Ich durfte ihn einmal halten. Die Ärzte gaben ihn mir. Damit ich mich verabschieden konnte. Danach ... war nichts mehr."

Ich sehe Vee an. Und diesmal lasse ich alles zu. Die Schuldgefühle, die Angst, den Schmerz. „Wenn ich nicht so stur gewesen wäre, nicht so besessen von der verdammten Kunst ... Wenn ich mit ihr gefahren wäre – vielleicht hätte ich es gemerkt und sie retten können. Ich hätte sie zur Klinik gebracht. Ich hätte etwas tun können."

Sie sieht mich an. Tränen schimmern in ihren Augen. Und dann flüstert sie: „Noah ... es ist nicht deine Schuld. Manche Dinge ... geschehen einfach. Sie sind schrecklich. Unfassbar. Aber niemand trägt Schuld daran."

„Ich hätte erkennen müssen, was im Leben wirklich zählt. Nicht der berufliche Erfolg, nicht Ruhm oder das zwanghafte Bedürfnis, irgendetwas Bedeutendes auf eine Leinwand zu bringen. Es sind die Menschen, die einen lieben – die man selbst liebt. Sie sind das Wertvollste überhaupt. Und sie sollten immer an erster Stelle stehen. Alles andere ... ist vergänglich. Ich habe das zu spät verstanden. Und egal, wie viele Therapiestunden ich absolviere, wie oft mir andere sagen, ich solle mir verzeihen – diese Schuld bleibt. Sie ist ein Teil von mir."

Vee sagt nichts. Doch ihre Finger streichen sanft über meinen Handrücken. Die Berührung ist zart und dennoch heilsamer, als es Worte je sein können. „Noah", flüstert sie schließlich, „du bist daran fast zerbrochen. Meinst du nicht, dass du genug gelitten hast? Glaubst du wirklich, Rosy hätte gewollt, dass du den Rest deines Lebens in Schuld und Dunkelheit verbringst?"

Ich schüttele den Kopf. „Nein, das hätte sie nie gewollt, das weiß ich. Rosy war immer ruhig, bedacht, fast ein bisschen zu sehr in sich gekehrt. Und trotzdem ... sie war nicht glücklich mit mir. Das habe ich erst nach ihrem Tod begriffen. Ich habe erfahren, dass sie eine Affäre mit ihrem besten Freund hatte. Und dass sie mich verlassen wollte – kurz bevor sie schwanger wurde. Weil ich nie wirklich da war. Weil ich ihr nicht das Gefühl gegeben habe, wichtig zu sein."

Ich mache eine Pause. Meine Stimme klingt rau. „Und dann ... wurde sie schwanger. Und plötzlich schien alles wieder möglich. Wir haben Pläne geschmiedet, Namen ausgesucht, ein Kinderzimmer entworfen. Ich dachte, das würde alles heilen. Aber ich ... ich habe sie wieder im Stich gelassen. Ich war nicht da, als sie mich gebraucht hätte. Ich habe weitergemalt, mich in meiner Welt verschanzt, während sie allein im Auto saß. Und dann ... war es vorbei. Alles war vorbei."

Vee sagt nichts. Aber sie weint. Und ich merke, wie meine Worte nicht nur mich selbst, sondern auch sie zerreißen. Doch es fühlt sich an, als müsste das alles endlich gesagt werden.

„Ich habe lange geglaubt, dass ich kein Glück mehr verdiene. Dass ich keine Liebe mehr annehmen darf. Aber dann kamst du. Mit deinem Lächeln, das Licht in Räume bringt, in denen es lange dunkel war. Mit deiner ehrlichen Art. Deiner Sanftheit. Deiner Stärke. Und ich habe begonnen, wieder zu fühlen. Mich selbst zu fühlen."

Ich sehe sie an. Direkt. Keine Mauern mehr. Jetzt werde ich meine Seele vor ihr ausbreiten - wie eine Skizze, unvollkommen, aber ehrlich. Jeder Strich erzählt, wer ich bin. „Vee, ich habe solche Angst, dir wehzutun. So wie ich Rosy verletzt habe. Und ich habe wahnsinnige Angst, euch beide zu verlieren. Dich und Krümelchen. Als du heute im Auto sagtest, du hättest Schmerzen ... Vee, ich ... ich hatte solche Panik. Ich konnte kaum atmen. Ich dachte, ich verliere dich. Und das Baby. Alles wiederholt sich – so fühlte es sich an."

Tränen laufen über ihre Wangen. Ich streiche sie ihr sanft weg.

„Ich habe mich zurückgezogen, weil ich dachte, ich müsste euch beide beschützen, indem ich Abstand halte. Ich habe mir eingeredet, dass Finn besser für dich ist – jünger, unbelasteter, nicht so ... kaputt wie ich. Aber das war eine Lüge."

Ich beuge mich vor, streiche mit den Fingerspitzen sanft über ihre Wange, ihre Stirn, ihr Haar. „Ich liebe dich, Rainbow. Dich – und dieses Baby. Und ich kann nicht mehr so tun, als wäre es nicht so. Es ist mir egal, was Finn dir vielleicht bieten kann. Weil ich auch etwas zu geben habe: Mich. Mit allem, was ich bin. Mit meinem ganzen Herzen – für immer. Und wenn auch nur ein winziger Hoffnungsschimmer besteht, dass du mir verzeihen kannst ... dann bleibe ich. Ich werde an deiner Seite bleiben und warten. Ich werde für euch da sein – für dich und Krümelchen. Wenn ihr mich wollt. Ich verspreche hiermit, stundenlang den Kinderwagen durch den Central Park zu schieben und dir Trucker-Ladungen voller Mini Pretzel Dogs zu bringen. Natürlich werde ich auch einen riesigen Vorrat an Ketchup lagern. Ich tue, was immer ihr beide braucht. Egal wann, egal wie: Ich bin da."

Für einen Moment ist es still. Nur das gedämpfte Piepen der Überwachungsgeräte durchbricht die Stille. Dann hebt sie langsam ihre Hand und legt sie auf meine Brust, direkt über meinem Herzen. Ihre

Finger zittern leicht. „Du Idiot“, flüstert sie schließlich heiser. Ihre Stimme bricht fast. „Du bist so ein verdammter Idiot, Noah ...“

Ich halte den Atem an. War es zu viel? Zu spät?

Doch dann sieht sie mich an – mit Tränen in den Augen und einem Lächeln, das mir das Herz zerspringen lässt. „Aber ich liebe dich auch. Und das macht das Ganze irgendwie erträglich.“

Ich schließe die Augen, senke die Stirn gegen ihre. „Sag mir bitte, dass ich euch nicht schon verloren habe.“

„Das hast du nicht“, haucht sie. „Aber du hast verdammt viel aufzuholen.“

„Ich weiß“, murmele ich. „Und ich werde keinen einzigen Moment mehr verschwenden.“

Vee muss zur Überwachung noch eine ganze Weile im Krankenhaus bleiben. Ich pendele in der Zwischenzeit täglich zwischen der Klinik und meinem Haus in New York. Zwar darf ich sie nur wenige Stunden am Tag besuchen – was mich fast in den Wahnsinn treibt –, aber zumindest bleibt mir danach genug Zeit, um etwas Sinnvolles zu erledigen. Ich sitze nicht untätig herum. Ganz im Gegenteil.

Denn es gibt viel zu tun. Neben meiner persönlichen Baustelle – im wahrsten Sinne des Wortes – arbeite ich an einer Idee, die durch Vee und ihre Arbeit in mir entstanden ist. Mia und ihre Mutter haben mich tief berührt, aber ohne Vee hätte ich die beiden nie kennengelernt. Sie war es, die mir gezeigt hat, wie man Dinge mit dem Herzen sieht. Wie man über den Tellerrand schaut. Wie man Licht in graue Räume bringt. Noch ist dieses neue Projekt ein weiter Weg, aber es wächst. Und das allein fühlt sich gut an.

Mein anderes Vorhaben – sagen wir: das deutlich sichtbarere – nimmt inzwischen richtig Form an. Während draußen der Frühling erwacht, werkle ich mit meinem Bruder, meinen Eltern und sogar Cara an etwas, das nicht nur aus Holz, Farbe und Stoff besteht, sondern aus Hoffnung. Aus Liebe.

Madame Claudine hat gestern in wenigen Worten ausgesprochen, was ich längst fühle: „Dunkelheit weg, viel Licht im Herzen."

Sie wird bald mehr denn je zu tun haben, wenn das Baby erst da ist – aber schon jetzt freut sie sich auf das kleine Wunder. Ich habe ihr alles erzählt. Von Vee. Von Finn. Vom Baby. Sie hat mir einfach nur die Hand auf die Schulter gelegt und genickt – mit diesem Blick, der mehr ausdrückt als tausend Worte. „Familie ist das, was im Herzen ist", hat sie gesagt. Und wie immer war sie damit mein wandelndes Orakel. Meine stille Quelle der Weisheit.

Heute ist es endlich so weit. Heute ist der Tag, an dem ich Rainbow endlich nach Hause holen darf. Mein Herz hämmert in der Brust, als ich mit dem Auto vor der Klinik halte. Ich fühle mich wie ein Teenager vor dem ersten Date, obwohl ich sie in den letzten Tagen jeden Tag gesehen habe. Heute ist es anders. Heute kommt sie mit.

Zu uns. Zu mir. Zu dem Ort, den ich verändert habe – in der Hoffnung, dass sie darin ein Zuhause erkennt. Oder besser: unser Zuhause. Ich hoffe, ihre Augen werden leuchten, so wie sie es immer tun, wenn sie sich über etwas freut. Wird sie strahlen, von innen nach außen, in all ihren Farben? Oder habe ich es vielleicht doch ein kleines bisschen … übertrieben? Bin ich zu verspielt gewesen? Zu euphorisch?

Ich weiß es nicht. Aber ich weiß, dass ich es nur für sie getan habe. Und für dieses kleine Wesen, das in ihr heranwächst. Unser Krümelchen.

„Ich habe gesagt, ich bin schwanger, nicht aus Zucker", murrt Vee, während sie tapfer versucht, gleichzeitig ihre Tasche zu schultern und sich die Jacke überzustreifen. Der Versuch endet in einem halbherzigen Fluchen, bei dem sie mit dem Reißverschluss kämpft.

Ich stehe neben ihr und grinse. „Und ich habe gesagt, ich trage das Zeug. Alles andere wäre eine Beleidigung für meine Superman-Ehre."

„Ach, du bist Superman?", fragt sie mit schiefem Lächeln.

„Aber klar doch. Ich habe sogar ein unsichtbares Cape. Und ich kann fliegen, aber heute nehmen wir dennoch das Auto. Ist sicherer.

Meine Flugkünste sind nämlich noch ausbaufähig." Ich schnappe mir die Tasche und halte ihr die Tür auf.

Als wir nach draußen treten, ist das Erste, was sie sagt, zwischen einem Seufzen und Staunen. „Frische Luft ... Ich hätte nie gedacht, dass ich die vermissen könnte."

„Siehst du? Und dafür bin ich jetzt offiziell dein Dealer." Ich reiche ihr die Sonnenbrille, die Cara aus ihrem Bereich im oberen Stockwerk geholt hat – auf mein Bitten hin. Sie nimmt sie und mustert mich über den Rand.

„Und was genau dealst du noch? Hoffnung? Liebe? Frechheiten?"

„Ein bisschen von allem. Aber warte mal ab. Mein Hauptgeschäft beginnt gleich."

Gut vierzig Minuten später stehen wir im Wohnzimmer, die Glastür weit geöffnet. Madame Claudine hat alles auf Hochglanz geputzt, aber das ist es nicht, was ich Vee zeigen will.

Sie sagt kein Wort. Ihre Lippen öffnen sich, schließen sich wieder, als könne sie kaum glauben, was sie sieht. Erst als sie einen Schritt auf die Veranda tritt, schlägt sie sich erschrocken die Hand vor den Mund. Tränen schimmern in ihren Augen.

„Noah ..."

Die ehemals dunkle, trostlose Veranda ist nicht mehr wiederzuerkennen. Statt morscher, verwitterter Dielen gibt es nun weiß gestrichene Holzplanken. Auf der neuen Schaukelbank liegen bunte Kissen, und Lampions in sanften Farben tanzen leicht im Wind. Die Sträucher, die früher alles beschattet haben, sind zurückgeschnitten und lassen nun Licht und Sonne herein. Auf dem Geländer stehen Töpfe mit Lavendel, Zitronenmelisse, Basilikum und anderen Kräutern – weil ich weiß, dass sie sie liebt.

Vees Blick bleibt schließlich an der Ecke hängen – an einem kleinen, überdachten Spielbereich mit Holzspielzeug, einer winzigen Bank und einem flauschigen, rosa Outdoor-Teppich mit Einhornmuster.

Ich kratze mich verlegen am Hinterkopf. „Mein Bruder hat geholfen. Und Cara. Und … na ja, eigentlich war das ein Gemeinschaftsprojekt. Ich habe hauptsächlich geschwitzt und Dinge ausgemessen, die am Ende trotzdem nicht gepasst haben."

Langsam dreht sie sich zu mir um. Tränen stehen ihr in den Augen, doch dieses Mal sind sie hell. Weich. Voller Licht. „Du hast mir zugehört", flüstert sie. „Und dich erinnert."

„An jeden einzelnen Satz, Rainbow." Ich lächle. „Du hast gesagt, dieser Ort könnte etwas Besonderes sein – wenn man ihm nur ein bisschen Liebe schenkt. Du hattest recht. Nicht nur das Haus innen hat ein Makeover gebraucht … sondern auch die Veranda. Jetzt ist sie ein Ort voller Licht, Farben und Hoffnung. Gefällt sie dir?"

Sie macht ein paar Schritte auf mich zu, legt die Hände auf meine Brust. Ihre Augen sprechen mehr als Worte es könnten. „Ich weiß gar nicht, was ich sagen soll."

„Oh, das ist was Neues. Meine Vee ist sprachlos", bemerke ich mutig und grinse breit. *Provoziere niemals eine schwangere Frau!*, warnt mich mein Inneres. Ich ignoriere es heldenhaft. „Keine Sorge, ich hätte da ein paar Vorschläge für dich. Zum Beispiel: Noah, du bist der beste, schönste, verlässlichste Mann der Welt und ich will dich vom Fleck weg heiraten."

Sie lacht – laut, herzlich, wie Musik, wie Regen in der Wüste. Ich atme auf. Dieses Lachen ist Licht nach einem endlosen Tunnel.

„Langsam, Picasso. Eins nach dem anderen. Erst komme ich hier an … dann das Baby … und dann sehen wir weiter."

Ich zwinkere. „Dann fang ich schon mal an, das passende Babykleid zu besorgen. Krümelchen soll sich schließlich an unserer Hochzeit auch in Schale werfen können."

„Ich glaube, du bist wahnsinnig, Picasso."

„Ich weiß. Aber ich bin dein Wahnsinn. Für immer."

Sie schmiegt sich an mich und legt den Kopf an meine Brust. Wir stehen einfach nur da – im warmen Licht des sonnigen Tages, während über uns die bunten Lampions im Wind tanzen und das Leben, ganz leise, einen neuen Anfang wagt.

Ich streiche ihr eine Haarsträhne aus dem Gesicht, hebe ihr Kinn und sehe in ihre Augen. So viele Farben, so viel Tiefe. So viel … Rainbow. „Du bist mein Zuhause“, flüstere ich. „Nicht dieses Haus. Nicht die Veranda. Du.“

Ihre Finger berühren meine Wange, sanft. „Und du meins. Endlich.“

Ihre Augen werden weich. Sie legt eine Hand an meine Wange, streicht mit dem Daumen über meinen Bartstoppeln am Kinn, wie um sich zu vergewissern, dass ich wirklich hier bin. Ich beuge mich vor, küsse ihre Stirn, ganz sacht, dann ihre Schläfe, ihre Wange, bis unsere Lippen sich finden.

Der Kuss ist vorsichtig, geduldig. Ein Versprechen, das sich zwischen zwei Herzschlägen verfestigt. Sie lehnt sich gegen mich, und ich schlinge die Arme um ihre Taille, ziehe sie dichter an mich. Ich spüre jede Rundung ihres Körpers, jede Regung unter ihrer Haut. Ihre Finger gleiten über meinen Nacken, meine Schultern, und ich vergrabe mein Gesicht in ihrem wundervoll duftenden Haar.

Zärtlich küsse ich sie noch einmal. Liebkose ihre Lippen diesmal länger, schmecke Salz – ihre Glückstränen, meine vielleicht auch. Ihre Hände wandern unter mein Shirt, berühren meine nackte Haut, nicht verlangend, sondern suchend. Wir brauchen einander, nicht aus Lust, sondern weil unsere Seelen gerade nichts anderes mehr wollen als Nähe. Echte, reine Nähe.

Ich ziehe sie enger an mich, hebe sie leicht an, bis sie die Beine um meine Hüfte schlingt. Sie ist immer noch so leicht, obwohl zwei Herzen in ihr schlagen, und wiegt kaum etwas. Der Arzt meinte aber, das sei nicht besorgniserregend. Viele Frauen legen erst im späteren Teil der Schwangerschaft an Gewicht zu.

Vee lacht leise, überrascht, aber hält sich an mir fest. Ich trage sie zurück ins Wohnzimmer, lasse mich mit ihr auf die Couch sinken. Ihre Stirn ruht an meiner, ihre Finger umklammern meine, fest, als könnte uns die Welt da draußen wieder auseinanderreißen.

Aber das kann sie jetzt nicht mehr. „Ich liebe dich, Rainbow.“

Sie sieht mir tief in die Augen. Ihre Stimme ist ein Hauch, kaum hörbar, aber in meinem Herzen klingt sie wie ein Chor der weltbesten Sängerinnen auf Erden. „Und ich dich, Noah. So sehr, dass es wehtut. Aber heute tut es auf die gute Weise weh.“

Ich streiche ihr über den Bauch, sanft, voller Ehrfurcht. „Unser kleines Wunder", flüstere ich. „Du. Ich. Und Krümelchen. Unsere Geschichte fängt gerade erst an."

Sie lächelt – dieses leise, weiche Lächeln, das direkt unter meine Haut kriecht. Ihre Hand legt sich über meine, und für einen Moment schweigen wir einfach, hören nur das leise Rauschen des Windes draußen, das ruhige, beständige Schlagen unserer Herzen.

„Ja. Und bevor wir eine Familie aus Eltern, Kind, Katze und …" Sie hält inne. Ihre Stirn legt sich in Falten. „Warte mal … was ist eigentlich mit der Katze, die Cara gerettet hat? Sollte sie nicht längst hier sein? Sam wollte doch nur so lange auf sie aufpassen, bis wir von Lake George zurück sind. Dann …"

Ich ziehe eine Grimasse. „Tja, was das Kätzchen betrifft … da muss ich dich leider enttäuschen. Die Kleine wird nicht hier einziehen."

Ihre Augen verengen sich. „Wie bitte?"

„Sam hat sie adoptiert", erkläre ich schnell. „Oder besser gesagt: Sie hat ihn adoptiert. Klebt wie Kaugummi an seiner Jeans. Cara hat zugestimmt – sie meinte, sie hat selten so ein eingespieltes Team gesehen. Und da Sam so oft mit seinem Wohnmobil den besten Surfspots hinterherjagt, kann er Gesellschaft gut gebrauchen."

Vee öffnet den Mund, sagt aber nichts. Dann zieht sie langsam eine Braue hoch. „Sam ist Surfer? Du hast mir nur erzählt, dass er wie ein Streuner ist und keinen festen Wohnsitz hat. Und jetzt erfahre ich das alles so nebenbei? Auch, dass er die Katze entführt hat? Und das hast du mir nicht erzählt, weil …?"

Ich zucke mit den Schultern. „Weil ich das Gefühl hatte, dass es gerade Wichtigeres gibt. Und Sam ist ein Streuner – das war nicht gelogen. Ach, und er hat Milly nicht entführt, sondern sie zu seiner besten Freundin erklärt. Oder zu seiner Prinzessin. So genau weiß man das bei den beiden nicht. Jedenfalls verwöhnt er sie nach Strich und Faden."

Ich beuge mich näher zu ihr, bis meine Lippen fast ihre berühren. „Aber jetzt habe ich Besseres zu tun, als über meinen kleinen Bruder zu reden."

Sie zieht scharf die Luft ein, doch in ihren Augen tanzt ein amüsiertes Glitzern. „Warte, stopp!“, ruft sie halb lachend und hält mir eine Hand an die Brust. „Das musst du mir zuerst genauer erklären.“

„Später.“ Meine Fingerspitzen gleiten unter den Saum ihres Shirts, dorthin, wo ihr Herz schlägt. Ich berühre sie mit der Andacht eines Mannes, der weiß, dass er endlich angekommen ist. „Ich schwöre dir, du bekommst jede Einzelheit. Aber erst, wenn du mir erlaubst, dich wieder ganz zu spüren.“

Ihre Lider senken sich ein wenig, und sie atmet leise aus, als würde eine warme Welle durch sie fluten. „Diese Hormone ...“, murmelt sie, ohne ihren Blick von mir zu lösen, „sie sind echte Verräter. Sie können dir einfach nicht widerstehen.“

„Zum Glück“, flüstere ich. Und dann beuge ich mich vor und küsse sie – tief, langsam, voller Sehnsucht und stiller Liebe. Kein flüchtiger Gruß, kein stürmisches Verlangen, sondern ein Kuss, der sagt: Ich bin hier. Ich habe dich vermisst. Und ich werde dich nie wieder loslassen.

Ihre Hände gleiten in meinen Nacken, ziehen mich näher, tiefer. Ich spüre, wie ihr Körper auf meinen reagiert, wie unsere Atemzüge sich angleichen, beschleunigen, ineinanderfallen. Sie ist Wärme. Zuhause. Alles. „Noah ...“ Mein Name in ihrer Stimme ist kaum mehr als ein Hauch – ein Bekenntnis, ein Versprechen.

Ich hebe sie vorsichtig auf meine Arme, als wäre sie aus Licht, zerbrechlich und zugleich unendlich stark. Sie schlingt ihre Arme um meinen Hals, und während ich sie ins Schlafzimmer trage, halten unsere Blicke einander fest. Kein Lächeln, kein Wort. Nur Verstehen. Nur Nähe.

Diesmal schaffen wir es nur mit Mühe bis zum Bett. Unsere Kleider fallen, Stück für Stück, eines nach dem anderen. Und als wir uns endlich berühren, ist es nicht nur Verlangen, das uns antreibt. Es ist Liebe. Genau die Liebe, die flüstert: Du bist mein Ankommen. Mein Jetzt. Mein Alles.

Und genau so lieben wir uns – nicht wild, nicht überstürzt, sondern zärtlich. Ehrlich. Ganz.

Als gäbe es kein Morgen.

Weil alles, was zählt, genau jetzt geschieht.

KAPITEL 16

Vivi: Ein Jahr später

„Ich bin ganz schön aufgeregt. Heute ist ein wichtiger Tag. Endlich eröffnet unser Harbor Haven Home."

Ich spreche es laut aus – und plötzlich wird mir bewusst, dass dieses Projekt mehr ist als nur ein Job. So viel mehr. Es ist unser gemeinsamer Neuanfang. Ein Ort der Ruhe, der Hoffnung, des Ankommens.

Wir konnten natürlich nicht warten und haben die von mir aufgelegte Reihenfolge doch nicht eingehalten. Noch vor der Geburt – ganz still, ganz klein, nur zu zweit – haben wir geheiratet. Es war ein Tag voller Lachen, Tränen und Versprechen. Jetzt tragen wir alle denselben Nachnamen: Bennett. Finn hat schriftlich eingewilligt. Und irgendwie fühlt sich das an wie ein Kreis, der sich schließt. Die Party dazu wollen wir demnächst nachholen und alle einladen. Es soll ein riesiges Fest der Liebe werden.

An meinem Finger glänzt ein wunderschöner Ring. Noah hat ihn entworfen – ein Mix aus unseren Welten. Klare Linien, schlicht und zeitlos, wie ich sie liebe, aber mit einem Hauch seiner Handschrift: eine winzige, kunstvoll eingravierte Bank auf der Innenseite. Das Symbol unseres Kennenlernens, das nur wir beide kennen. Ein bisschen wie wir. Anders. Und genau richtig.

Mia war zum Glück nicht sauer, weil ich ihr zuvorgekommen bin, im Gegenteil. Sie hat sich sehr für uns gefreut und liebt Krümelchen schon genauso wie wir. Sie ist trotz ihres jungen Alters eine überaus verantwortungsbewusste Babysitterin, natürlich zusammen mit Elena.

Übrigens: mein HIV-Test war dann glücklicherweise negativ. Und ich kann nur sagen, dass ich nie wieder derart leichtsinnig in irgendeiner Sache agieren werde. Es war mir eine Lehre. Und jetzt bin ich schließlich eine Mutter und trage sowieso mehr Verantwortung auf meinen Schultern.

Noah tritt leise hinter mich, legt die Hände auf meine Hüften. Ich spüre seine Wärme, seinen ruhigen Atem an meinem Nacken. Und plötzlich wird mein Herz ganz still.

„Hey", murmelt er. „Alles wird gut. Wir beide haben das zusammen aufgebaut, Stück für Stück. Mit Herz, mit Verstand, mit allem, was uns ausmacht. Wir sind ein tolles Team – und ich bin so stolz auf dich."

Ich drehe mich um, sehe ihn an. Seine Augen lächeln, aber dahinter liegt noch mehr – diese stille Tiefe, mit der er mich ansieht, als würde er mich immer wieder neu entdecken.

„Es war allein deine Idee", sage ich leise. „Und du hast das alles auf die Beine gestellt. Ich habe nur geholfen, es umzusetzen. Genau wie Damian, Elena und viele andere. Aber der eigentliche Kopf des Ganzen bist du. Manchmal glaube ich, du weißt gar nicht, wie großartig du bist."

Er nimmt mein Gesicht in beide Hände, küsst mich sanft auf die Stirn. „Weißt du, was das Beste an all dem ist? Dass wir gemeinsam etwas geschaffen haben, das vielen Menschen helfen wird. Du und ich – wir sind jetzt nicht nur privat ein Team, sondern auch beruflich."

Ich lege meine Stirn gegen seine Brust, atme seinen vertrauten Duft ein. Für einen Moment ist die Welt da draußen ganz weit weg. Keine Eröffnung, keine Gäste. Nur er und ich.

„Ich hätte nie gedacht, dass ich mal alles haben könnte", flüstere ich. „Dich. Unsere Tochter. Und diesen Ort, den wir einfach ... echt gemacht haben."

„Du hast es verdient, all das", sagt er rau. „Und noch mehr."

Seine Finger streichen sacht über meinen Rücken, so zärtlich, dass mir fast die Knie weich werden. Ich spüre seine Lippen an meinem Haaransatz, seine Stimme kaum hörbar. „Wenn du wüsstest, wie oft ich nachts wach liege und einfach nur staune, dass du wirklich hier bist. Und dass das hier kein Traum ist."

Ich hebe den Kopf, sehe ihn an. Und in seinen Augen liegt so viel Liebe, dass ich mich für einen Moment nicht rühren kann. „Ich bin hier", flüstere ich. „Ganz echt. Und ich gehöre zu dir."

Er beugt sich vor und küsst mich – langsam, tief, voller Wärme. Kein Kuss, der etwas fordert, sondern einer, der alles gibt. Und genau in diesem Moment wird mir klar, dass das Harbor Haven Home zwar heute seine Türen öffnet – aber das Wichtigste haben wir längst gefunden: Ein Zuhause, einander und eine gemeinsame Zukunft.

Doch bevor wir zur Eröffnung gehen, muss ich mich noch von Cara und Krümelchen verabschieden.

Zwar nur für ein paar Stunden, aber jedes Mal zieht sich etwas in meiner Brust zusammen, wenn ich meine Kleine zurücklasse – selbst in den besten Armen.

Cara sitzt auf dem Sofa, die Kleine auf ihrem Schoß, und füttert sie mit einem Löffel Brei, der eher aussieht wie Beton in zartem Aprikose. „Ich schwöre, sie spuckt gezielt auf meine weiße Bluse", sagt Cara und wirft mir ein gespielt genervtes Gesicht zu, das sofort von einem breiten Grinsen durchbrochen wird. „Dieses Kind ist ein Naturtalent. Ich habe ja schon viele Babys erlebt, aber deines ist das erste, das es schafft, mit einem einzigen Blick eine erwachsene Frau in einen sabbernden Haufen Brei zu verwandeln."

„Willkommen im Club", sage ich und beuge mich vor, um Krümelchen einen Kuss auf die Stirn zu geben. Sie quietscht vergnügt, schmiert sich dabei den Löffel quer über die Wange und lacht, als hätte sie gerade das Rad erfunden.

Ich liebe ihr Lachen, dieses unbeschwerte, glucksende, das sich sofort in meinem Herzen festkrallt.

„Apropos", meint Cara und wischt sich demonstrativ etwas Brei von der Wange. „Nennt ihr sie eigentlich irgendwann mal bei ihrem echten Namen? Ich meine, sie heißt Maya! Wunderschön, modern, ein echter Instagram-kompatibler Name, wenn ich das sagen darf."

Ich lache leise. „Natürlich nennen wir sie manchmal so. Bei den U-Untersuchungen oder sonst, wann immer wir mal seriös sein wollen. Aber meistens ist sie eben Krümelchen. Ich glaube, Noah wird sie auch noch so nennen, wenn sie aufs College geht."

Cara schnaubt. „Ich freu mich schon, wenn sie sich mit zwanzig ihren Freunden vorstellt: *Hi, ich bin Krümelchen Bennett, meine Mom hat einen ausgeprägten Hang zu Kosenamen und mein Dad hat das einfach von ihr übernommen.*"

Krümelchen – Maya – legt ihre kleine, klebrige Hand an meine Wange und seufzt zufrieden.

Draußen weht der Wind sanft durch die bunten Stoffbanner, die zwischen den Laternen gespannt sind. Auf jedem flattert ein Wort: *Hoffnung. Zuhause. Mut. Kunst. Gemeinschaft.*

Es ist, als würde das Haus selbst atmen, bereit, endlich Leben in sich aufzunehmen. Früher war es ein altes, in die Jahre gekommenes Bürogebäude. Jetzt ist es so viel mehr. Ich kann es immer noch nicht fassen, dass Noah vom Erlös seiner *schwarzen Werke*, wie er die Bilderreihe genannt hat, dieses Gebäude für die Stiftung kaufen konnte. So hat seine dunkle Periode doch noch etwas Gutes hervorgebracht.

Ich stehe neben Noah auf der kleinen Holzbühne, die wir gestern noch mit Lichterketten geschmückt haben. Von hier oben sehe ich sie alle: unsere Freunde, unsere Familie, Menschen aus der Nachbarschaft, die großartige Madame Claudine, die mir im Haushalt eine Riesenhilfe ist – und mittendrin jene, für die wir das hier gebaut haben. Ich blicke in bekannte Gesichter wie Trey und Monica, aber auch viele neue. Ihre Blicke sind scheu, vorsichtig, manche – wie die meiner Eltern – sogar skeptisch. Aber ich sehe auch Staunen darin. Vielleicht auch ein kleines bisschen Vertrauen.

Mia sitzt auf Elenas Arm, schwenkt eine orangefarbene Papierblume und lacht hell, als einer der kleinen Windräder im Garten sich zu drehen beginnt. Damian steht bereits bereit, eine Hand locker in der Hosentasche, die andere um sein Notizblatt gekrümmt.

Noah nimmt meine Hand. Er trägt sein schlichtes Hemd – das, das ich besonders mag – und wirkt so ruhig, als hätte er sein ganzes Leben auf diesen Tag hingearbeitet. Vielleicht hat er das auch. Ich hingegen bin nervöser als je zuvor in meinem Leben.

„Bereit?“, flüstert er mir zu.

Ich nicke. Mein Herz rast – aber nicht vor Angst. Sondern, weil es sich so richtig anfühlt. So unfassbar fantastisch.

Dann tritt Damian Meyers nach vorne. Er klopft mit den Fingern leicht gegen das Mikrofon, räuspert sich und beginnt mit fester, ruhiger Stimme:

„Als ich Noah vor zehn Jahren das erste Mal begegnet bin, war er jemand, der andere – und sich selbst – perfekt in Szene setzen konnte. Charmant, zielstrebig, erfolgreich. Doch das Leben verschont niemanden, und auch Noah musste durch ein tiefes Tal gehen. Er weiß, wie es ist, wenn man alles verliert. Wenn der Boden unter den Füßen verschwindet und man nicht mehr weiß, wie – oder warum – man weitermachen soll.“

Damian macht eine kurze Pause. Man könnte eine Stecknadel fallen hören. „Aber genau deshalb steht er heute hier. Weil er sich erinnert, wie es war. Weil er weiß, wie sich Einsamkeit anfühlt, wie kalt der Wind sein kann, wenn man keinen Ort hat, an den man gehört. Und weil er eines Tages beschlossen hat, dass aus diesem Schmerz etwas Gutes wachsen soll.“

Er schaut zu Noah, seine Stimme wird weicher. „Harbor Haven ist mehr als ein Haus. Es ist ein Zuhause. Für Menschen, die keines mehr hatten. Es ist ein Ort voller Chancen, voller Kreativität und Mitgefühl. Und es ist das Herzensprojekt eines Mannes, der selbst einmal Hilfe brauchte – und heute hilft. Weil er nie vergessen hat, wie sich Hoffnungslosigkeit anfühlt. Vivienne hat ihm wieder gezeigt, wie viel in ihm steckt und was er alles schaffen kann, wenn er die Sonne wieder sehen kann. Die beiden sind inzwischen nicht nur die besten Freunde, die ich mir vorstellen kann, sondern auch Vorbilder. Sie haben Herz, Mut und Tatendrang bewiesen und das alles hier erst ermöglicht.“

Ein leiser Applaus setzt ein. Nicht gezwungen, nicht laut – sondern getragen von echter Rührung. Von Respekt.

Ich sehe zu Noah. Seine Schultern sind gerade, sein Blick fest, aber ich kenne ihn gut genug, um das leichte Flimmern in seinen Augen zu erkennen. Er kämpft. Aber er steht. Genau wie dieses Haus. Und plötzlich bin ich so stolz auf ihn, dass mein Brustkorb zu klein erscheint.

Damian beendet seine Rede mit einem schlichten: „Danke, Noah. Danke, Vee. Danke an euch alle."

Dann überlässt Damian uns wieder die Bühne – und für einen Moment ist es ganz still.

Noah räuspert sich und tritt ans Mikrofon. Ich habe bereits im Vorfeld darum gebeten, dass ich nicht sprechen muss. Sogar mein Chef hat eingewilligt. Wobei – streng genommen ist er gar nicht mehr mein Chef. Wir sind jetzt Kollegen auf Augenhöhe. Noah und ich betreuen gemeinsam das Harbor Haven Home, das unter dem schützenden Dach der Stiftung steht. Elena ist unsere neueste Mitarbeiterin. Sie unterstützt mich bei der täglichen Arbeit und bekommt ein angemessenes Gehalt. So ist zugleich der Stiftung geholfen, aber auch ihr und Mia.

Ich lächle Jasmine zu, die rechts neben mir stolz beim Dessert-Buffet steht – flankiert von ihren selbstgebackenen Törtchen, Muffins und kleinen Küchlein, die fast zu schön sind, um sie zu essen. Ihre Augen glänzen, als hätte sie all die süßen Träume, die in ihrem Herzen gebrodelt haben, endlich in Zucker und Teig verwandelt.

Jasmine ist ihrem großen Traum von einer eigenen Bakery einen riesigen Schritt näher gekommen.

Sie macht gerade ihre Ausbildung zur Konditorin – mit Leidenschaft, Disziplin und einer Prise Wahnsinn, wie sie selbst sagt – und ab morgen wird sie auch hier wohnen.

In einem der gemütlichen Appartements im ersten Stock des Harbor Haven Home.

„Wenn du willst, kann ich jeden Morgen Croissants ans Bett liefern. Vorausgesetzt, du akzeptierst, dass sie manchmal aussehen wie explodierte Halbmonde", raunt sie mir mit einem Augenzwinkern zu.

Ich lache, das Herz warm vor Freude. „Solange sie nach Butter schmecken, ist mir die Form herzlich egal."

Sie grinst. „Deal."

Und für einen Moment sehe ich nicht nur eine junge Frau mit Mehlstaub auf der Schürze, sondern eine Zukunft, die duftet – nach Vanille, Mut und ganz viel Hoffnung.

Noah räuspert sich und klopft leicht ans Mikrofon. Für einen Moment ist es still. Dann hebt er den Blick, sucht meinen – und ich spüre sofort: Jetzt kommt etwas, das direkt aus seinem Herzen kommt.

„Ich ... äh ... ich bin eigentlich nicht der große Redner", beginnt er, seine Stimme noch ein wenig rau, aber klar. „Damian hat schon vieles gesagt, was zählt. Aber ich möchte trotzdem noch etwas loswerden – etwas, das mir auf der Seele brennt."

Er macht eine kurze Pause, zieht leicht die Stirn kraus. Dann fährt er fort: „Es gab eine Zeit, da habe ich aufgehört, an mich zu glauben. Ich war mir sicher, dass ich zu viel kaputt gemacht hatte – dass da nichts mehr übrig war, was sich zu retten lohnte. Aber dann ... dann gab es Menschen, die geblieben sind. Die mich nicht aufgegeben haben. Die mir ihre Zeit, ihr Vertrauen und ihre Geduld geschenkt haben – obwohl ich dachte, ich hätte nichts mehr zu geben."

Seine Stimme wird wärmer, voller. „Meine Familie. Meine Freunde. Und vor allem: Vee."

Er sieht mich an, lange, fest. In seinen Augen liegt so viel, dass ich den Atem anhalte. „Vee hat mir gezeigt, wie es sich anfühlt, gesehen zu werden. Wirklich gesehen. Sie hat mich gelehrt, was es heißt, zu leben – nicht nur zu existieren. Und zu lieben ... mit allem, was dazugehört. Den Höhen, den Tiefen, den leisen Momenten dazwischen. Noch nie habe ich einen Menschen getroffen, der so viel Güte, Stärke und Herz in sich trägt. Vee ... du bist mein Zuhause."

Ich schlucke hart, weil mein Herz gleichzeitig schmerzt und glüht.

„Ich liebe dich", sagt er, ohne Zögern. „Mehr, als ich je in Worte fassen könnte. Ohne dich ... ohne dich gäbe es das alles hier nicht. Kein Harbor Haven. Keinen Neubeginn. Kein Ich, wie ich heute bin."

Er atmet tief durch, seine Stimme ist fester, als er den letzten Teil sagt: „Jetzt ist es an mir, etwas zurückzugeben. Dieses Haus soll ein Ort sein, an dem niemand perfekt sein muss. Ein Ort, an dem man ankommen darf, mit allem, was man ist – auch mit Wunden, mit Zweifeln, mit gebrochenen Teilen. Solange da noch der Wunsch ist, wieder aufzustehen, ist man hier richtig.“

Ein kollektives Schweigen liegt über uns, wie eine Decke aus stiller Zustimmung und Rührung.

Ich spüre, wie mir Tränen in die Augen steigen. Nicht aus Traurigkeit, sondern weil sein Herz meins berührt hat, an diesem Ort voller Menschen. Ich gehe zu ihm, ohne zu zögern, lege meine Hand auf seine und flüstere: „Du hast mir gerade das schönste Geschenk gemacht.“

Er zieht mich in seine Arme – kein großer Kuss, kein Drama. Nur Nähe. Wärme. Wir. Und für einen Augenblick ist die Welt perfekt. Dann gehe ich wieder, weil ich weiß, dass er noch mehr zu sagen hat. Geduldig warte ich auf ihn. Ich würde immer und überall auf ihn warten.

Er macht eine kurze Pause, um sich zu sammeln, die Luft scheint still zu stehen. „Kunst kann ein Ventil sein. Sie hilft, alten Ballast loszulassen, Wunden zu heilen und neue Kraft zu schöpfen. Wenn wir Farben sprechen lassen, erinnern wir uns daran, wie bunt das Leben sein kann. Genau das wollen wir in unserem offenen Atelier ermöglichen: einen Ort, an dem Menschen wieder ein Zuhause finden – und von erfahrenen Künstlern wie Damian Meyers lernen können, sich selbst Flügel zu malen, um wieder leichter durchs Leben zu gleiten.“

Noah atmet tief durch. Seine Stimme ist ruhig, klar – und voller Dankbarkeit. „Ich danke euch, dass ihr heute hier seid. Dass ihr mit uns feiert. Dass ihr helft, diesen Traum lebendig zu machen.“

Jetzt bricht Applaus aus – laut, herzlich, aufrichtig. Als er verebbt, höre ich hinter mir eine Stimme, vorsichtig, fast zögerlich.„Vivienne?“

Ich drehe mich um – und brauche einen Moment, um die Menschen vor mir zu erkennen. Mama. Und – mein Herz macht einen Sprung – Papa. Er steht da, die Schultern etwas krumm, als hätte er sich kleingemacht, um weniger zu stören. Doch in seinem Blick liegt Wärme. Offenheit. Vielleicht auch Reue. „Wir wollten einfach da sein“, sagt er leise. „Du hast was Großes geschaffen. Und ich ... ich will dein Kind aufwachsen sehen.“

Tränen steigen mir in die Augen. Ich kann nur nicken, ehe ich ihn wortlos umarme. Zum ersten Mal seit Jahren fühlt es sich leicht an.

Dann kommt Bewegung in die Menge. Ein junger Mann schiebt sich durch die Gäste, Sonnenbrille im Haar, Surfer-Hoodie, das typische schiefe Grinsen im Gesicht. „Na, großer Bruder. Immer noch gut im Reden, hm?“

„Sam!“ Noahs Stimme überschlägt sich fast. Die beiden fallen sich in die Arme, fest und voller unausgesprochener Geschichte.

„Ich hab’s doch noch geschafft“, sagt Sam. „Hab den Flieger von Portugal fast verpasst – für *MyGirl* war der Flug ganz schön aufregend. Aber so was wie das hier lässt man nicht aus. Außerdem – hatte ich Lust auf Gratis-Essen.“

„Es gibt Burger, Finger Food und – dank Vee – sogar Mini Pretzel Dogs und ganz viel Ketchup. Beide gelten bei ihr seit der Schwangerschaft als Grundnahrungsmittel“, meint Noah und schmunzelt.

Sam grinst. „Da hat sie guten Geschmack bewiesen. Ganz im Gegenteil zu ihrer Männerwahl. Aber das kann ich ihr vergeben. Wenigstens habe ich dadurch eine coole Schwägerin bekommen.“

Ich glaube, Noah hat selten so laut und ehrlich gelacht wie in diesem Moment. Die Leute drängen langsam ins Haus hinein. Stimmen vermischen sich mit Musik – ein Straßenmusiker hat sich mit seiner Gitarre ans Eingangstor gesetzt und spielt eine ruhige, fast melancholische Melodie. Drinnen riecht es nach frischem Holz, Farbe und Kaffee. Kinder laufen staunend durch den Kunstraum, in dem Leinwände stehen, bereit, gefüllt zu werden. Zwei Männer, die noch vor wenigen Tagen auf Parkbänken schliefen, schauen sich schweigend um, einer streicht über das neue Kopfkissen auf „seinem“ Bett.

In all dem Trubel zieht Noah mich zur Seite. „Komm kurz mit. Ich will dir was zeigen.“

„Okay“, sage ich. „Aber wir müssen bald zurücksein. Trey trägt nachher noch sein neuestes Gedicht auf der Bühne vor. Ich habe es bereits gehört, es ist fantastisch. Seinen großen Moment dürfen wir auf keinen Fall verpassen.“

„Werden wir nicht, versprochen“, sagt Noah leise und zieht mich ins Haus, geradewegs in das helle Atelier im Erdgeschoss. An der Wand lehnt eine große Leinwand, bedeckt von einem schützenden Tuch.

„Was ist das?“, frage ich verwundert.

„Etwas, das ich nur wegen dir machen konnte. Für dich." Er zieht das Tuch zur Seite – und ich muss mich setzen. Es ist … unglaublich.

Die Galerie ist leer. Nur ein einzelner Lichtkegel fällt noch auf das Bild in der Mitte des Raums – es hängt etwas abseits, beinahe so, als hätte es sich selbst dorthin geschoben. Ich lege eine Hand auf die Stelle meines Herzens und schnappe laut hörbar nach Luft.

Das Bild zeigt zwei Gestalten am Ufer, eine Stadt im Hintergrund, den Himmel überzogen von sanftem Pastell – Rosa, Lila, Himmelblau, dazwischen goldene Lichtspuren wie Atemzüge. Es wirkt nicht gemalt. Es wirkt gefühlt.

„Ist das … sind das … wir?", frage ich, obwohl ich es längst weiß.

„Ich dachte, du erkennst uns nur mit Babytrage", sagt Noah grinsend. „Aber ja. Das bist du. Das bin ich. Und das da …" Er deutet auf einen winzigen Klecks in ihrer Mitte. „Ist die Farbe, die alles verändert hat."

Ich lache leise. „Du meinst unser Krümelchen?"

Noah tut, als müsste er überlegen. „Auch. Aber vor allem du. Bevor du kamst, hab ich nur noch in Schwarz gemalt. Als wäre alles andere zu laut. Zu lebendig. Zu sehr Hoffnung, die ich nicht mehr fühlen wollte."

Er senkt den Blick. Kurz nur.

„Und jetzt?", frage ich sanft.

„Jetzt … male ich in allen Farben." Er streicht ihr eine Haarsträhne aus dem Gesicht. „Du hast sie zurückgebracht, weißt du? Die Farben. Und das Verrückte ist: Ich hab gedacht, ich hätte dich gerettet. Aber in Wahrheit warst du's, die mich gerettet hat."

Vorsichtig stelle ich das Bild zur Seite und schlinge die Arme um ihn. „Ich wollte gar keinen Künstler retten. Nur den Mann, der so wunderschön stur ist, dass er Farben lieber aufgibt als noch einmal verletzt zu werden."

„Stur? Ich?", fragt er, leicht empört.

Ich lächele ihn an. „Absolut".

Noah lacht und zieht mich näher an sich. „Ich bin froh, dass du mich trotzdem liebst. Und dass du mich erinnerst. An Licht. An Leben. An all die Farben, die ich vergessen hatte."

Die Tür der Galerie knarzt leise im Wind. Draußen färbt sich der

Himmel in flüssiges Rosa. Als hätte der Tag selbst beschlossen, uns zu feiern. Verträumt schließe ich die Augen. „Weißt du, woran ich glaube?"

„Sag's mir."

„Ich glaube, dass jeder Mensch Farben in sich trägt. Aber manchmal vergessen wir, wie sie aussehen. Und dann kommt jemand, der uns erinnert."

Noah küsst mich sacht auf die Stirn. „Und du warst mein Erinnern."

Wir stehen da, eingerahmt vom Licht, von Farbe, von einem Anfang, der sich wie ein Ende anfühlt – und umgekehrt.

Denn manchmal beginnt Liebe nicht mit einem Kuss, sondern mit dem Mut, wieder bunt zu sehen.

In all deinen Farben.

Danke

Ich kann es mit Worten gar nicht ausdrücken, wie sehr ich allen danke, die an der Entstehung dieses Buches beteiligt waren. Dennoch will ich es versuchen.

– Cindy: Es ist so schön, dass wir uns endlich mal persönlich kennengelernt haben, noch dazu auf einem großartigen Ed Sheeran Konzert. Ich freue mich jedes Mal wieder, dich im Team zu haben und mag dich auch als Mensch wirklich sehr. Danke für deine hilfreichen Korrekturen.

– Doreen: Wir kennen uns nun sehr lange und ich kann mir die Entstehung meiner Bücher ohne dich überhaupt nicht mehr vorstellen. Deine Talente reichen über das Backen grandioser Torten bis hin zum Ausmerzen inhaltlicher Fehler, die ich aufgrund meiner spontanen Arbeitsweise immer wieder einbaue ... danke, dass du sie alle souverän aufspürst und den Büchern somit mehr Qualität verleihst.

– Jana: Dein Gespür für Sprache ist wirklich bewundernswert und immer wieder staune ich, wie grandios du meinen Texten den grammatikalischen Feinschliff verleihst. Danke dafür – und für deine Unterstützung. Du hast immer ein offenes Ohr und ich liebe es, mich mit dir auszutauschen.

– VJ Marin: Uns vereint nicht nur die Liebe zum Schreiben und der gleiche Jahrgang, sondern auch die Liebe zu unseren Hunden. Zwar kennen wir uns noch nicht lange, aber ich habe schon immer gesagt: Wer Tiere mag, muss ein guter Mensch sein! Danke für unsere netten Unterhaltungen und deine Korrekturen.

– Nova: Auch unter Kolleginnen können wertvolle Freundschaften entstehen. Ich werde immer für dich da sein und dich unterstützen – so, wie du es auch bei mir machst. Freundschaft fragt nicht nach Kilometern, die dazwischen liegen, sondern nach Herzen, die im selben Rhythmus schlagen. Danke für deine Freundschaft.

Rezept zum Buch

Rezept für Mini Pretzel Dogs (Mini Laugen Hot Dogs) inklusive veganer Variante

Da dieses Fingerfood im Buch eine so große Rolle spielt – vor allem für Vivi während ihrer Schwangerschaft – darf natürlich auch das passende Rezept nicht fehlen! Die kleinen Würstchen im fluffigen Laugenteig sind perfekt für Partys, Picknicks oder einfach als Snack für zwischendurch. Sie lassen sich ganz einfach zubereiten – also los geht's: holt euch ein kleines Stück Staten-Island-Ferry-Feeling nach Hause!

Zutaten (für ca. 20 Mini Dogs):

100 ml Milch → vegan: ungesüßte Hafer- oder Sojamilch
40 g Butter → vegan: pflanzliche Margarine
1 TL Salz
1 EL brauner Zucker
1 Päckchen Trockenhefe
200 ml lauwarmes Wasser
500 g Mehl (Weizen oder Dinkel)
1 Päckchen Mini-Würstchen (z. B. Geflügel) → vegan: Würstchen auf Soja- oder Erbsenbasis
3 EL Natron

1,5 l Wasser (für das Laugenbad, kochend)

Ketchup, grobes Salz zum Bestreuen

Optional: Röstzwiebeln → vegan: auf Zutaten achten oder selbst machen.

Zubereitung:

Milch leicht erwärmen (nicht kochen) und Butter darin schmelzen.

Mehl, Salz, Zucker, Trockenhefe, lauwarmes Wasser und die Milch-Butter-Mischung in einer Schüssel zu einem glatten Teig verkneten. Den Teig abgedeckt ca. 1 Stunde an einem warmen Ort gehen lassen.

Auf einer bemehlten Fläche ausrollen. Die Würstchen mit Abstand auf den unteren Rand legen. Etwas Käse, Ketchup und ggf. Röstzwiebeln auf jedes Stück geben. Den Teig über die Würstchen rollen, in gleich große Stücke schneiden und die Enden verschließen (z. B. mit einer Gabel). Noch einmal 30 Minuten abgedeckt ruhen lassen.

1,5 Liter Wasser aufkochen, 3 EL Natron vorsichtig einrühren (Vorsicht: schäumt!) und auf niedrige Hitze stellen. Die Mini Dogs jeweils 30 Sekunden pro Seite im Laugenbad ziehen lassen, dann mit etwas Abstand auf ein mit Backpapier belegtes Blech legen. Mit grobem Salz bestreuen.

Im vorgeheizten Ofen bei 190 °C (Ober-/Unterhitze) ca. 15–20 Minuten backen, bis sie schön braun sind. Zwischendurch kontrollieren – nicht verbrennen lassen! 😉

Tipp: Das Rezept funktioniert auch in groß – einfach normale Würstchen verwenden und entsprechend größere Teigstücke drumherum wickeln.

Gutes Gelingen und guten Appetit – ob klassisch oder vegan!

Bisher von Sarah McAllister erschienen

Winterzauber im Rosehill Cottage

Der ideale Wohlfühlroman für die Winterzeit - wärmend und süß wie eine Hot Chocolate mit Marshmallows.

Mein Buch

Manchmal braucht es nur einen Weihnachtswunsch, ein idyllisches Cottage und den Zauber eines kleinen Küstenörtchens, um das wahre Glück zu finden.

Alle Jahre wieder ... möchte Ashlyn Weihnachten am liebsten komplett überspringen. Sie träumt von Ruhe und Zeit für ihren ersten Roman – fernab vom hektischen Weihnachtsstress im Londoner Kaufhaus. Als ihr Chef ihr überraschend einen Urlaub im märchenhaften Rosehill Cottage in Cornwall schenkt, scheint dieser Wunsch in Erfüllung zu gehen. Doch sie hat nicht mit Sam und seinen drei lebhaften Kindern gerechnet. Die vier bringen Chaos, aber auch Wärme und unerwartetes Glück in Ashlyns Leben.

Während sie beginnt, Weihnachten mit anderen Augen zu sehen, ahnt sie nicht, dass Sam ein Geheimnis hütet, das alles auf den Kopf stellen könnte.

Ein Cornwall-Liebesroman voller Herzknistern, Tierliebe, Kinderlachen und der wahren Magie von Weihnachten - und vielen leckeren Mince Pies (mit passendem Rezept zum Nachbacken im Buch).

Aus Versehen geküsst: Rocky Mountain Love

Mein Buch

Kuschelige Winterromantik vor den schneebedeckten Gipfeln der Rocky Mountains – ein Buch, so herzerwärmend und knisternd wie ein Kaminfeuer zur Winterzeit.

Emily hat endlich den Durchbruch in der schillernden Welt von Hollywood geschafft, als der Regisseur ihr einen schicksalhaften Schlag versetzt – die Kündigung. Enttäuscht und als Single Lady auf der Suche nach einem Neuanfang, folgt sie dem Rat ihrer besten Freundin und flieht aus dem Trubel von L.A. in die verschneiten Rocky Mountains. Hier, wo Fuchs und Hase sich gute Nacht sagen und niemand sie kennt, hofft sie auf Frieden und Erholung.

Gleich am ersten Tag kommt es zu einem vielversprechenden Kuss mit einem Fremden. Alles könnte so schön sein ... wenn er sich nicht als der Bruder ihres Ex-Verlobten herausstellen würde. Ja, genau der Kerl, der sie einst ohne jegliche Erklärung am Altar stehen ließ. Sie hasst Zack deshalb fast genauso sehr wie seinen Bruder.

Ist Emilys Neubeginn in dem idyllischen Beaver Creek damit zum Scheitern verurteilt, oder besteht noch Hoffnung, dass die beiden Streithähne sich versöhnen?

Ein ergreifender Roman über zwei gebrochene Herzen, die nach Liebe suchen – und eine Dreizehnjährige, die alles daransetzt, ihren Daddy wieder lächeln zu sehen.

Dieses Buch ist Band 2 der Rocky Mountain Love Reihe (Das war mein Erstlingswerk und wird demnächst überarbeitet). Beide Bände auch unabhängig voneinander zu lesen, doch Fans des ersten Teils können sich auf ein Wiedersehen mit Lynn und Ice freuen.

Ein kleines Stück Sommer – Verliebt auf Santorin

Mein Buch

Auf der malerischen Insel Santorin kreuzen sich die Wege von Lisa und einem geheimnisvollen Griechen. Zwischen Renovierungschaos und Herzklopfen entfaltet sich eine bezaubernde Liebesgeschichte – samt Meeresrauschen und vierbeinigen Freunden.

In den weißen Gassen von Santorin steht Lisas Erbe: eine marode Pension und jede Menge Chaos. Als sie auf den mürrischen Alexios trifft, lässt sie sich auf einen Deal mit ihm ein. Er hilft ihr bei der Renovierung, wenn sie im Gegenzug seine Firmen-Webseite erstellt.

Gemeinsam bringen sie die Pension auf Vordermann, und inmitten von Farbe, pelzigen Gefährten und Strandspaziergängen öffnen sie ihre Herzen füreinander.

Doch mysteriöse Vorfälle werfen Schatten auf ihre Beziehung. Kann diese aufkeimende Liebe den Stürmen des Lebens standhalten?

Komm mit nach Santorin und begleite Lisa auf ihrer Reise voller Romantik, Intrigen und jeder Menge Sommerlaune.

Der Roman ist in sich abgeschlossen.

Sand im Haar, Sonne im Herzen – Band 1 der Reihe „Ostseesehnsucht"

Mein Buch

Teil 1 der Ostseesehnsucht-Reihe

An der Ostsee dem Rauschen der Welen zu lauschen, aufs meerblaue Wasser zu blicken und sich von der Sonne küssen zu lassen ... all das vermisst Annie.

Dennoch war sie wegen eines Vorfalls, der ihr den Boden unter den Füßen weggerissen hat, schon seit sechs Jahren nicht mehr in Eckernförde. Die schicke Luxusvilla in London, ein angesagter Schauspieler als Freund und ihr Job als Starfotografin trösten sie über vieles hinweg - bis sie innerhalb weniger Tage alles verliert. Als ihre Mutter sie dann bittet, sich in der Heimat um das Strandcafé der kranken Tante zu kümmern, reist Annie nur widerwillig zurück. Schließlich will sie ihrer Jugendliebe Till auf keinen Fall über den Weg laufen.

Doch was haben drei süße Kids, Kuchen mit Ketchup und Fischbrötchen mit Schlagsahne damit zu tun, dass Annie kurze Zeit später alles infrage stellt, woran sie je geglaubt hat ...?

„Sand im Haar, Sonne im Herzen“ ist eine herzerwärmende, heitere und romantische Geschichte vor der wunderschönen Kulisse der Ostsee. Ein berührendes Buch über das Heimkommen, die erste Liebe, die Bedeutung der Familie und den speziellen Ort, den du für immer im Herzen trägst.

Wenn du auf der Suche nach einem sommerlichen Wohlfühlroman mit Humor bist, wirst du dieses Buch lieben.

Strandnixe liebt Mr. Baywatch – Band 2 der Reihe „Ostseesehnsucht“

Mein Buch

Bist du bereit, dich in ein Urlaubsparadies voller Sehnsucht, Humor und Liebe entführen zu lassen?

Stress im Job und kein Glück in der Liebe – Annalena braucht dringend Urlaub, findet ihr Bruder Marc, und schickt sie in sein Ostseehotel nach Eckernförde. Kaum dort angekommen, wird sie nicht nur vor dem Ertrinken gerettet, sondern auch von Amors Pfeil getroffen. Rettungsschwimmer Nico hat zwar einen knackigen Hintern, leider jedoch eine Freundin. Annalena versucht, in Nico nur einen guten Freund zu sehen, doch eine handfeste Lüge und etliche Turbulenzen später muss sie sich eingestehen, dass sie ihr Herz an ihn verloren hat.

Zwischen Strandabenteuern, Poolpartys und überraschenden Wendungen entwickelt sich eine mitreißende Geschichte voller Leidenschaft und Ostseesehnsucht. Wird Annalena für ihre Träume kämpfen und Nicos Herz erobern?

Die Liebesgeschichte von Annalena und Nico ist in sich abgeschlossen und der zweite Teil der „Ostseesehnsucht"-Reihe. Beide Bände können auch unabhängig voneinander gelesen werden.

Verliebt ist, wer trotzdem küsst

Mein Buch

„Fröhlich, charmant und voller Sommerlaune."

Einen Job, bei dem ich rund um die Welt reisen kann? Hab ich.

Faszinierende Männer kennenlernen und mich nie festlegen müssen? Kann ich.

Doch jemanden wirklich in mein Herz zu lassen, das habe ich bisher nie geschafft. Seltsam ist nur, dass auch dieser nerdige Wissenschaftler, der im Flugzeug neben mir saß, mich von Tag zu Tag weniger nervt … und fast schon … irgendwie interessant ist. Meine Reise tief in den Regenwald von Brasilien hat gerade erst begonnen und entwickelt sich zum größten Abenteuer meines Lebens und einer Schatzsuche der besonderen Art.

Eine zauberhafte Lovestory mit Herz und Humor über zwei Menschen, die viel mehr finden, als sie suchen.

Dies ist ein abgeschlossener Wholesome Romance Roman, ohne direkte Liebesszenen, aber mit viel Knistern und Funkenflug zwischen zwei Menschen, die so unterschiedlich sind wie Chili-Schokolade und Käsebrötchen.

(Das Buch wurde für kurze Zeit unter dem Namen „A Tropical Kiss" veröffentlicht und ist jetzt hier wieder unter dem Originaltitel und mit dem ursprünglichen Cover erhältlich.)

Unter meinem Pseudonym für deutsche Küstenromane erschienen:

Sylt, Songs und Liebe – Träume am Leuchtturm

Mein Buch

Ein Sommer, der alles verändert – zwischen Sehnsucht und Neuanfang.

Die junge Sophie ist ein echter Bücherwurm und jobbt im Hotel ihres Onkels auf Sylt, um sich einen Sommer auf der Trauminsel leisten zu können. Verträumt und hoffnungsvoll begegnet sie am Leuchtturm Jonas, einem gefeierten Musiker, der auf den Partybühnen der Welt zuhause ist, aber in seinem Herzen unglücklich bleibt. Für beide ist es Liebe auf den ersten Blick.

Doch während Jonas mit seinen inneren Dämonen kämpft und hofft, dass die einfühlsame Sophie ihn retten kann, träumt sie von ihrem Märchen mit dem

Traumprinzen. Können ihre Liebe und der geheimnisvolle Leuchtturm auf Hörnum ihnen das Happy End schenken, von dem beide träumen?

„Sylt, Songs und Liebe" erzählt die Geschichte von zwei Herzen, die sich inmitten von Meeresrauschen und stürmischen Gefühlen ineinander verlieren.

Ein mitreißendes Buch über Liebe, Hoffnung und die Magie eines Sommers auf Sylt.

Impressum

Sarah McAllister

Sarah McAllister
C/o Autorenservice Gorischek
Am Rinnergrund 14/5
8101 Gratkorn
Österreich

Covergestaltung:Sarah McAllister,
Stockfoto: Shutterstock
Kapitelschmuck erstellt mit Canva Pro

Lektorat 1 und Korrektorat 1: Doreen Wiegand
Korrektorat 2: Cindy Buckart
Korrektorat 3: V.J. Marin
Korrektorat 3: Tanja S.
Lektorat 2 plus Endkorrektorat: Jana von Matthiesen

Das ist eine fiktive Geschichte. Ähnlichkeiten mit real existieren Personen sind rein zufällig und nicht beabsichtigt.

Dieses Buch wurde in Übereinstimmung mit den GPSR-Richtlinien der EU zur Sicherheit von Produkten erstellt.

Die Verordnung über die allgemeine Produktsicherheit ist der aktualisierte Rahmen der Europäischen Union, um sicherzustellen, dass alle Verbraucherprodukte, einschließlich Bücher, für Verbraucher sicher sind.

Dieses Buch wurde von CPI books GmbH gedruckt. Der Drucker hat Sicherheitszertifikate für die verwendeten Materialien wie Tinte, Papier und Kleber ausgestellt.

Die Produktkennung ist: 9789403820569

Der Autor ist für den Inhalt des Buches verantwortlich und hat das Buch von Bookmundo produzieren lassen.

Sollten Sie Fragen zur Sicherheit des Produkts haben, kontaktieren Sie uns bitte.

Bookmundo
Delftsestraat 33
3013AE Rotterdam
Die Niederlande
info@bookmundo.com